MELISSA

貴方の想いなど知りません

大城いぬこ

Illustrator
蜂 不二子

この作品はフィクションです。
実際の人物・団体・事件などに一切関係ありません。

貴方の想いなど知りません

MELISSA

1

血の繋《つな》がり、家の繋がり、権力、他家への誇示牽制《けんせい》など婚姻理由は様々なもの。貴族家に生まれ育った者はその意をくんで未来の伴侶と添い遂げるのは当たり前のこと。想い想われるのは極少数、それでも相手への配慮や思いやりをもって接し、家のために後継を残し領地繁栄のため協力して守り立てる。

なんてことは子供の頃から教えられることだ。それでも家格の合わない令嬢令息が恋に落ち、お互いの親を説得し婚姻をする、という数少ない例もあるにはあるが、あらゆるところに禍根を残す結果になる。満足しているのはその時の本人たちのみ。

家のためにはより良い未来を描ける婚姻をと幼い頃から婚約という形で将来を約束する家も多い中、婚約者がいるにもかかわらず愛する人と添い遂げたいと願う若者がいることも事実ある。

最近の話ではこのシャルマイノス王国第二王子アンダル・フォン・シャルマイノスが学園で出会った下位貴族リリアン・スノー男爵令嬢と恋に落ち、自身の婚約者をないがしろにして廃嫡覚悟の上で既成事実を作り婚約解消をもぎとって想い人と婚姻をした、という実例があるのだ。

このシャルマイノス王国では元々ある貴族家を減らすことはあっても新たな貴族家を増やすことはない。よって王子でも廃嫡となれば平民落ち、それかどこかの貴族家に婿《むこ》入りという形になる。アンダル・フォン・シャルマイノス第二王子はリリアン・スノー男爵令嬢のスノー男爵家へと婿入りすることになった。王族の男爵家への婿入りは前代未聞。平民には美談となり貴族達には醜聞として話が流れる。

元王子が婿入りするのだから男爵家にはそれなりの待遇や仕度金などがもたらされる、というわけでもなかった。アンダル・フォン・シャルマイノス第二王子には婚約者がいたのだ。それは高位貴族の令嬢であり、その家へ婿入り予定であった。それを反古《ほご》にされた相手の貴族家は抗議する。しかしもうどうしようもない既成事実を作ったことでこの婚約は解消、そして王家からは多額の賠償金が支払われることになった。

元第二王子の物語は決して幸せには終わらないだろう。王族として傅《かしず》かれ過ごしてきたのに行き着く先は男爵、領地も小さく財産も少ない。スノー男爵家としては優秀な子爵家の次男三男辺りを婿にもらい領地を守り立ててほしかったが来たのは元王子、苦労するのは当たり前なのだ。この物語はそんな元王子の物語ではなく、その友人カイラン・ゾルダーク公爵令息へ嫁ぐ少女キャスリン・ディーター侯爵令嬢の話だ。

＊＊＊

「私には心に決めた人がいる。彼女への想いは決して消えはしない。彼女とは添い遂げられないが、だからといって君を抱くなんてことはできない。子はそのうち親族から養子を連れてくる。それまでは公爵家の嫁として社交や内政をやってくれ」

そう言って彼は夫婦の部屋から出ていった。

今日婚姻をした相手カイラン・ゾルダークから初夜の場で言われた言葉だ。

数年前からの婚約者として共に過ごし、愛情とまではいかずともそれなりにわかり合っているつもりでいた相手。私の学園の卒業を待ち婚姻を結んだ。

なんて言われようだろうか……彼の頭を疑いたくなる。彼はまだ十九歳、なのにこれから誰も抱かずに生きていこうと言うのか……そこは娼館《しょうかん》などでお世話になる……いえ、それでは彼女への想いなんとかは納得できない……ということはこれから清い身のまま生きていきますという宣言ということで理解してもいいのか。そして私は彼の親族の子を我が子として育てろと。私はなんなのかしらって思ってしまっても仕方がないわよね……これからどうするか……。

彼が去った夫婦の部屋から続き部屋の自室へと戻り三人掛けのソファへ座る。入浴後にメイド達が丹念に体を揉《も》み香油を塗り込み軽く化粧までして、恥ずかしい夜着を着て緊張しながら待っていた私の時を返してほしい。全《まった》くもってくだらない。婚姻の意味がわからないのかしら？　わかっていても自分の気持ちに嘘《うそ》はつけない……なんて悲劇の男のつもりかしら。彼の言った彼女に思い当たる人物はいるのだ。婚約者としてそばにいれば彼がどこを見つめて誰を探して……なんて気づくわ。

ため息をつきながら天井を見上げる。馴染《なじ》みのない天井。今日から我が家となった邸の天井。さすがに疲れたから眠りたい。服も着替えて化粧も落として今後を考えなければならない。

ソファから身を起こし近くにあるベルを鳴らす。

専属メイドのジュノがやってくるだろう。予想より早くしかも夫婦の寝室ではない夫人の部屋からの呼び出しにおかしいと思うだろうが仕方ない。生家からジュノを連れてきて良かった。これが公爵家のメイドならどんな顔をされるかわかったものではない。

扉を叩《たた》く音の後、私が返事をするとジュノが扉を開けてこちらに向かってきた。その顔はやはり険しい。

「お嬢様、いえ若奥様どうされましたか？」

ジュノは夫婦の寝室に続く扉をひと目見て私に聞いてきた。私の姿は送り出した前と変わらない。

何があったのかとその目が問う。

「カイランは想い人に操《みさお》を捧《ささ》げるそうよ。だから私とは寝室を共にしないのですって。面白《おもしろ》いわよね」

ジュノは私の言葉に目を丸くする。お腹《なか》の辺りで組んでいる手が震えている。やはり他人が聞いてもおかしなことなのだ。

「どうしようかしらね。ディーターには相談しにくいわ。私が怒られそうだもの。お前に魅力がないからだ、とかもっと誘惑しろとか。はぁ面倒なことになったわ」

私が泣いたり怒ったりせず、ただ困っていると言うとジュノはさすが私の長年のメイド、私のことは理解している。

「今日はもうお疲れでしょう。寝やすい夜着に着替えて化粧も落としましょう。お嬢様の部屋でゆっくり休んでください」

ジュノはさっさと動いて棚から夜着をみつくろい、私が着ている恥ずかしい服を脱がせると生地が柔らかくゆとりのある馴染みの夜着を渡してきた。

その後ジュノが温かい湯を持ってきて布で優しく顔を拭ってくれた。さっぱりといい気持ちになった私は、もう寝るわと隣の夫人専用寝室へと向かう。ここも馴染みのない私の新しい部屋。今日からここで寝起きするのかと思い、少し気が沈むが早々に諦めて寝台に寝ころぶ。おやすみなさいませ、とジュノの声がした。私は何も言わず掛け布をかぶり、そこから手を振り挨拶《あいさつ》にした。

蝋燭《ろうそく》の灯《あか》りもない月明かりのなか、目を閉じても眠れるわけがない。時が経《た》つと湧き上がる怒り。二度はないのよ。

ゾルダーク公爵家へ嫁ぐことが決まったのは学園に通い始めた頃、私が一年生で彼が二年生。カイラン・ゾルダークは濃い青の長い髪を一つにくくり長身で黒い瞳を持っている。相貌は良く年頃の令嬢にはそれなりに人気があった。その上公爵家なのだから彼の婚約者が誰になるのか皆が気になるところだった。そこへ妥当な侯爵家の私が選ばれた。もちろん年頃の家格の合う令嬢はまだいたがディーター家の生業《なりわい》としている生地生産の関係でゾルダーク家との繋がりを欲し、ゾルダーク側も同じ思惑で了承しての婚約が成り立った。

互いに助け合い仲良くしていこうという典型的な婚約。彼もはじめは納得したから了承したことだろうに、彼の悲劇は婚約のすぐ後にやってくる。

リリアン・スノー男爵令嬢。彼は彼女に惹《ひ》かれてしまった。私と同じ一年生のリリアン様は下位貴族だろうに淑女としてのマナーが足りないとみえる少女だった。大きな声で笑い、転べば泣く。腹芸など知らないという笑顔で彼女の周りの空気はきらきらと輝いているようにみえた。長いふわふわな赤みのある金毛が余計に輝かせて魅せる。

それに魅せられた令息はかなりいたようだった。しかし、輝いても男爵家、緑の瞳がとても大きく、唇がとても綺麗《きれい》な赤でも男爵家なのだ。まだ婚約者がいない令息でも躊躇《ちゅうちょ》してしまう。

そこへ現れたのが二年生に在学中のアンダル・フォン・シャルマイノス第二王子だった。

彼は婚約者が同じ学園の三年生にいるにもかかわらずリリアン様に近づいた。リリアン様は当初アンダル様をこの国の王子とは知らず貴族令息として接していた。それが新鮮だったのだろう。王子はリリアン様にのめり込んでいく。側近としてそばにいたカイランはその行動をはじめは諌《いさ》めていたようだけど、時が経つにつれ一緒になって会話を楽しんでいるところを何度も目撃した。

カイランは婚約者の私をないがしろにはしなかった。予定通りに邸へ会いに来てお茶をしたり庭を散歩したり婚約者として夜会に出席しエスコートして役割を果たしていた。だから彼が熱を持った瞳でリリアン様を見つめていても楽しそうに談笑していても、その笑顔を私には見せなくても何も言わなかった。彼は役割を果たしていたのだから。

しかしアンダル様は役割を果たさなかった。夜会では婚約者をエスコートせずリリアン様を連れて現れ始まりのダンスから離れずまるでリリアン様が愛《いと》しい婚約者のように夜会を過ごした。

さすがにこれはいけないと王家のほうでもアンダル様を諫めたが聞く耳を持たずそのまま時は経ち、いい加減にしろと婚約者側から言われたことが発端だったのか、処女性を大切にしている貴族令嬢と既成事実を作ったのだ。それも人も多い、当の婚約者も参加している夜会の最中に個室でリリアン様と愛し合った。部屋から出てきた薔薇《ばら》色の二人はその場で婚約者に解消を申し出た。

リリアンの純潔は僕が散らしたと、だから責任をとると宣言した。

婚約者の令嬢はその場から離れ、アンダル様は王家の騎士に王宮へ連れていかれた。この時アンダル様は離れればなれにされるリリアン様に向かい愛していると叫び迎えに行くと約束した。そしてリリアン様を友であるカイランに預けた。

私はそれをその場で見ていた一人だ。カイランと共に参加していたのだが、アンダル様からリリアン様を預けられたカイランは私の存在を忘れたのかアンダル様が消えた後、リリアン様の腕を掴《つか》みゾルダーク家の馬車に乗せ走り去った。

私はさすがに唖然《あぜん》とし動けなかった。アンダル様の軽率な行動も理解できなかったがカイランのリリアン様しか見えていない行動に驚いた。

一人残された私は邸に帰る馬車がないのに馬車溜《だ》まりまで歩いた。

この時の記憶は曖昧《あいまい》だが誰かが私の肩を掴み止まらせ話しかけてきた。馬車を貸すと言っていたように思う。その声に従って馬車に乗りディーター邸へと帰りついたのだ。

後日夜会の警備に来ていた騎士団の団長が馬車を手配してくれたのだと家族から聞いた。

色々なことがありすぎた翌日、カイランが我が家に謝罪のため訪れたと父に呼ばれ自室からカイランの待つ庭へと出ていくと、どこか遠くを見ていた彼は私が現れた気配に気づきこちらに近づいてきた。彼の瞳は悩ましげに私を見て頭を下げた。

「昨日のことは本当にすまなかった。ディーター侯爵からアルノ騎士団長が馬車を手配してくれたと聞いた。後で私から礼をしておく」

顔を上げたカイランは私を見下ろした。あの後リリアン様をどうしたのか……ちゃんと男爵家に届けたのか……私のことは忘れてしまっていたのかと本当は聞きたかったが、私はその言葉を呑《の》み込んだ。聞いてもこの怒りは消えない。

許しはしないと、彼の黒い瞳を見て決めていた。

二度はない……私をないがしろにしたことを二度と許すことはない。

カイランから視線をそらし遠くを見つめて口を開く。

「アルノ騎士団長様には私からも礼状を書きます」

アンダル様の騒動は結局、貴族令嬢の純潔の責任をとるということでまとまりアンダル様の婚約者には相当の賠償金がアンダル様の個人資産から支払われた。王家が支払ったのであれば貴族達は納得がいかないからだ。王族が約束を反古にするなどあってはならない。アンダル様を廃嫡し、王位継承権剥奪《はくだつ》、そして仕度金などほとんどなく男爵家に婿入りする。スノー男爵家に嫡男がいなかったことが幸いだった。いたならアンダル様は平民として生きていくことになっていただろう。

私は家のために義務を果たす。

それはゾルダークとディーターの血をゾルダークに残すこと。

カイランは義務を放棄したのだ。まだリリアン様を想っていたとはなんて諦めの悪い男だろう。二人の間には何かがあったのかもしれない。でもこのままカイランの言う通りにするなんて……私は子供を産みたいわ。自分の愛する我が子を。早々にカイランの本音がわかったのは良かったのかもしれない。期待しないですむもの。でも子供は一人ではできないわ。

ゾルダークとディーターの血。カイランに兄弟がいないのなら私がとる選択肢は一つしかない。


初夜の日から数週間が過ぎた。

ゾルダーク公爵家の朝食は各々でとり、夕食はこの邸に住むカイランの父親ハンク・ゾルダークと三人でとる。ハンク・ゾルダークは陛下の側近で友人でもあった。

ハンクは私とカイランが閨《ねや》を共にしていないと知っているはず。私から報告しなくても、夫婦の寝室を使用していないのだから知られているだろうと思っている。

私は決断をしていた。そしてそれを実行しようとジュノに命じてハンクの執事ソーマへ相談があると伝えてもらった。

私の自室に来たソーマはハンクよりも十ほど年上だろうか、背筋を伸ばし白髪を後ろに撫《な》でつけ老いを感じさせない雰囲気がある。

「突然呼び出してごめんなさいね」

「いいえ。若奥様のご用となれば。しかし私にご用とはなんでしょう」

「実は閣下にお話があるの。公爵家の未来のため、と伝えてくれない？　でも他の人には言わないで」

ソーマは少し考えた後、夕食の後に執務室にと告げて頭を下げて出ていった。扉が閉まった直後ジュノが尋ねる。

「公爵閣下にカイラン様のことを話すのですか？」

ジュノは私が夫婦の問題を義父に話すとは思わなかったようだ。しかし、この問題はハンクにしか頼めないことは事実。私はハンクに解決してもらおうと決めたのだから。


夕食後にソーマと共にハンクの執務室へ向かっていた私はさすがに緊張していた。カイランの父親だからといってそんなに会話もしたことがなかった。

いつも眉間《みけん》に皺《しわ》を寄せて何か考えている顔をしているけどカイランによく似ている。カイランよりも濃い紺色の髪にカイランと同じ黒い瞳。体が大きく威圧感がある。

本当に数えるくらいしか会話をしたことがない。

執務室の扉をソーマが叩くと中から低い声で入れと聞こえてきた。

ソーマが扉を開け私を中へと勧める。執務室の壁際に置かれた重厚な机で書類をめくっていたハンクは私が近づくと顔をあげて手を止めた。

「なんだ」

「忙しいなか、ありがとうございます」

私が頭を下げ感謝の意を伝えてもハンクは無言だ。用件を言えと沈黙が言っている。

「ご存じかと思いますが、カイランが私との子作りを拒否しています」

ハンクの無表情は変わらない、先を続けろと言っている。

「ある女性に操を捧げる……子は時期をみて親族から養子をもらうと。ですが私はゾルダークとディーターの子を欲しいのです。子が産めない体でもないのに養子は考えられません」

「それで？　俺に息子を叱り、さっさと子作りしろと説教してくれと頼みにきたのか」

そう言われるだろうと予想していたけど私の望みは違う。カイランの子など欲しくない。

私はハンクの瞳から目をそらさず見つめて願いを口にする。

「いいえ。そのようなことは頼みません。これから永い年月、清い身のまま生きると言うカイランを尊重します。私に閣下の子種をくださいませ」

さすがのハンクも目を見開いて驚いている。

だがここで諦めはしない。

「閣下の子種ですとゾルダークとディーターの子ができます。駄目でしょうか？」

私たちの間に沈黙が流れる。

私の隣にはソーマがいるけどハンクは私から目をそらさず組んだ手を顔の前まで持ってきて私の言葉を呑み込んでいるようだった。

「……まだ婚姻したばかりだ。あいつの気が変わるかもしれん。それまで待つ……」

「いいえ！　待ちません。カイランはリリアン様を想っています」

まさかカイランの想い人がリリアン様だとは知らなかったようだ。

ハンクは手で目をふさいでため息をついた。

「スノーの。奴はあの女に恋慕しているのか」

「学園の頃からです。あの騒動があった夜会で私は決めていたのです。次はないと」

私が騒動の日に置いていかれたことはディーターからゾルダークへ話していなかった。

「次？」

「あの日、カイランはアンダル様からリリアン様を頼むと言われ、私を会場に置き去りにしてリリアン様を連れてゾルダークの馬車で去りました。アルノ騎士団長に馬車を用意してもらわなければディーター邸には帰れませんでした」

ハンクはソーマに目配せしソーマは首を振った。ソーマにも報告がなかったということだ。

「言いたいことはわかった。しかし、いいのか？　まだ……いや、あれを見限ったか」

「はい。私がゾルダークに嫁いだ覚悟を」

無下にしたのだ。私は強い思いを抱きハンクを見つめる。

「俺も年だぞ、できるとは限らん」

険しい眼差《まなざ》しのハンクの答えを聞いて私は頷《うなず》く。

「わかっています。私も石女《うまずめ》かもしれません。閣下との子ができなければ養子を」

案外簡単に了承をもらい私の頬は緩む。

「ありがとうございます、閣下。それともう一つお願いが。このことはカイランには伝えないでほしいのです」

「なぜだ、孕《はら》んだら知れるぞ」

「閣下の子種が実を結びましたら私から話したいのです。カイランの願いを損なうことなく正統なゾルダークの後継を得るのですから。素晴らしい報告を」

私は満足のいく会話に微笑《ほほえ》む。

「私はこれから医師と相談して妊娠しやすい時期を算出してもらいます。その時閣下の元を訪れても構いませんか？　一月のうち二、三日ほどだと思います」

「医師は用意する。待っていろ」

「ありがとうございます」

＊＊＊

俺は頷き娘を見た。笑顔でこれからの予定を話す少女を見つめているとこの娘がゾルダークの後継を生む未来が見えた。

息子が生まれて産後のひだちが悪く寝込みがちだった妻。数年後そのまま儚《はかな》くなった。忙しく後妻など娶《めと》らなかった弊害がここにきて現れ出した。

あいつに兄弟がいたらそのままあの娘の相手にできたものを。今さら後悔しても遅い。ならば領地の仕事を自分の分を奴に回し、暇を作らなければならない。

「ソーマ、ライアンを呼べ」

「旦那様、亡くなられた奥さまとの閨は苦痛だとあの当時おっしゃっていましたが……」

「セシリスは閨の間ずっと痛い嫌いと泣く。さっさと孕めと当時は思っていた。ソーマ、あれの願いを了承したが間違っているか？」

息子の嫁を抱くなどおかしいと理解している。親子ほど年の離れた少女を何度も抱かなくてはならん。

あの娘に関心など持ったことはなかった。会話らしい会話は初めてしたほどだ。

「旦那様、キャスリン様の意志は固そうにみえます。初夜の日から夫婦の寝室の使用は皆無と聞いております。カイラン様を説得するのもよいでしょうが、それで事を成そうとしてもキャスリン様が拒絶するかもしれません。秘密裏にキャスリン様に子を授けましょう。閨の指南書を渡しますので読んでください」

止められると思っていたから少し驚く。

自身の決断の早さに少し心が揺れていたのは事実だが、自分より常識人であろうソーマがそう言う。ソーマから見ても奴とあの娘の仲の修繕は難しいということか。奴を切り捨てるのは早い気もするが……あの女に恋慕とは……すでにスノー男爵夫人として生きている女を想うとは理解できん。

「決まりだ。しかしソーマ、指南書？　俺は閨が下手《へた》ということか？　この年で指南書とは……」

「キャスリン様の体と心のためです。一番大切なのはお子を宿すことですが、それまでキャスリン様につらい思いは……」

「セシリスがおかしかったのではなく俺か？　情けなくなるぞ。面倒くさがらず娼館などで学べばよかったのか。領地の仕事を奴に回せ。理由は俺の体調不良だ」

今後の予定を決めるために書類をめくる。

＊＊＊

自室に戻ると不安そうなジュノが待っていた。扉を閉めてすぐさまジュノに抱きつく。久しぶりの抱擁にたじろぐジュノがしっかり私を受け止め背を撫でる。

「閣下が……承諾してくれたわ」

優しい匂いに安堵《あんど》し体を離してジュノと向き合う。

「閣下には怒られると思ったの。夫婦の問題ですもの。でも私の言葉をちゃんと聞いてくれたわ。あんなに怖い顔しているのに意外と優しい人なのかもしれないわね」

ふふ、と笑う私を見つめてジュノが頷く。安心したら涙がほろりと落ちた。これからが大変なのだ。新婚夫婦として初めての社交もしなければならない。

「夜会用のドレスを頼まないと……新婚だからカイランと合わせた方がいいわね。合わせないと変に勘ぐる人が出てくるかもしれない」

面倒だけれどカイランと話さないと。

あの初夜からカイランとは会話らしい会話をしていない。二人きりにもなっていない。婚約時代よりひどい関係になってしまった。案外向こうは今の状況を望んでいたのかもしれない。

「夜会用の衣装を決めたいとトニーに伝えてくれる？」

トニーはカイランの執事兼従者、一番近いところにいる人物だ。今の私達の状態をわかっているはず。

ジュノと共に私の自室に入ったトニーの表情は固く瞳からは哀れみを感じた。

夜会用の衣装の話をすると私にすべて任せるという。私はカイランの採寸だけトニーに頼んだ。

「ねぇジュノ、始まりの夜会はどちらだったかしら？」

「ハインス公爵家です」

この国には三つの公爵家がある。ゾルダーク、ハインス、マルタン。ハインスは現王の妃《きさき》、ジュリアン・シャルマイノスの生家にあたる。

互いの色を使った衣装にすることに決めた。私の瞳とカイランの瞳、空色と黒を入れてお金をかけて、けれどもシンプルな揃《そろ》いの衣装にしようとジュノと話し合った。カイランは任せると言ったのだから好きにしようと色々な装飾品も購入することにした。

数日後ソーマが医師を連れて私の元にやってきた。秘密が漏れないためにはハンクも納得する医師が必要だった。

シャルマイノス王国の中でも指折りの医師だとソーマから紹介されたのはライアン・アルノ様だった。あの騒動のおりに私を助けてくれたアルノ騎士団長の弟だという。私は少し気まずい思いをしながらも彼に挨拶をした。

「はじめまして、キャスリン・ゾルダークです。閣下からお話は聞きまして？」

対面のソファを勧めるとライアン様の背後にソーマが立つ。

ライアン・アルノは騎士団長とは全く似ていない容貌をしている。兄のドウェイン・アルノより背はかなり低く顔も幼い、これで二十代後半なのかと驚いた。

「はじめまして、ライアン・アルノです。先に閣下と会いました、話は聞いています。大雑把《おおざっぱ》にですが……」

多分、息子の嫁と子供を作ることにしたから良い日を算出せよ、なんて言ったのではないかと思う。

補足しておこうかと悩んでいたところソーマがこちらを見ていることに気づき、首を傾《かし》げ見つめる。

「キャスリン様、ライアン様には何でも相談するようにと閣下から言われております。何も漏れることはないから安心せよ、と」

それを聞いて私は頷く。

「ライアン様、私はゾルダークへ嫁ぎ一月も経っておりませんが、カイランから閨を拒否されております。けれど私は子が欲しい。医師として助言をいただけると助かりますの」

「わかりました、キャスリン様。医師としてあなたの体を守り助けになれればと思います。さっそく問診をしてもよろしいでしょうか？」

ライアン様は驚くこともなく淡々と問診をした。月の物の周期や痛み、いつ頃から始まったのかなど事細かに質問する。そうして月の物の終わりから子を儲《もう》けやすい日を算出してくれた。これは毎月かわるのでこれからも月に一度こちらに往診してくれると言う。

「ライアン様、月に一度も健康な女性が医師にかかることに何か疑問を持たれないでしょうか……」

例えばゾルダークで働く人達、出入りの商人、そしてカイランから。

「それは安心してください。これからは閣下の元にも月に一度往診をしますから。僕がここに来る理由が閣下です。そして、お茶を出してくれるのがキャスリン様なので不自然ではないと思いますよ」

一度で授かれなければ何度も往診が必要になる。

ハンクが病気になってくれたと知り自然と笑顔になる。嬉《うれ》しくてソーマに頷いて感謝を伝えた。

「では、今月は十日後から二日ほど体がつらくなければ続けて子種をいただいてください」

閨に対して怖くないとは言わない。私には未知の世界だもの。でも、願いに近づいている感覚が胸を熱くする。私はソーマに問う。

「ソーマ、閣下はその日は空いていて？」

「空いております」

「ありがとうソーマ。閣下にもお礼を伝えて、本当は直接お伝えしたいけれどお忙しいでしょう？」

「はい。カイラン様に領地の管理を回しました。数日ほどは指示系統や書類の精査などを教え込まねばなりません……それから閣下も準備を始めますので……」

「閣下の準備？　男性でも必要なものなの？　母から聞いた閨の作法はあてにならないのかしら……私も何かするべきかしら？」

「キャスリン様は何も！　いつものように過ごしていただければと……」

少しの沈黙の後、ライアン様がこれで今日の診察はおしまいだと私に告げた。

「では、次の往診は月の物が終わり次第、僕のところへ連絡をください。もちろん予定の日になっても月の物が来ない場合も連絡を。ソーマさんに伝えていただければ大丈夫ですよ」

ソーマとライアン様を見送りソファに腰を下ろす。


十日後にハンクと閨を共にする。少し不安になる。

カイランに拒絶されたあの日の悲しみを思い出してしまった。やはり無理だとハンクにまで拒絶されたら……立ち直れないかもしれない。閨の前に少しでもハンクと会うことができるかしら。

「公爵閣下の往診とは何を理由にするのでしょうか」

ジュノの言葉に顔を上げる。

「そうよね、どんな病気になるのかしら……あんな健康そうなご様子なのに。閣下にお会いできるように頼んでみるわ、その時に聞いてみましょう」

座る私の前にジュノがひざまずいて手を握る。

「お嬢様の願いが叶《かな》うよう、私も精一杯努めます」

「ありがとう、ジュノ。あなたを連れてきてよかった。一人ではゾルダークで立っていられなかったわ」

ジュノは私がディーターから連れてきたメイドだ。知り合いのいないゾルダークで私を支えてくれる。


今まで三人で共にしていた夕食がライアン様の往診からはとれなくなっていた。

ハンクがカイランに仕事を任せるための準備に忙しいようだ。

そんな日々を過ごしていた昼過ぎ、私がテラスでお茶をしているとカイランが現れた。

「キャスリン、少しいいかな……」

いきなり現れたカイランに心臓が止まるかと思ったが、笑顔で迎えてテラスに案内する。

「ジュノ、カイランにもお茶をお願い」

ジュノが紅茶を置くとカイランが用件を口にした。

「突然すまなかった。実は父上の体調が悪くて僕の仕事が増えたんだ。当分、共に夕食がとれない」

申し訳なさそうに言うカイランに私は初めて知ったかのように尋ねる。

「閣下はどこが悪いの？　深刻？」

私の困惑している様子にカイランは答えた。

「深刻ではないようだけど医師の話では少し静養が必要だと」

ハンクから聞きたかったことをカイランが教えてくれた。

「静養すれば閣下は元気になるのね、よかったわ」

「父上のかわりに領地管理の仕事が増えてね。ゾルダーク領へ行かなくてはならない。馬車で二日ほどかかるけどハインスの夜会には間に合うように帰ってくる。準備は君に任せてしまうけどいいかな」

カイランが領地へ行く。

馬車で二日となると帰ってくる時はちょうどハンクとの閨の日になるのかしら？　それだと少し慌ただしい。私は閨の日以降に帰ってきてほしかった。

ゾルダーク領ではどのくらい過ごすのか……そこが気になってしまう。

私の思案顔を見て離れてしまうことに不安を抱いていると勘違いしたのかおかしなことを言ってくる。

「夕食も共にできず、明日から僕は領地へ行ってしまう。君に寂しい思いをさせるのは心苦しいが我慢してくれるね？　領地から戻ったら落ち着くと思う」

カイランの言葉を聞いて本当に心苦しいのかと問いたくなった。

寂しい……そんな感情をあなたに持っていないわ、と言いたくなるのをぐっとこらえる。

カイランはそっと私の手に触れてきた。

「大丈夫かい？　慣れない邸で不安かもしれないけれど……」

カイランに触れられた手を引っ込めたい衝動を我慢する。

奥歯を噛《か》みしめ心を落ち着かせ言葉を吐く。

「大丈夫よ、大丈夫。夜会の準備もあるし私も忙しいもの。この邸の人達もいい人が多いわ。でもそろそろ護衛騎士を用意していいかしら？　公爵家の騎士でももちろんいいのだけどディーターでそばにいてくれた騎士がいるのよ。こちらでも落ち着いたし買い物に外へ行きたいの」

私はあなたが離れて寂しいわと伝わるように、彼が元々ある罪悪感をもっと大きくするため触れられていた手を握り返す。離したいけど我慢する。

「ああ、気心の知れた相手のほうが君も生活しやすいだろう。確かディーターで君についていたのはダントルという男だったね。一応、父上の許可を貰《もら》ってからになるだろうけど僕から頼むよ」

ゾルダークで絶対的な味方がジュノだけなのは少し不安があった。あと一人くらい近くにいてほしかったから子が授かったらハンクにお願いしようと思っていた。でも今、承諾を貰えたならそれでいい。

私はそっと手を離して膝の上に置いた。

カイランに触れて不快を感じていた。今までこんなことはなかった。

カイランが去ったあとジュノに不安を打ち明けようと手を握る。ジュノの手に不快な思いはしない。

「ジュノ、私怖いわ。カイランに触れられてひどく嫌だったの。こんなことで手が震えたのよ。閣下相手に閨を共にできるのかしら……閣下はカイランに似ているし……」

こんなことで震えていては子など作れない。だけど怖がってなどいられない。嫌でも子を作らなければ私がゾルダークへ嫁いだ意味がなくなってしまう。カイランのせいでこんなに弱くなるなんて、自分が不甲斐《ふがい》ないわ。


カイランが領地へ向かうため、邸は朝早くから慌ただしかった。

カイランとトニーそしてハンクの従者のハロルドがゾルダーク領へ向かう。外には護衛騎士も数名、すでに馬に跨《また》がりカイランを待っていた。ソーマも見送りにきたのだろう。ホールでカイラン達と話をしている。

近づいていく私に気づいたのはカイランだった。

「キャスリン、朝早いから見送りはいいと言ったのに来てくれたのか」

「ええ、起きてしまって。見送りをさせて」

ゾルダーク公爵家で働く使用人に良き妻として映るよう早起きをした。

「夜会には間に合うように戻ってくるよ。揃いの衣装が楽しみだ」

「ふふ、私も楽しみよ。きっとカイランも気に入るわ。気をつけて行ってきてね」

三人が馬車に乗り込むのを見守る。前後に護衛騎士を配置して出立した。

カイランが数日いなくなると思うと心が軽くなる。馬車が見えなくなってからソーマへ振り向く。

「若奥様、朝食はもう召し上がりましたか？　まだでしたら閣下がこれからテラスで召し上がる予定ですのでご一緒されますか？」

ソーマの提案に頷き一緒に歩き出す。

嫁いでから誰かと朝食をとるのは初めてだった。


ハンクの自室のテラスへ案内された。テーブルの上にはすでに朝食の準備がしてあり、私は椅子《いす》に座りハンクを待つ。

とても天気が良い。こんな日はこうやってテラスで朝食をとっているのかもしれない。

そんなハンクを想像していたら本物が現れた。夕食の時よりも軽装で髪も後ろに撫でつけてはいない。眉間の皺《しわ》は深いままでも若く見えて表情も柔らかい。

「おはようございます、閣下。お招きありがとうございます」

私が立ち上がり挨拶すると手振りで座れと合図した。

沈黙の中、食事が始まる。

私は朝食が少ないほうだがハンクはたくさん食べている。見ていて飽きないくらい大きな口の中に食べ物が入っていく。

だからあんな大きな体になるのかしらと感心しているとハンクと目が合った。見られるのは嫌だったかしらと首を傾げると目はそらされ食事に戻った。

「あれだけで足りるのか」

ハンクは私を見ずに話し出した。

足りるのか……とは朝食のことかしら。

「はい。朝はあまり食べないのです。閣下がたくさん召し上がるのを見て驚きましたわ。だから体が大きくなりますのね。私ももっと食べたら大きくなれるのかしら」

感情の読めない黒い瞳は朝日を浴びてとても綺麗だった。

「まだ成長しているのか？」

「いいえ、もう背丈は伸びておりません。でも小さいよりいいなと、貧相に見えますでしょう？」

私は他の令嬢と比べて小さい。身長の高いカイランと並ぶと低さが目立つ。

「貧相と誰かに言われたのか？」

そういう風に聞こえたのかしら……ただ勝手にそう思っているだけ。

ディーターの家族は小さくて可愛《かわい》いと言ってくれた。

ハンクは私が誰かにそう言われて侮辱されたのか聞いているのかしら？　なら誤解は解かないと。

「ふふ、誰にもそのようなことは言われておりませんわ。自分でそう思っているだけです。ただ背が高い方が羨《うらや》ましいということなのです。憧れですわ」

ハンクと普通に会話していることに感動してしまう。それほどハンクは寡黙な人だった。

「閣下、医師の件ありがとうございます。ライアン様はとても親切で丁寧《ていねい》に診察してくださいました。それに閣下が病気になってくださったおかげで気にすることなくライアン様の往診を受けることができます」

「ああ、気にするな」

「ソーマも診察の時にいたので話しましたが五日後から二日間、よろしくお願いいたします。ただカイランが領地から戻ってくる日が重なることが気になります」

カイランの戻る日は邸が慌ただしくなるから、もしかしたら忙しくなって流れてしまうかもしれない。

「それも気にするな。ハロルドを同行させたから帰りは遅らせるよう言ってある。向こうには奴の祖父がいる。相手をするよう話すだろう」

「それは安心ですわ。カイランが邸にいるのといないのとではだいぶ心持ちが違いますから。心遣い感謝します」

私は頭を下げて礼をする。顔を上げハンクを見ると眉間の皺が増えている。失礼なことを言ったかと首を傾げると険しい眼差しがソーマに動く。

「ソーマがお前のためだと」

私はソーマを見つめ微笑む。

「ありがとう、ソーマ。本当に助かるわ」

本当に気がきく執事だわ。今のところ私を軽く扱うことはないということね。

「お前の部屋か俺の部屋か」

いきなりな話題に反応できなかったが、少し考え想像する。

そうね、初めては痛みがあると聞いているもの、あまり移動はしたくないわ。

「私の部屋へ来ていただけますか？」

「ああ、待っていろ」

ハンクは椅子から腰を上げてテラスを離れていく。テラスには私とソーマが残った。

私は昨日、カイランに触れられて震えてしまったことをソーマに話してみた。

「家族以外の男性に触れることはあまり機会がないからよくわからなくて」

ソーマは頷き私の前に手を差し出した。触ってみろと言うような仕草にそっと触れてみる。

「年寄りの手はどうですか？　嫌でしたか？　震えてはいないようでしたが」

「なんともないわ。おかしいわね、本当に震えたのよ」

「カイラン様が駄目だということでしょう。気持ちの問題なのです」

ソーマにそう言われて、すとんと自分の気持ちに納得できた。

ああ、私はカイランが本当に許せないのだと。嫌いなどの感情では表せない、この感情は憎いが近いのかもしれない。

＊＊＊

執務室で引継ぎの書類を眺めている。天気の良い朝はテラスで食事をする習慣がありソーマの提案に頷き、あの娘と食事を共にした。

「あれは本当にあの量か？」

書類も持ち執務室に入ったソーマに尋ねる。

「そうでございます。キャスリン様が料理番へ指示したそうですよ」

返事をせず書類を渡すようソーマへ手を差し出し受け取り一枚一枚確認する。その中には息子についての報告書もある。

「奴は男色なのか？」

「若いのですから同じ趣向の方と会うはずですが、それもなさそうでして」

男色でないなら不能の可能性も出てくるが奴の精通は確認している。

「操を捧げる……真実かもしれません」

本気でそんなことを言っているなら奴は阿呆《あほう》だ。育て方を間違えたのか。育てたのは家庭教師と乳母だからな。書類をめくると一冊の冊子に行きあたる。

「閨の指南書です。必ずお読みください。キャスリン様は気丈に見えますが無理をしているかもしれません。カイラン様に触れた手が震えてしまったと困っていました」

「だからなんだ」

それを俺に言ってどうしろというのか。

「閨まで数日ほどキャスリン様にお会いしましたら手に触れたり肩に触れたりしてください。旦那様に慣れていただきましょう」

「必要か？　閨の時に触れればいいだろう」

「閨の時に泣かれてもよろしいので？」

「よろしくない。お前の指示に従う」

ソーマの言葉に反論できない。この年で怖いと泣かれたら萎える。

「夕食は共にとられますか？」

頷き仕事へ戻る。新たな報告書を読むとそれはあの娘の護衛騎士のものだった。ディーターから連れてきてほしいとある。承諾の印を押す。仕事を回したことで指南書を読むひまができた。

「旦那様、夕食です。キャスリン様がお待ちですよ」

ソーマに声をかけられるまで真剣に指南書を読みこんでいた。初級などとうに終わり中級、次は上級かというところまできていた。

「旦那様、キャスリン様は初心者というより無垢《むく》と思ってください。いきなりあそこまで読まれては混乱しますでしょうが、キャスリン様は無垢ですよ。本日は手を触れて慣れてもらうだけです」

こいつは俺をなんだと思っているのだと多少腹が立つ。だが閨の指南書を読んだ後では過去の妻との閨が不勉強だったたと理解はできた。面倒だが泣かれても困る。

共に夕食を終えた食堂にソーマと娘の専属メイドを残す。

腕を伸ばして娘の小さな手に触れると体をゆらしたが振り払うことはしなかった。慣れさせるために親指で手の甲を撫でても震えてはいない。手を動かし瑞々《みずみず》しい頬に触れる。晒《さら》された細い首にも触れる。速い脈動が指先から伝わる。今はこれでいいだろうと娘の顔を見ると赤くなっていた。

「どうした？　赤いぞ」

娘は答えない。顔が赤いのは嫌がっているということなのか？　震えていないが……固まっているのか？　俺はどうしたらいいのかソーマに視線を送ると睨《にら》んでいるように見ている。

「閣下……あ、ありがとうございます。ソーマから聞いたのですね。閣下に触れられても嫌な気持ちにはなりません。ご安心を……私、ちゃんとできますわ」

娘は顔を伏せ俺を見ないが嫌な思いはしていないならもういいだろう。

俺が手を離すと娘は立ち上がり食堂から出て行った。

「おい、あれはなんだ」

あれとは？　とソーマが聞き返すが、なぜか睨まれる。

「赤い、目を合わさん」

ソーマが珍しくため息をついた。

「旦那様、キャスリン様は無垢と伝えましたよ。手だけでよかったのですよ。なぜ頬や首まで」

呆《あき》れたというようなソーマの視線に苛立《いらだ》ち眉間が力む。

「キャスリン様は家族以外の男性にあそこまで触れられたのはきっと初めてですよ。赤くなったのはそのせいです。なんとも可愛らしい」

あれだけの接触で動揺しただと？　閨の時に泣くのではないか？

「キャスリン様は覚悟を持っております。それでも十八歳で無垢。拒絶はないでしょうが不安はあります。そこは旦那様が勉強の成果を発揮していただければと思います。予定の日まで数日、また触れてみたらいいのです。徐々に旦那様に慣れていただきましょう」

＊＊＊

「もしかして顔が赤い？」

顔のほてりを感じる。

「首も赤いです」

自室に向かいながらジュノが答える。少し触れられただけなのに顔を赤くして申し訳ないわ。でも震えないだけよかった。ハンクに対して嫌な思いはしなかった。

翌日の夕食後もハンクが触れてきた。

手から始まり腕へ向かう、そして下がり手に戻る。なぜかこの動きが続く。くすぐったい。ハンクは触れている私の腕を見ていて視線は合わずほっとした。触れながらハンクが話し出す。

「お前達が閨を共にしていないことは一部の使用人しか知らん。俺が信用している奴らだけだ。子ができても皆は奴の子と疑わないだろう」

ハンクが指示を出したのかソーマが采配を振るったのか詳しくは聞かないが私の瞳から涙が落ちた。

ハンクは涙に気づき大きな手で頬を拭う。それでも伝い落ちる涙をソーマに渡されたハンカチで拭ってくれた。ハンクは何も言わず私の頬を押さえ続けている。一枚のハンカチで両目の下を押さえるから私の顔が半分隠れた。ハンクは私の涙が止まらなくて困っているように見える。

「ありがとうございます……閣下には面倒事を押し付けてしまったのに……私の面子《メンツ》まで保っていただいて私は何もお返しできませんのに」

ハンクは頬から手を離して私の手首を握り親指で撫でる。

「面倒だが元を辿《たど》れば俺のせいだろ。息子の育て方を間違えた。面倒をお前に押し付けたのは俺だ」

ハンクは私の提案を自分のせいと言う。その言葉は私のハンクへの罪悪感を消してくれた。

「お前はゾルダークの子を産め、俺とお前の子だ」

私はハンクを見つめ強く頷く。

「はい。必ず産みます。そして育てます」

「ああ、そうしろ」

必ずと心の中でハンクに誓う。ゾルダークとディーターの未来がここから生まれる。

＊＊＊

「泣いたぞ」

女心など理解できない主は随分動揺したのだろう。流れる涙を何度も手で払う姿に私は驚いた。

「かなり泣いたぞ」

「旦那様がしつこく腕に触れたから泣いたのではありません。生まれるお子がカイラン様の子として後ろ暗い思いをせずに育つことへの感謝です。キャスリン様は閨を共にしていないことをある程度使用人達に知られていると思い過ごしていたのでしょう。子を宿したとなればカイラン様ではない男と通じていると噂《うわさ》されます。公爵家の使用人は多い……どこから漏れるかわからない秘密に少なからず怯《おび》えていたかと……早く伝えておけばよかったと今さら思います」

私は長年ハンク・ゾルダークに仕えているが女性を気遣う姿は初めて見た。

キャスリン様の涙を拭おうとするなど主らしくない行動だった。厚顔無恥、無神経、冷血漢、強面《こわもて》など主を表す言葉は短所ばかりだが、そんな主の性格は仕方がないものだ。

主の母は出産後に亡くなり、前当主の父親は子に愛情を与えず特殊な育て方をした。

恋など知らずに政略で婚姻、今まで人に対し好意など持ったことがないだろう。齢《よわい》三十九の主がキャスリン様に好意を抱いたならこの先どうなるのか想像すると背筋が冷える。

＊＊＊

カイランから手紙が届いた。ハンクの言った通り、こちらに戻る予定が遅れると書かれていた。

ハンクが夕食後に私に触れることは続いていた。腕に触れたり押してみたり加減を確かめるように触れる大きな手には慣れた。カイランよりも大柄なハンクが身を屈《かが》める様子が面白かった。


今日ハンクと閨を共にする。


初夜ではないので薄化粧や体に香油を塗り込むことはしない。薄い夜着も着ない。いつもの私でハンクを待つ。

緊張してしまう。ハンクを待つ間、初夜を思い出す。カイランの拒絶の言葉に私は傷ついた。

扉が叩かれジュノが開ける。ジュノはそのまま出ていきハンクが部屋に入る。

湯上りなのかハンクの髪が湿っている。私は布を手に近づき、濃い紺色の髪を拭こうと手を伸ばすが布が届かずかかとを上げて拭うと体がふらつきハンクの手が私の両脇を掴んで持ち上げ寝台に立たせた。近くなった髪を布で拭いている間、ハンクはいつもの険しい眼差しのまま黙って立っている。

こんなに近くで黒い瞳を見るのは初めてだった。

「お前は小さい」

以前にそう言われたことがある。小さいなんて知っている。するとハンクが腰を両手で掴んだ。

「お前は細い」

食が細くあまり太らないからだけど、そのことも前に話した。首を傾げて見つめるとハンクは口を開けて首を舐《な》め始めた。初めての感覚に掴まれている腰がうずく。思わず声が出るとハンクの動きが止まる。ハンクは床に立ったまま私を見つめている。黒い瞳に私が映っていた。顔が近づき口を覆われた。

「口を開けろ」

言われた通りに開けると厚い舌が私の口の中に入った。私の舌が撫でられて吸われて息ができない。

「鼻で呼吸だ」

ハンクの太くて長い腕が私に巻きつき体が密着する。口を合わせながらハンクの大きな手が私の体に触れる。密着しているから硬く熱い陰茎を感じる。ハンクの手が動き私の夜着の中に入る。尻に触れられ体が跳ねてしまった。

「下着を穿《は》かずに寝るのか」

「閣下がいらっしゃるから穿きませんでした」

「腹を冷やすぞ」

両手で尻を撫でられる。私の体はほぼハンクに預けているがびくとも動かない。私は頭をハンクの肩に置いて抱きつく。腰と背中を大きな手が触れる。口を覆われながら私の夜着が脱がされた。ハンクは私の裸体を見ながら自身の羽織るガウンを脱いだ。公爵とは思えないほどたくましい体が現れる。ハンクは私を抱き上げ寝台に寝かせた。覆いかぶさるハンクの手が頂に触れて体が揺れてしまった。

「怖いか？」

「少し」

ハンクは口角をあげ、俺もだと言った。息子の嫁を抱くことが怖いのだろうか。でももう戻れない。

「子種をください」

私はハンクの手をとり下腹へ導き重ねた手でその部分を撫でる。

それからハンクは私の体を噛んだ。二の腕の内側や胸、お腹、太もも、ふくらはぎ。痕がついて満足したように上から眺める。笑んでいた。

私がもういいと言っても頂を舐め吸い噛んだ。そうしたらまた笑んでさっきより強く頂を噛んだ。

全身の力が抜けた頃ハンクが私の両足を持って左右に広げた。黒い瞳が秘所を見ている。そして顔を近づけた。何をするのかわからず見ているしかない私は涙が出てきた。私が泣き出したのを見て、泣くなと言いながら私の涙を舐めとる。ハンクの指先が私の秘所に触れる。

「お前は小さいが俺は大きい。ここに入れるために広げるから待っていろ。声は我慢するな、聞かせろ。噛むぞ」

秘所を噛むと言われた。ハンクは私の足を掴んで左右に広げて顔を近づけ秘所を舐め始めた。熱い舌がうごめき、音を鳴らしながら中へと入った。

「閣下！　あぅ、あっ、やぁ！　あっ閣下！」

舌と共に指も秘所に入れられた。指は増えて私の中を動く。強い刺激に戸惑い声を上げてしまう。

「あぁ！　閣下」

ハンクは手を伸ばし私の頬に触れる。私はその手をとって両手で強く握りしめる。体が強《こわ》ばり大きな声が出る。目の前が白くなって弾《はじ》けた。秘所に入っている指を締めつけてしまう。体が波打っていて声も出せない。呼吸しかできない。

「すまん」

何の謝罪なのかと茫然《ぼうぜん》としていると秘所に滑った熱い塊を感じた。ハンクが私の足首を持ち左右に広げ腰を進める。みちみちと入ってくる。痛みに涙を流してもハンクは止めてくれない。眉間の皺を深くするハンクに手を伸ばす。私の奥へと進む太く硬い陰茎は止まらない。

「閣下、痛いの」

子供のような言葉でハンクに訴える。ハンクは私を抱きしめ耳元で囁《ささや》きながら背中を撫でる。

「耐えろ、痛いのは今日だけだ」

ハンクが私を覆い、何度も何度も揺さぶられる。私に見えるのは揺れるハンクの体だけ……奥を突かれる度に声が漏れる。

「もう終わりだ」

最奥を何度も突いて私の中に熱いものが注がれる。ぐっぐっと腰を押しつけながら私を見つめている。ハンクは腰を引いて秘所からゆっくり陰茎を抜く。

全部抜けると秘所から液体が溢《あふ》れ出る感覚がした。子種が出てしまう。でも体が動かない。

「出ちゃう。蓋をしないと」

「お前の腹の中は子種で一杯だ、入りきらんのが出てきているだけだ」

ハンクは秘所を触り溢れた子種をすくって私に見せた。それを私の下腹に塗り込める。

「俺の子種とお前の血が混ざった」

何かの儀式のように塗りつける。

「ありがとうございます」

涙が溢れる。本当なら初夜にカイランとこの行為をしていた。カイランに触れられ口を舐められ舌を吸われて体を噛まれて秘所を舐められ陰茎を入れられる。目の前にいるのがカイランだと想像しただけで震えてくる。ハンクは私の涙を舐めとり口の中に舌を入れてきた。涙の味がした。

「泣くな。泣いたら舐める」

また泣きそうで抱きついて顔を隠す。ハンクで涙を拭いたら肩を噛まれた。そのまま顔を上げると体中に噛み痕があるのが見えて言葉が出ない。四日後、夜会があるのにこの噛み痕は隠せない。

「閣下！　これではドレスが着れません！　四日後にこの歯形は消えますの？」

「消えん」

そんな！　どうしよう。せっかくドレスを作ったのにカイランになんて説明したら……。

「風呂は？」

夜会のことなど気にしていない様子のハンクに軽く腹が立つ。全身を舐められたのだから湯には入りたい。でも、力が入らないから立てないし子種が流れてしまうから立ちたくない。

ハンクはベルを鳴らして私を抱き上げ浴室へ向かう。

「閣下、子種が流れてしまいます。私を立たせないでください」

ハンクは声を出して笑う。

「ははっ、流れても明日また注ぐ」

ハンクは私を抱いたまま湯に浸かった。ハンクと二人で入ると狭いけど我慢して汚れを落とす。下腹に塗られた白と赤も湯に溶ける。体を拭うためにジュノを呼ぶと言ってもハンクは布を手に無言で拭う。浴室から寝室に戻ると寝台の乱れは直されていた。ハンクは私に夜着を着せ寝台に寝かせた。自身はガウンを羽織って椅子に腰かけ私を見下ろしている。

「噛み痕はドレスで隠せないのか？」

「二の腕の内側と肩が出ますわ」

ハンクは少し考えてどこの店に頼んだのかと聞いた。私はマダム・オブレだと答える。

「どうしますの？」

「俺のせいだ、なんとかする」

「お任せします」

今はもう何も考えたくない。体は動かないし秘所には違和感がある。

「拭いてもらえ」

そう呟《つぶや》いたハンクは寝室から出ていった。少し待つとジュノが部屋に入り布を手に私の濡《ぬ》れた髪を拭う。

「子種を貰えたわ」

薄暗い部屋の中、睡魔が私を襲う。

「痛みはありますか？」

ジュノが肩に触れる。私は見た目より痛みはないと伝える。

「どのくらいたったの？」

「真夜中過ぎです。このままお眠りください。朝も起こしません。ゆっくり体を休めてください」

目を閉じてハンクを思い出すと頬が緩む。見たことのないハンクを見た。大柄な体格で常に睨むような表情のハンクは周りから恐れられているけれど笑うと険しい顔が少しだけ柔らかくなる。

＊＊＊

「あれも結局泣いたが、嫌がってはなかった。指南書が役に立った」

自室に戻りソーマが注いだ酒を一気に含む。喉から胃へと熱い感覚が伝わる。

あんなに長く女に触れたことがなかった。指南書の通りに舐めたり吸ったり噛んだり……破瓜《はか》の痛みが少ないように念入りに秘所を広げた。

小さな体だったが裂けもせず処女膜の血だけで済んだ。ぬかるんで締めつける秘所はよかった。セシリスとはだいぶ違う。

「お疲れさまです。長くご一緒に過ごされましたね」

「ああ、次はすぐに注げるだろ。早朝、マダム・オブレに誰か寄こすよう言え」

「珍しいですね」

「あれの体に歯形がある。ドレスが着られないと怒る」

黙ったソーマを見ると俺を睨んでいる。

「歯形……とはまさか……旦那様」

「噛むとあの小さい体が跳ねる。面白い」

「おも……まさか上級指南書に書かれていたことを実践されたのですか」

「舐めて吸って噛んでは駄目なのか？　指南書には……」

「噛む行為は上級者向けの指南書に書かれてあったことです」

「上級者だと？」

まさか噛んだから泣いたのか……？　だが子種の礼を言ったぞ。

「拒絶されなかったのなら噛まれる行為が一般の閨と勘違いをされているかもしれませんね」

「勘違いさせておけ」

ソーマの顔は呆れているが俺はまた噛みたい。あれには歯形をつける。

＊＊＊

お腹が空いて目が覚めたのはすでに太陽が真上にある頃だった。

体を起こしベルを鳴らすとすぐに扉が開いてジュノが現れる。

「おはようございます。よく眠っていました」

立ち上がると秘所から子種が流れ出てきた。夜着を脱ぐと体に赤い歯形が見える。

噛み痕が隠れる服を頼み鏡の前に座ると首が赤くなっていた。なぜ赤くなっているのかわからずジュノに聞いてもわからないと言う。遅い朝食を食べて一日を自室で過ごすことにする。

テラスに出てゾルダーク公爵邸の庭を眺めながら下腹を撫でる。運が良ければ子が宿る。ディーターとゾルダークの子。


夕食後、閨を終えたからかハンクは私に触れてこない。食堂に私達の秘密を知る者だけになるとハンクが話し始めた。

「奴は今日の昼に向こうを発《た》っている」

カイランが二日後に戻る。そう思うと気分が沈む。

「はい。閣下、今晩もお待ちしています」

ハンクはいつもの険しい眼差しのまま軽く頷いた。

私は昨夜と同じようにハンクを待った。

窓から夜空を見上げると星が見えない。雨が降ればカイランの帰りは遅れるかもしれない、そうなればいいと考えているとハンクが部屋に来た。薄暗い部屋を進み私に近づく。

「何を見ていた?」

私は空を指差し曇っていると告げる。ハンクは私を抱き上げ寝台に運び横たわらせた。

「痛みは?」

私は首を振って痛くないと伝えるといきなり夜着の下に手を入れてきて尻を掴む。それから下着を引っ張り取り払って下に落とした。

「穿いたのか」

「腹を冷やすなとおっしゃったでしょう? でも、すぐ脱ぐなら閣下の来る日は穿きません」

落とされた下着を見て後で拾わなくてはと思った。

ハンクは無言で夜着を脱がし私の裸を眺めている。手を伸ばし自分のつけた歯形を確認するように撫でている。

「残るものだな。マダム・オブレにお前のドレスの肩と袖にレースを足せと伝えた。色も指定しておいた。お前達の瞳の色だろう?」

もう日もないのにレースなんて手間がかかるのではないかと思う。

大きな手が私の頭を撫でてそのまま毛先まで触れる。

「綺麗だな。保てよ」

私の髪が気に入ったようだ。黒い瞳が寝台に広がる私の薄い茶色の髪を見てから開いた口が私の口を覆う。舌を絡めると気持ちがいいと昨日知った。厚い舌と絡ませハンクの唾液が流れてくる。お互いの歯が当たっても夢中で吸っていると長い指が私の秘所を撫でて中に入る。浅いところを擦られて下腹がうずいてくる。

ハンクの指が頂に触れる。昨日からじんじんする頂をハンクが口に含んで転がし舌で遊んでいる。

「きもちいい……」

ハンクは片手でガウンを脱いで陰茎を私の体に触れさせている。

「閣下、早く注いで」

ハンクは私の足の間に入り陰茎を奥まで入れた。くびれまで抜いては奥を突いて私の体は大きく揺れる。

昨日感じた痛みや圧迫感はなく、熱く硬いハンクの一部を感じて胸が熱くなる。何度も揺さぶられ肌を打ち合う音が部屋に響く。

初めて知る下腹の快感に声が出てしまう。腰を掴んでいた大きな手が私の頂を摘《つま》む。

強い刺激に体が強ばる。

口を開けて舌を伸ばすと私の願いを察したようにハンクが屈んで口を合わせてくれる。たくましい体に腕を回して抱きついてハンクに身をゆだね揺れる。

胸の頂を摘まれると秘所が陰茎を締めつけた。ハンクの大きな陰茎が最奥で子種を吐き出す。何度も腰を押しつけて奥に全てを吐き出して私の横に倒れ込んだ。

黒い瞳と見つめあう。私は息を切らしているのにハンクは落ち着いている。

震える腕を伸ばしてハンクのかたい頬に触れる。険しい目元にある眉間の皺にも触れる。

子種のお礼を言おうと口を開くと舌を入れられた。絡まる舌が心地いい。

「これが好きか？」

「はい」

「うつぶせになれ」

唐突に言われた言葉を理解できずに首を傾げると体を回されて尻を上げた格好にされた。そして尻を噛まれた。驚いて体を揺らすと大きな手のひらが背中を押さえてから尻へと向かい撫でる。くすぐったい。ハンクは私の尻を左右に広げて陰茎を突き入れた。

突然の衝撃に意識が飛びそうになる。ハンクが腰を何度も叩きつけるとさっき出された子種がぶちゅぶちゅと音を立てる。

ハンクに肩を掴まれ持ち上げられると陰茎の角度が変わり新たな感覚を生み出す。後ろから抱きしめ叩きつけられて私は上下に揺らされる。

顔だけ振り向くとハンクが口を合わせてきた。がくがくと揺さぶられながら上から唾液を注がれる。激しい快感が下腹に集まる。腰を動かしながら私の秘所に触れて撫でる。そこに触れられるとおかしくなるからだめと顔を振るが聞いてはくれない。音を立てながら何度も硬い指が突起を刺激して秘所が高ぶる。

大きな声を出し頂点に達する。ハンクは子種を出しながら私の肩に噛みついた。

＊＊＊

後ろから抱きしめ腕の中に囲う。腰を押しつけて子種を出しきるまで噛みついていた。

娘の口からは意味を成さない声が漏れている。口を離すと皮膚を破ってしまったらしく血が流れる。興奮して加減ができなかった。抱きしめたまま血を舐めとる。止まるまで舐めていた。

娘を持ち上げて陰茎を抜くと秘所から子種が流れ落ちる。太ももから寝台に向かい流れる子種の量に軽く驚き、力を失くした体を抱きしめて横たわる。

肩の血は流れてはいないが簡単には消えないほど痕をつけてしまった。うつぶせにして柔らかい尻を見てしまってからは自分を抑えることができなかった。まあいいだろう。この体はもう俺しか見ないのだから。

けだるさと腕のなかのぬくもりに眠気が襲う。

扉を叩く音が聞こえる。しつこく鳴る音に返事をするとソーマが部屋に入った気配がした。重くなるまぶたを意識したあとに眠ったようだ。腕のなかを見ると娘はまだ寝ていた。

「掛け布をよこせ」

ソーマの差し出す布を受け取り娘の体を覆う。

「夜明けか?」

「まだです」

俺は寝台に座りガウンを羽織る。

「ライアンを呼べ。血が出るほど噛んだ」

暗い中でもソーマの呆れた顔は見えた。

「これはまた抱く」

手を伸ばし薄い茶の髪を撫でる。

何度も揺さぶったせいで長い髪は絡まっている。

「なぜです?」

長い髪を指に巻きつけてみる。

「俺のだからだ」

ソーマは悩ましい顔をしている。この年で情事にはまったと思われたかもしれん。

「無茶はせん。これの願い通り子は授ける。欲しいだけ産めばいい」

「女性をお抱きになりたいなら娼婦や未亡人がいますが」

情事にはまったと思われたな。娼婦や未亡人か。

「これでいい」

眠り続ける薄い茶の頭を撫でる。

「キャスリン様は旦那様の意向をご存じで？」

「しらん、だが関係ない。元々これが俺を選んだ」

俺が指定の日以外に抱くと知ったら嫌がるか？

今回のように理由を作り奴を領地に送る。新婚だろうと関係ない。

起こさないよう、静かに寝台から立ち上がり部屋を出ると隣の居室に娘のメイドがいた。

「起きたら風呂に入れてやれ」

暗い廊下を進み自室に戻り軽く湯を浴びる。

ソファに腰かけソーマが差し出す酒をあおる。もうすぐ夜が明ける。

「だめか？」

ソーマが何を言おうと俺の考えは変わらんが意見は聞く。

「キャスリン様は指定の日だけと思っています」

子が宿れば抱かれる理由もなくなるか。

「ライアンは婚姻して伯爵家を出る。奴に医務院を与える」

金で動く男だ。王都で医務院を作るとなるとそれなりに金が必要だ。用意してやると言えばいいなりだろ。

2

明るい気配に目が覚めた。

ジュノが寝台わきに置かれた椅子《いす》に座って寝ている。ジュノの寝顔を初めて見る。

「ジュノ、こんなところで眠ったの？　風邪《かぜ》をひいてしまうわ」

私の声にジュノが揺れる。

「申し訳ございません。見苦しい姿を見せました」

起き上がろうと体を起こすと肩がひきつった。そこに触れると痛みを感じた。

明るい部屋で見る自分の体に少し驚く。頂の色が濃くなって噛《か》み痕も多い。昨夜の強烈な快感と痛みを最後に記憶がない。

「お風呂に入れるかしら？」

ジュノは熱い湯をもらいに行った。

メイド長のアンナリアとライナが手伝い湯を運ぶ。

二人はハンクの言う信頼できる使用人で私達のことを知っている。

「日が高いわね。もう昼かしら？」

温かい湯に浸かると肩の傷が痛んだ。ジュノの手が優しく私を洗う。

「食事を召し上がった後、ライアン様の診察があるそうです」

肩の傷のために呼ばれたと理解した。三日後の夜会までに痛みが消えているといい。


食事を終えるとソーマがライアン様を伴い私の自室に入った。

「頻繁に呼んでしまっては閣下が大病だと噂《うわさ》が流れてしまわないかしら？」

「今日の目的は往診ではなく、契約を交わしに来ました。閣下が僕の医務院を王都に用意してくれるそうで、その打ち合わせに来たのです」

医務院を作るとそれなりのお金がかかるから後援者を探すのが大変だと聞いたことがある。

伯爵家の出でも資産がないと無理な話。

「僕は伯爵家の次男ですが、医学校で平民の女性に出会いまして婚姻をします。彼女の働く場所を探していました。閣下の支援で彼女と共に働けます」

ライアン様は医学校で恋に落ちたと私に馴《な》れ初《そ》めを教えてくれる。

恋をするなんて物語のようで現実味を感じない。

「さてキャスリン様、お体はどうですか？　閣下に診《み》ろと言われたのですが」

私は肩に羽織っていた布を取りライアン様に診せる。

「だいぶ強く……触れますよ。ふむ、では軟膏《なんこう》を渡しますので肩にはこちらを塗ってください。三日後の夜会には痛みもなく参加できますよ。首の赤みは明日には消えるでしょう」

それを聞いて安心した。鏡で首の赤みを見て不安だった。

子が宿る前にカイランに勘付かれたらどうなるかわからないもの。

「閣下と閨《ねや》を共にしたと聞きましたが、一つ心配事があるのです」

ライアン様は真剣な顔で私を見つめる。ハンクに何か言われたのかと思い眉間《みけん》が力む。

「閣下の子種の状態ですが医師の僕が診たところあまり良いとは言いづらくて……閣下は奥さまを亡くされてから長いのですが、その後はお相手もおらず子種を放置していたと思われます。子ができやすい日だけ注ぐよりも定期的に子種を出し、新たな子種をキャスリン様に注がれる方が子を宿しやすいと判断しました」

いきなりハンクの子種について話し出したライアン様に驚いたけれどその内容は興味深い。

「では、今回は良い子種ではなかったということですか？」

「実っている可能性は低いでしょう」

せっかくあんなに注いでもらったのに……うまくいかないものなのね。

なら閣下には定期的に子種を出してもらって……そんな手間のかかることをハンクに願うなんて
……申し訳ないわ。月に二日も私に注がなくてはならないのに。

「どうしたらいいのでしょう？　これ以上閣下に迷惑をかけるのは……」

私は胸が苦しくなってくる。

ハンクにはもうお願いできない。図々しいと言われたら悲しくなる。

「閣下はゾルダークのためにキャスリン様に協力する気持ちがあるそうですよ。安心してください」

ライアン様の言葉に安堵《あんど》する。

ゾルダークの後継のためだもの……必要なことに面倒とは言わないのね。

「定期的に子種を……あの……閨を……誰かとされるのでしょうか？」

街には高級娼館《しょうかん》がある。そこへ行くのかもしれないし邸へ呼ぶのかもしれない。

「いえ、せっかくの子種ですから確率が低くとも質の良いものをキャスリン様に注いでもらえれば妊娠の確率も増えます」

笑顔で提案を話してくれるけれど、明日にはカイランが帰ってくる。知られてしまうかもしれない。

「あとは閣下とご相談してください。子種は作りたてがいいですよ」

ライアン様は帰りソーマは私の部屋に残った。

「閣下には面倒をかけるわね。でもカイランが帰ってくると子種をもらいづらくなるわ」

「カイラン様は高位貴族後継倶楽部に定期的に通います。出かける夜に会えるよう動きます」

私はソーマの言葉に頷《うなず》く。そして薬を塗るためにジュノと寝室へ向かう。

「困ったわ。閨を定期的にしなくてはならないなんて……お薬はこれで足りるのかしら？　他の夫人達はみんなドレスの下は噛み痕だらけなの？」

薬を塗ってもらいながらジュノに尋ねる。ジュノもわかりませんと言うだけだった。

次は薬を多く持ってきてもらおうと心に留めておく。

＊＊＊

キャスリン様の自室から退室し主の執務室へ向かう。

そこには先程別れたライアン様がソファに座って紅茶を飲んでいた。

「ご苦労だったな」

「とんでもない。閣下のおかげで僕の未来は明るいですよ。キャスリン様には嘘《うそ》と真実を交ぜて話しました。子種は新しい方がいい。しかし、噛むのは控えては？　あれでは当分残りますよ。まったく吸血鬼のようだ」

主を相手に不遜な態度をとる者はあまりいないがライアン様は恐れず媚《こ》びへつらうこともない数少ない人物だ。

「薬を多く置いていけ」

控える気を感じない主の言葉にライアン様と共に呆《あき》れる。

「今日持ってきたのは渡しましたけど、後日閣下に追加を届けますよ。しかし、キャスリン様は小さいのに閣下の相手を……大変だなぁ。まぁ月の物が遅れたりしたらすぐ連絡くださいね。妊娠初期は危険ですからね」

「で？」

ライアン様はため息をついて紅茶を飲む。

「アンダル王子ことスノー男爵は元気に愛するリリアンと暮らしていますよ。ですが、元王子は贅沢《ぜいたく》が抜けない。スノー男爵領は小さいから収入も少ないのにリリアンを着飾らせて夜会にも行きたいっていうわけです。ハインス公爵邸の夜会に来ますよ。王妃様の実家、アンダルの伯父が当主ですからね。普通なら恥ずかしくて呼べないですけどね、親心かな？　甘いですねー。それと投資なんて考えているみたいです。カイラン様辺りにお金貸してって来るかもしれないですね」

ライアン様は主へ情報を持ってくる。

兄が王国騎士団長、父親が近衛《このえ》隊の副長。本人が医師として情報を集めて主の求めに応じ対価と交換する。兄と父は遊びに来る家族が情報を盗んでいるとは知らない。

「そうか。高位貴族後継倶楽部だが、ドウェインは定期的に行くのか？」

菓子を食べていたライアン様が頷く。

「真面目な兄はちゃんと参加していますよ。騎士団で遠征や捕物があるときは無理ですけど。嫁も大事にするし、子も宿りました。カイラン様は来年参加だと思っていましたが、邪魔ですか……ま、二十歳以上が条件とは規定にはないですけどね。僕は入れませんよ、次男ですから。倶楽部での会話が知りたいですか？　お金はかかりますが仲良しはいますよ」

「請求しろ」

主は帰れと手を振る。ライアン様はソファから立ち上がり扉に向かうが、あぁそうだと言いながら首に触れ、振り返る。

「キャスリン様の首の赤みは鬱血痕《うっけつ》だと思って明日には消えますと伝えましたが、鬱血痕で合っていますよね？　大きすぎてかぶれかなと思い確認しましたけど。閣下、鬱血痕はもっと小さいですよ。小指の先くらい。全体を吸いすぎです。隠せるところで練習してください」

主はライアン様の出ていった扉を睨《にら》む。

「鬱血痕に見えたろ」

主は私に聞いているが答えないでいよう。

「カイラン様がおられる邸でどう閨を共にするおつもりで？」

「任せる」

ため息をつく。カイランにはトニーがいる。そこにも警戒しなくてはならない。

「頻度は抑えてください」

主は何も言わない。

＊＊＊

ハンクと共に夕食を終えた後、置かれた紅茶を前に悩む。ライアン様に告げられた子種の話をここでしてもいいものか。

「閣下、二日間子種をいただきましてありがとうございます。でもライアン様のお話では子種の状態が良くなかったと」

「ああ」

ライアン様は私のもとへ来る前に閣下の子種を確認したのよね。どうやって確認したのかしら？

医師にはそういう知識もあるのね。

「いやか？」

ハンクの険しい黒い瞳が私を見ている。定期的に閨を共にするのがいやなのかと聞いているのよね。

「いやなんて思いませんわ。また注いでくださいませ」

私の言葉にハンクの目元が少しだけ柔らかくなる。

「孕《はら》むまで注ぐ」

ハンクの責任感が強くてよかった。面倒だと言われず安心する。

「今回は可能性が低いと……でももしかしたらいるかもしれないのです」

もしかしたら実を結んでここにいるかもしれない子を撫《な》でる。私が下腹を撫でているとハンクが立ち上がり近づき手を掴《つか》んだ。見上げると険しい瞳が見下ろしている。

「肩は痛むか？」

「いいえ。軟膏が効いていています」

「見せろ」

私は服を掴んで引き肩をさらす。ハンクは屈《かが》んで肩に鼻を近づけ匂いを嗅いだ。

「におわんな」

そう言ったあと私の服を直してくれた。

明日からはカイランがこの場にいるからこうして話すこともできなくなる。少し寂しい思いが胸にわいてくる。

ハンクの大きな手が頭を撫でる。私の頭を包む手のひらが下がり毛先まで触れる。手触りが好きなのかしらとハンクを見上げるとそのまま口を覆われた。顎《あご》を持たれ頭を固定される。ハンクの舌が入って唾液が上から注がれてそのまま飲みこむ。与えられる快感に体の力が抜け下腹が熱くなる。私の舌を咥《くわ》えながら口が離れて繋《つな》がりが消えてもハンクはまだ頭を掴み離さない。もう一度欲しくて口を開けるとまた舌を入れてくれる。水音が恥ずかしくても離したくなかった。

ハンクが離れ私の濡《ぬ》れた口を親指で拭う。私の鼓動を乱したままハンクは食堂から出て行った。

自室のソファに座り考える。

ハンクはどうして食堂で口を合わせてきたのかしら？　ハンクの考えていることがわからない。

私は高鳴る胸を落ち着かせようと生家から送られた手紙を手に取る。

お兄様がハインス公爵邸で開かれる夜会に参加すると書かれてあった。

カイランの衣装は明日届く予定だけど私のドレスは当日になる。噛み痕のせいで慌ただしくなってしまった。

翌日の昼過ぎにカイランの戻りを報せる騎士がゾルダーク公爵邸に入った。その半時後にカイランの乗った馬車が門をくぐった。

「お帰りなさい」

馬車から降りたカイランが私に向かってくる。

「キャスリン！　ただいま。何も変わりはなかったかい？」

「ええ、変わりはないわ。あちらはどうでした？」

邸に入りながら話をする。私達の後ろにトニーが続く。

「雨に降られたのは一度だけで天気は良かったよ。今度はキャスリンも一緒に行こう。街も案内したいし綺麗《きれい》な湖もある」

なんだか機嫌が良い。一緒に領地へ行かなければならない？

顔に笑顔を張りつけて話を聞いて歩いているとソーマが近づいてきた。

「お帰りなさいませ、カイラン様。旦那様がお呼びです」

カイランは後でまた話そうと私に告げ、トニーと共にハンクの執務室へ向かっていく。

夫なのに隣を歩くだけで不快感があるなんて困るわ。初夜の夜からカイランが理解不能な生き物に感じてしまう。彼は夫なのよ、私の夫。私の子の父親として人生を共にするの。心を強く持っていないとつらくなるわ。

＊＊＊

「ただいま戻りました」

「年寄りの具合は？」

「筋力が落ちて疲れが取れず顔色が悪い。老いはどうすることもできないと医師が言いました。心穏やかに過ごしていれば良いとのことです」

年寄りの体調次第でこいつを頻繁に領地に送ろうと考えていたが無理そうだ。

「領地は？」

「絹製造の新しい工場を作る予定です。年々需要が高まり絹織物から衣料まで幅広くなりましたから」

　書類が差し出される。

「土地は？　確保したのか？」

　言いにくそうに話し出す。

「スノー男爵領は農地が多く広い土地があり安く借りられるようです」

「ゾルダーク領に土地がないのか？」

「いえ、ですが他領に中継地を置けば流通が……」

「却下だ」

　ゾルダークの物をわざわざ他領へ運び製造するなど損しかない。阿呆《あほう》が。

「我領で探せ」

　食い下がることなく素直に頷く。

「スノー男爵とは手を切れ」

　アンダルとこいつの仲は長いが俺は命じた。返事は返らないが、もう終わりだと手を振る。

　ソーマが扉を開けて奴を促しトニーと共に出ていった。

「阿呆だな」

「却下されるとわかっていてなぜ聞くのでしょうか」

　俺を知っていれば提案さえしない話をする理由は友情かそれともその妻への想いか？

「ライアンをゾルダーク領へ向かわせろ」

＊＊＊

父上の執務室から庭に向かった。旅で疲れていたが気分を変えたかった。

父上は僕とキャスリンが閨を共にしてないことを知っている。公爵家の使用人を口止めするなど僕にはできない。あの騒動の時の失態が知られていないのは御者が僕の言葉を信じたからだ。

なぜ何も言ってこない……僕は何かしらの叱責は受けるつもりでいた。僕がいない間にキャスリンに何か言ったのか？　そんな風には見えなかった。

工場誘致の件は父上に断られたとアンダルにちゃんと言わなければならない。打診をする約束は守った。

笑い声に導かれて庭の奥へ進むと髪を風になびかせメイドと楽しそうに話すキャスリンが見える。真《ま》っ直《す》ぐな髪を揺らして笑っている。一枚の絵画のようだ。

＊＊＊

やっと届いたドレスをトルソーに着せて眺める。黒に近い青と空色をたくみに合わせた綺麗な配色。袖と首、肩部分には肌に密着する形でレースを這《は》わせてある。結局、夜会当日に届いた私のドレス。

綺麗だわ……マダム・オブレには感謝ね。

私がうっとりと眺めているとカイランが訪ねてきた。

「やぁ、ドレスが届いたと聞いてね」

私はカイランが戻った日から普通に接することができている。彼のそばは苦痛と感じるかもしれないと悩んでいたけど、特になにも感じなかった。

「やっとよ、間に合って良かったわ。レースに手間がかかってしまったの」

「綺麗だね。僕と君の色だ」

そう言って隣に立つ私の手を握ってきた。振り払わなかった私はその手を握り返す。

「楽しみだわ。夫婦になって初めての夜会よ。たくさんの方に挨拶《あいさつ》をしなくてはならないわ。忙しくてダンスは踊れるかしら？」

「必ず踊ろう。君はきっと美しい」

ここ最近、カイランは甘い言葉を言い出している。私がリリアン様に見えるのかしら？

仕事は忙しそうで夕食後は自分の執務室から出てこない。目の下に隈《くま》もできている。

「眠れている？　疲れた顔をしているわ」

「うん。領地の仕事が多くてね。父上はすごいよ。これに貴族院まで参席している。暇なんてなかっただろうな」

相当な量をハンクが回したのね。私はカイランに病気になってほしくないのに。

「まだ夜会まであるわ。眠る？」

カイランは真剣な眼差《まなざ》しで私を見つめている。

「キャスリンが寝かせてくれる？」

なぜそんなことを言うのかしら？　私を拒絶したのはカイランなのになんだか怒りがわいてくる。

「子守唄でも歌ったらいいのかしら？」

冗談めかして流すしかない。でもカイランは笑わない。

「キャスリン、この前……護衛騎士の話をしたね？　父上に許可は貰《もら》ってあるよ。呼んでいい」

なぜ今それを言うのか理解する。カイランの望みを叶《かな》えないと護衛騎士を呼び寄せる許可を取り消すと遠回しに言われた気がした。

「ありがとう。今夜の夜会にお兄様が来るの。その時お願いするわ。寝室で眠る？」

私は夫婦の寝室と言ったつもりだった、けれどカイランはそう捉えなかった。

少し眠りたいと言って手をひき私の寝室へ向かう。ぎょっとして踏ん張りそうになるが我慢する。

初めて入った私の寝室が珍しいのか観察している。

「キャスリンの匂いがする」

「そうかしら？　自分ではわからないわ」

開いたままの扉からジュノが心配そうに見ている。

「私、子守唄は一つしか知らないのよ」

カイランは私の寝台に寝ころび黒い瞳で見つめる。

「歌ってくれ」

「目を閉じて……夜会で倒れても連れて帰れないわよ」

私の嫌みに気づいただろうか……遠回しに伝えたからわからないかもしれないわね。私を置き去りにしたことなんて忘れているかもしれない。私は未《いま》だに許していない。

寝台の横に置いてある椅子に腰をかけて歌う。お母様の歌ってくれた子守唄を少し歌っただけでカイランは眠ってしまった。

規則正しく胸が上下している。ちゃんと見るとハンクに似ている。でも目元も眉も鼻もハンクのほうが印象深い面差《おもざ》しだわ。

この数日、ハンクに触れていない。話もできない、子種もくれない。定期的にとはどのくらいの間隔なのかしら。

少し離れている間にカイランは変わった。初夜の日に私を突き放したくせに今は婚約者の時のような気安さに戻ったように接してくる。

カイランを置いて寝室を出ると居室にジュノとトニーがいた。

「眠ってしまったわ。とても疲れているみたい。半時ぐらいで起こすわね」

トニーは深く頭を下げて、後で迎えにきますと言い退室した。

「カイランの考えていることがわからないわ。ジュノ、それよりダントルを呼べるわ」

そのとき控えめに扉が叩《たた》かれソーマが部屋に入った。

「ソーマ。閣下に気に入ったと伝えて」

私は視線をドレスに移す。

「夜会が終わりましたらすぐに馬車へ。旦那様がこちらの寝室で待つそうです」

ハンクが来る。私は微笑《ほほえ》んで頷く。

「わかったわ。終わり次第すぐに戻るわね」

「カイラン様は寝ていらっしゃる？」

「ええ、疲れた顔をしていて寝かしつけてくれと言われたのよ。どうしたのかしらね。何か知っていて？」

ソーマもカイランの変化についてわからないと言う。

このドレスを着ている姿をハンクに見てもらえると思っただけで沈んでいた気持ちが浮上する。早く帰ってきたいわね。

半時が経《た》ち寝室の扉を開けるとまだカイランは眠っていた。私は彼の肩を揺さぶり起こす。カイランはゆっくりと目を開けこちらを見る。

「起きて。夜会の準備をしなくてはならないのよ。あなたも着替えてね」

「キャス、おはよう。よく眠れたよ」

寝ぼけているのか私の愛称を口にした。私に手を伸ばそうとしたからそっと避ける。

「さぁ素敵になるのよ。髪も整えてね」

私は早く追い出したくてたまらなかった。これから湯に入り身綺麗にしてお化粧をしてドレスを着なければいけない。カイランよりも忙しい。

＊＊＊

主には全てを報告すべきと理解している。だがあれをなんと説明すれば穏便にいくのか……カイラン様がなぜ今頃キャスリン様に歩み寄ろうとしているのか。

「だからなんだ」

私の報告を聞いた主からは嫉妬《しっと》心を感じなかった。あれだけ囲い込み、所有欲をみせていた主の返答に戸惑う。

誰かに好意を向ける主と接したことがない私には理解できなかった。嫉妬から不機嫌になるかという予想が外れた。

「キャスリン様に今夜のことを伝えました。ドレスを見せていただきましたよ。キャスリン様はとても気に入ったと」

主は無言で書類をめくる。

「あれの護衛騎士が来たら連れてこい」

＊＊＊

揃《そろ》いの衣装を身につけ、ゾルダーク公爵家の漆黒の馬車へ乗り込む。

「綺麗だよ、キャスリン」

「ありがとう。カイランも素敵よ」

新婚の夫が疲れた顔をして夜会に現れたら嫌な噂を流されてしまう。カイランも体格が良いから衣装が似合うわ。ハンクが着たらボタンが弾《はじ》けるかもしれないわね。緊張しているのかしら？　おかしなことを考えてしまう。

カイランの手をとり会場に入るときらびやかな衣装のハインス公爵が私達を出迎える。現王妃の生家ハインス。今はその兄が当主として立っている。

「これはゾルダーク小公爵に夫人、ようこそ。相変わらずハンクは不参加かな？　まったくあいつの夜会嫌いは直らんのか」

ハンクと年の近いアーロン・ハインスは気安い感じで話しかけてくる。

「こんばんは、ハインス公爵。お招きありがとうございます。妻のキャスリンです」

「こんばんは、ハインス公爵様。お久しぶりですわ。お招きありがとうございます。とても素敵なお邸ですわ」

「ああ、妻が張り切ってね……大変だったよ。まあ楽しんでいってくれ」

アーロン・ハインスは次の客へ挨拶に向かった。

普通は妻も共に挨拶回りをするものだけれど一人で相手をしている。公爵夫人の姿が見えなかった。

私達は大広間に向かい高位貴族家の人達へ挨拶していく。微笑みを維持するのも疲れてしまう。

「疲れたな、飲み物を取ってくるよ。ワイン？　シャンパン？」

「シャンパンをお願い。あまり強くないのにしてね」

こんな所で酔いたくなかった。私は壁を背にカイランを待っていた。

両手に飲み物を持ったカイランは騒がしい会場の入り口を見ながら私のもとへ近づく。

「一番弱いシャンパンだよ」

「ありがとう、喉が渇いてしまったわ。あそこはどうして騒がしいのかしら？」

カイランは気まずそうに答える。

「アンダルが来たようだ」

男爵が仕事の関係で公爵家の夜会に来ることはある。けれどアンダル様は今や醜聞の人物。臣下を軽んじた王族として有名になった彼が参加するとは予想外だった。

だからマルタン公爵家から一人もいなかったのね。事前に情報を得ていて避けた。

マルタン公爵家の長女ミカエラ様はアンダル様の元婚約者。あの騒動で一番傷ついた人。

アンダル様がいるならリリアン様も来ているはずね。カイランはこのことを知っていたのかしら？

アンダル様とは仲がいいもの、知っていてもおかしくはないわ。

「カイラン！　久しぶりだな。痩せたか？」

元王子だけど今は男爵。相手は小公爵なら人目のあるところでは接し方を変えなければならないけれど相手はアンダル様なのだ。常識的な判断のできる人物ではない。

ハインス公爵はなぜ呼んだのかしら？　アンダル様はハインス公爵の甥《おい》……王妃に頼まれたのかも

しれないわね。

「アンダル。妻のキャスリンだ」

「妻のキャスリン・ゾルダークです」

相変わらずふわふわの髪に愛くるしい相貌でアンダル様の横にくっついている。

「やあ、はじめましてアンダル・スノーです。で、彼女が僕の妻、リリアン・スノーだ」

「リリアン・スノーです。カイラン！　元気だった？　全然会えないからさみしいってアンダルと言っていたのよ。領地へ行ったんでしょう？　湖が綺麗なのよね？　今度は私達も連れていって」

笑顔を維持している私はとても頑張っているわ。カイランがアンダル様と手紙のやり取りをしているということね。彼女は何も変わってない。笑顔と馴れ馴れしさと甘えた声で今も生きている。これがカイランの愛する人とは……なぜか私が恥ずかしくなる。

「リリアン、悪いね。とても忙しくて……」

「なぜ？　落ち着いたら会おうって言っていたじゃない。また三人で出かけましょうよ」

「リリ、カイランは公爵家の後継だから忙しくて当たり前だよ」

「三人でお話する時間もないなんて……そんなのおかしいわ」

彼女は私が見えてないのね。たくさんの人が聞いているなかで誤解を招くような発言を大声でするなんて。ここから離れてもいいわよね……。

「カイラン、あちらに私の知っている方がいらしているから挨拶へ行きたいの」

カイランは困り顔で私を見る。別にあなたを二人から離そうと言っているわけではないの。

「あなたはこちらでお話をしていて……久しぶりなのでしょう？」

「キャスリン……」

私は彼の腕を離してちょうど見つけた知り合いの所へ向かう。あちらも私に気づいていた、向かってきてくれる。

「ライアン様、こんばんは」

人好きする笑顔で迎えてくれるライアン様に一息つく。

「こんばんは、キャスリン様。素敵なドレスですね。上手《うま》いことできている」

それを聞いて頬が熱くなる。まだ体にハンクのつけた痕が残っている。ドレスの下は噛み痕だらけなのだ。

「夫人のドレスの下は皆そうでしょう?」

私は声を抑えて尋ねる。周りの夫人を観察して見えるところには痕を残さないようにしているとわかった。

「そう、そうです、そうですよ。皆さん大変ですよ」

この中にもライアン様の患者がいるのだろう。あの薬を塗っているのね、苦労するわね。

「こちらにはお一人で?」

確か婚約者は平民と話していたわね。その場合は近親者を相手に参加する。

「いいえ。とても大きくて強くてむさ苦しい人と共に来ましたよ」

なんて言ったのかしら? もう一度聞こうとしたらライアン様の後ろに大きな人物が現れた。

「むさ苦しいは余計だ。こんばんは、ドウェイン・アルノです。これは美しい。ゾルダーク小公爵様が羨《うらや》ましいですね」

ドウェイン様はハンクより身長が高い。ライアン様と本当に兄弟なのかと疑ってしまうけれど顔の造りが似ている。

「こんばんは、キャスリン・ゾルダークです。アルノ小伯爵様には以前助けていただきまして、ありがとうございました」

彼はカイランに置き去りにされた私に馬車を用意してくれた恩人なのだ。今日は警備ではなくアルノ小伯爵として参加したようだ。

「キャスリン様、礼などいいのですよ。仕事でしたから」

「いいえ、家族の者も感謝しておりました」

「いやいや、こちらも感謝しているのですよ。ゾルダーク公爵がこいつの後援をしてくれるなんてありがたい。アルノでは皆がこいつを心配していましてね」

ばんばんとライアン様の背を叩きながら話す。

「痛い！　馬鹿力め。キャスリン様、兄の奥方が身籠っていましてパートナーはお互いいないのですよ」

ライアン様はそう言って手を差し出した。ダンスに誘われているのだ。新婚初めてのダンスをまだカイランと踊っていない。

私が振り返ると三人は消えていた。周りを見てもいない。置いていかれたあの日を思い出す。

「先程三人で庭へ向かわれましたよ」

ライアン様がそっと教えてくれる。

それならば知らないわ。勝手にしたらいいのよ。

ライアン様に導かれて踊る。久しぶりのダンスは楽しかった。身長の低いライアン様は踊りやすい。

「キャス！」

踊り終えた私に懐かしい声が呼ぶ。

「お兄様！　久しぶりね」

兄のディーゼル・ディーターが近づいてくる。

「こんばんは、ディーゼル・ディーターです。妹の相手をありがとうございます。夫というちゃんとした相手がいるはずですが」

「こんばんは、ライアン・アルノです。これはドウェイン・アルノ。キャスリン様とはゾルダーク公爵の元で知り合いまして、ダンスの相手がいなかったものですから誘ってしまいました」

私がカイランといないから怒っているようだわ。もう少し早く来てくれたら良かったのに。

「お兄様、カイランはアンダル様とお話し中なのよ」

アンダル様の名にお兄様は不機嫌な顔になる。

「では……お兄様もいらしたことですし、久しぶりにお話でもされては？」

ライアン様の提案に頷く。私は果実水を手にしてお兄様とテラスへ移動した。

「一人なの？」

お兄様には婚約者がいる。妹の私が先に婚姻したのは相手がまだ学生だからだ。

「会場にいるよ。しかし、まだ付き合っているのか？」

「そうみたいね」

「知らなかったのか？」

「なかなか聞けなかったのよ。忙しかったり領地へ行ったりして」

言い訳だわ。本当は聞く気もなかった。

「閣下がダントルをゾルダークへ連れてきてもいいと言ってくれたの」

「ああ、聞いている。ジュノは元気か？」

「ええ、よくそばにいてくれるわ。テレンスは元気？　ちゃんと学園で学んでいるのかしら？」

テレンスは私の四つ下の弟になる。テレンスの話をするとお兄様の顔が渋る。何かやらかしたのかしら？

「ここだけの話だ。まだ何も決まってない。ただテレンスが乗り気なだけでな。マルタンのミカエラ様は知っているだろう？　実は婚約の話が出ている」

それは実現したら大事だわ。アンダル様と婚約解消となったミカエラ様は公爵家の長女、下には妹しかいない。アンダル様と婚約解消後、貴族家の次男三男達は我先にと申し込んだだろう。それでも未だに婚約者がいないのはミカエラ様が全てを断っているからと聞いた。アンダル様の残した傷はお金で解決されるものではなかった。

ディーターとマルタンが繋がりを持てるのは喜ばしい。婚姻となれば三大公爵家のうち二公爵家とディーターが血で結ばれる。結束が一層強くなる。マルタン公爵はそれを狙っているの？　王族を牽《けん》制《せい》するつもり？

「打診したのはマルタン側だ。見合いを嫌がるミカエラ様を騙《だま》し討《う》ちでテレンスと引き合わせた。それがな、うまくいった。あのテレンスがミカエラ様を気に入って……」

テレンスはディーターの中では一番の変わり者。こだわりが強く執着心の塊。幼い頃から一つのことに没頭し、図書室に泊まり込んで読書、部屋に籠って絵画制作。ディーター邸にはテレンスの絵が飾りきれないほどある。今は確か天文学に夢中になっていると聞いたけれど。

「騙し討ちで邸に来たミカエラ様がテレンスの絵を見たんだ。美しいと褒められて……それからはもう」

あの絵を美しい？　テレンスの絵は独特であまり人には受けないのに……感性が似ているのかし

ら？

「テレンスは乗り気だ。あいつの中では決定だ。どれほど待とうが婚約する気だ。キャス、カイランにはアンダル様に近寄らないよう話せ。ミカエラ様と繋がればアンダル様は邪魔でしかない」

今も邪魔でしかないわ。テレンスの婚姻は実現しても数年先の話。それまでにカイランを説得するしかない。

ため息をつきながら庭を眺めると信じられない光景に私は怒りを覚える。

「なんだ？　あれは。どういうことだ？」

本当になんなのかしらね。なぜカイランとリリアン様が二人で薄暗い庭で密着しているのかしら。アンダル様はどこへ消えたのよ。

どんどん心が冷えていく。カイランの腕はリリアン様を抱きしめているようには見えないけれど突き放していない。

「お兄様、あれ止めてきてもらえる？」

誰に見られるかわからない所で軽率すぎるわ。

お兄様はテラスから降りて二人に近づく。

盛り上がっていても人が近づく気配には気づいたのだろう。カイランがリリアン様を引き剥《は》がすがもう遅い。

お兄様が彼に話しかけるとカイランは私に気づきうつむいた。きっとお兄様が嫌みのひとつでも言ってくれたのだろう。

もう帰ろうかしら……お兄様がリリアン様を連れて会場へ向かった。カイランは私に近づいてくる。

「疲れたわ。私は戻ります。あなたはどうします？」

言い方が冷たかったのかカイランは私を見ない。私は答えを待たずに馬車溜《だ》まりへ向かう。

後ろを振り向かず漆黒の馬車に乗り込むとカイランも続いた。

正直、狭い馬車にカイランと乗りたくなかった。微《かす》かに香る知らない香水に吐き気がする。

「キャスリン……あの」

何を言っても許しはしないわ。

「久しぶりに想い人に会えて嬉《うれ》しかったのは理解するわ。でも時と場所を考えてほしかったわね。見ていたのが私達だけとは限らないのよ。もし噂に上ったら消してもらわないとならないから閣下には報告するわ。あなたにはできないでしょう？」

本当はハンクに言うつもりはない。私が守ろうとしているものを簡単に壊すカイランを許せない。噂がたとうが悪いのはカイランとリリアン様になる。私は可哀想《かわいそう》な新妻と噂されるわ。

「すまない」

「謝罪なんていらないわ。未来を大事にしているのが私だけだと理解したの。あなたは何がしたいの？」

「君を大事に思っているよ」

「笑わせないでほしいわ。あなただったら信じられて？　新婚初めての夜会で踊ったのは夫以外の人。その夫は友人の妻と暗闇で逢い引き《あいびき》」

「踊ったのか？　誰と……」

あの時あなたを気遣って断れば良かったの？　必ず踊ると言ったのはあなたなのに。

私はカイランの問いに答えない。たくさんの人が見ていたのだからそれぐらい自分で調べたらいい。

話す気にもならない……ハンクが待っているから早く帰りたい。

＊＊＊

久しぶりにキャスリンと夜会に参加した。僕らの瞳の色をまとうキャスリンは美しい。揃いの衣装でダンスを踊るのを想像すると楽しみだった。ハインス邸に着いて大勢の人と挨拶を交わし、婚姻の報告とキャスリンを妻として紹介した。ダンス前に飲み物でも飲もうとワインとシャンパンを手にキャスリンのもとに戻ったとき会場の入り口が騒がしかった。王族の証《あかし》と言われる金髪が見えた。その隣にはふわふわの赤みがかった金毛が揺れていた。

本当に来たのかと驚いた。あんな騒ぎを恥と思っているならこんな大きな夜会は躊躇《ちゅうちょ》する。王妃に頼んだのかもしれないと思った。

アンダルが僕を見つけ声をかけてきた。キャスリンを紹介したのにリリアンはその存在を無視して無邪気に話しかけてきた。そんなリリアンに呆れたんだろう、キャスリンは侍医のライアン・アルノと話をしていた。

「カイランちょっと庭に出ないか？」

アンダルの提案に迷っているとリリアンがはしゃいだ声を出した。

「お庭を見に行きましょうよ、ね」

リリアンが僕の腕を掴み引っ張る。少しだけ離れてすぐに戻るつもりだった。

「わぁ、とても広いのね！　お花もたくさん。池もあるわ！　アンダル、カイラン、とても綺麗！」

人妻になっても少女のように振る舞うリリアン。公爵邸と男爵邸では天と地ほど差があるだろう。

「悪いな、夫人と離してしまって」

「どうした？　この前の話なら父に断られたよ」

「ああ、そうだろうと思った」

アンダルははしゃぐリリアンを見つめながら愚痴を言った。

「リリが綺麗なドレスを着て夜会に行きたいと言って……母上にお願いして参加できたけど参加するのにも金がかかる。それを説明しても僕は王子様なのにどうしてと言われる。自分が情けなくなってしまって……リリを愛しているんだ。僕は夜会には興味がないし綺麗な衣装も必要ない。でもリリは違う、だからなんとかしてやりたい。叶えてやりたい。愛しているなら当然そう思うだろう？」

ここで余計なことは言えなかった。僕にできることは少ない。

「お前もリリには幸せでいてほしいと思っているだろ？」

「なんだって？」

「リリを愛していただろう？　学園の頃からよく見つめていたよ。僕が知らないと思ったのか？　たぶん奥方も気づいているだろうな。リリだって気づいていた」

アンダルの言葉に体が震えるほど驚いた。キャスリンが知っていた？　だから僕の言葉を受け入れたのか？　学園の頃から知っていたのか？

「そんなに驚くことか？　でもお前は距離を保っていたから当時は何も言わなかった。カイランはこのまま政略で婚姻するだろうって。結局しただろ。家のために好きでもない彼女を選んだ。婚姻してどうだ？　まだ過去は忘れられないだろう？　誰かに相談しろよ、ちゃんと眠れているのか？」

アンダルに黙ってくれと言いたくなった。

「ねえ！　池の上に橋があるの。歩きましょうよ」

リリアンの提案に頷き歩き出した僕らをハインス公爵が呼び止めた。

「アンダル！　こんなところにいたのか。妻に礼と謝罪をしてくれ。私がお前を勝手に呼んだから会場に出てこんのだ。お前だけでいい、彼女は連れてくるな」

アンダルがここにいることに反対する人は多かったのだ。マルタン公爵の顔に泥を塗り落ちぶれた王子とは関わりたくないだろう。

アンダルはリリアンを僕に任せて会場に向かっていった。

「私は嫌われているのね」

悲しそうな声でリリアンが呟《つぶや》く。

「一部の人だけだよ。アンダルは君を愛しているだろう？」

リリアンは瞳に涙を溜《た》めながら僕に語った。

「ええとっても。でも結婚してお仕事で忙しいってあまり相手をしてくれないの。お仕事もうまくいってないみたいだし。カイラン、アンダルを助けてあげて？」

「それは無理だ。父に決定権があるうちは僕には何もできない」

リリアンはとうとう泣き出し抱きついてきた。さすがにこれは困ったが、肩を震わせ大きな瞳から涙を流すリリアンを突き放すことができなかった。

「カイランしかいないの。アンダルは王子様なのに誰も助けてくれない。王様の子なのにおかしいわよ。どうしたら助けてくれるの？　私にできることある？」

僕に抱きつき涙を流すリリアンは僕の恋心を知っていて頼んでいるということだ。僕の気持ちを利用してわがままを聞いてもらおうとしているのか。こんなリリアンを知りたくなかった。

リリアンに離れるよう話そうとした時、誰かが近づく音がした。とっさにリリアンと距離をとったが遅かった。キャスリンの兄が近づいていた。

「何をしている？　これはリリアン・スノー男爵夫人ではないですか。まさか既婚者のお二人がこんな目立つところで抱き合うとは驚いたな。妹の夫は気が多いようだ。個室でも用意してもらってはいかがかな？」

リリアンは真っ赤になって震えていた。ディーゼルの言葉はあの騒動を思い出させる言葉だった。

彼女は体を寄せて僕の服の袖を掴み見上げてくる。

「カイラン……」

少女のような仕草は夫人がやるといやらしく見えるだけだとリリアンはわかっていない。

「友人と話をしていただけです。ディーター小侯爵が想像するようなことは何も……」

ディーゼルの背後にあるテラスにキャスリンが見えた。僕は背筋が冷える感覚を覚えた。

「友人……のようには今も見えないな。見つけたのが私達でよかったよ。まったく、スノー男爵夫人と二人きりになるなんて軽率すぎる」

リリアンと二人きりで人目のないところにいるのはそういう仲に見えるぞと遠回しに告げられた。

「なぜよ……ただお話していただけよ」

「あなたがそのつもりでも周りにはそう見えない。それが問題だと言っている」

もうやめてくれ、キャスリンのところに僕を戻してくれ。こんなことなら彼女のそばから離れなければよかった。

「こんなことで騒ぐなんて周りの人達がおかしいのよ」

ディーゼルは笑った。

「そうですか。ではどこかでアンダル様にあなたのように振る舞う女を近づけてみましょうか？　あなたはきっと何も感じないのでしょうね。これは楽しみができましたよ」

ディーゼルがいい余興を思いついたと笑いながら話した。

「下品よ！　カイランもなんとか言ってよ！」

ディーゼルは冗談を言っているのにリリアンには理解できない。

「冗談はほどほどにしてください。すみませんでした。こんな場所で女性と二人きりになるなど軽率でした」

ディーゼルは鼻を鳴らした。

「君は少し考えた方がいい。不幸になるぞ」

もう不幸になりかけているなんて言えない。

「ディーター小侯爵、スノー男爵夫人を会場へ送り届けていただけますか？　僕はキャスリンのところへ行きたいのです」

「カイラン……どうして？」

リリアンは信じられないと目で訴えてきた。

「申し訳ないが会場に戻ってアンダルを待ってください」

他人行儀な僕の態度に悲しそうな顔を浮かべ、すがろうとしてくるが無視をしてキャスリンの元へ向かった。キャスリンは僕の恋心を知っているような言葉を口にして僕の軽率な行動に怒った。ここまで感情をあらわにするキャスリンは珍しかった。それだけのことを僕はしてしまった。

＊＊＊

ゾルダーク邸に着くまで長く感じた。婚姻して初めての夜会でこんなことになって……夜会が嫌になってしまう。怒りで涙がこぼれそうでもカイランに泣いている姿を見せたくなくて歯を食いしばり耐える。

邸に馬車が着き、先に降りたカイランが差し出す手を無視して一人で降りる。

今はカイランを見ていたくなかった。

走りだしたい気持ちを抑えて歩き自室へ向かう。途中でソーマを見たけれど止まれなかった。

予定よりも早く帰ったからハンクは部屋に来ていないかもしれない。それでも今は息をつける場所へ行きたかった。私の居室の前にジュノがいた。部屋に入り扉を閉める。

「一人になりたいの」

ジュノが寝室の扉を見た。

「来ているの？」

私は寝室の扉に飛びついて開ける。薄暗い部屋に濡れた髪を拭うハンクが立っていた。

「どうした？」

耐えていた涙が溢《あふ》れてしまった。

ハンクに駆け寄ると湿った体が受け止める。ハンクの胸に顔を埋め悔しくて悲しくて泣いていた。

私の顔は涙で化粧が落ちて酷《ひど》いはず。見せたくなくてもハンクの手が私の頭を掴んで上向かせた。

ハンクは持っていた布で私の顔を拭う。

「まだ出るのか」

ハンクはそう言って涙を舐《な》めとる。そのまま私を持ち上げソファに座らせ、まだぐずぐず泣いている私の靴を脱がせている。ハンクの濃い紺色の頭が目の前にある。

「閣下」

呼べばハンクが顔を上げて私を見る。私は顔を掴んで口を合わせ、舌を入れて歯列を舐めて夢中に厚い舌を吸う。

まだ涙は止まらなくてハンクの顔を濡らしているとわかっていても離したくなかった。

ハンクの息さえ呑《の》み込んで口を合わせ続ける。私の唾液がハンクに流れ落ちる。

いつの間にかハンクの手が背中にまわりドレスの留め具を外そうとするけど外れない。ハンクはドレスを両手で掴み力を入れた。留め具が壊れる音がして揃いの衣装が破られていく。

すでにうずき始めた秘所にハンクの指が触れて中に突き入れられた。　口は合わせたまま長い指を出し入れされて気持ちよくて鼻から甘い声が抜ける。　口を合わせていたい私はハンクの顔を離さない。

そのまま足を左右に広げられ陰茎の先が秘所にあたる。早く満たしてほしくて足をハンクの体に回して引き寄せる。

私の望みを理解したように陰茎が入れられ奥まで埋まった。強い刺激に口を離して嬌声《きょうせい》を上げてしまう。

ハンクはソファから私を持ち上げて立ち上がり腰を動かし突き上げた。

私は必死でハンクの首に手をまわし抱きつき、自重で深く刺さり視界がまたたく。ハンクは容赦なく腰を動かしてそのまま奥に子種を吐き出した。

ハンクは私を抱き上げたまま歩いて水差しを手に持って直接飲み始めた。

「私にも」

夜会ではシャンパンを少し飲んだだけだった。

水を口に含んだハンクは私の口を覆い流してくれる。

「もっと」

「ああ」

ハンクはまた同じように飲ませてくれる。そのまま寝台に向かい抱き合ったまま座ってシュミーズも脱がされ裸になった。

ハンクは私のまとめた髪の中からピンを探しては抜き、指先で髪をすいてくれる。

私達は向かい合い抱き合ったまま口を合わせる。

「もっと欲しいの」

私はハンクにお願いしながら腰を揺らして繋がっている秘所をすりつける。ハンクは私の腰を掴み上下に動かす。奥にあたると気持ちがいい。

こうしてハンクから与えられる快感に全てを忘れて夢中になった。

＊＊＊

二度目に吐き出した後、小さい体を抱きしめ横たわり迷っていた。

腕の中の温もりにこのまま眠りたい思いがわいたが、やらなければならないことがある。そして待っている者もいる。

離れがたかった。眠りはしないがこれが深く眠るまで離したくなかった。

首筋に触れて脈動を確認し、巻きつけていた腕を離す。眠る娘の裸体を眺め白い肌に吸いついて、軽く腹を押すと子種が溢れ出た。

燭台《しょくだい》を手にとり明るくすると泣き腫らした目元がよく見えた。起き上がりガウンを羽織って寝室から出るとメイドが待っていた。

「起こさずに顔を拭いてやれ」

居室の扉を中から叩く。少し待つと外からソーマが扉を開いた。邸の中は静寂で包まれている。真夜中を過ぎているようだ。

軽く湯を浴び執務室へ向かう。そこにはソファでだらしなく眠るライアンがいた。ソファを軽く蹴るとライアンが目を覚ます。

「何があった？」

俺は出された酒を一気にあおり、注げと目で合図する。ライアンはあくびをしながら答え始めた。

「はい。情報通りスノー夫妻が現れカイラン様に近づき夫人は大きな声でお話しされてキャスリン様はその場から離脱したので僕がお相手を。その後お三方は庭へと行かれました。キャスリン様の元にはディーター小侯爵が来たので僕はキャスリン様から離れ様子を見ていたのですけどね。ここからがひどい。薄暗い庭園で抱き合うカイラン様とリリアンを見てしまった。僕から離れていましたから詳細はわかりませんよ。まぁディーター小侯爵が止めに入ったのですが、他に目撃者がいてもおかしくない。噂が出るかもです。キャスリン様はかなり怒っていましたよ。ダンスも夫と踊れずにいましたからね」

ライアンは紅茶を飲み一息つく。

「スノー夫人はキャスリン様と同じ年ですよね？　あの差はなんだろうなぁ。離れた僕にも聞こえましたよ。カイラン、湖に連れてって！　三人で出掛けましょう！　って。会話もできない感じでしたね。キャスリン様が僕を見つけたので救いに行きました」

ライアンは身振り手振りで得意気に成り行きを話した。

「ついでに面白いこと聞いたので報告します。まぁ盗み聞きですけどね、マルタンのミカエラ様とディーターのテレンス様に婚約話が出ているそうですが、テレンス様は学生ですからまだ先になるでしょうね。貴族達は大騒ぎになるなぁ。第三王子の婿入《むこい》りはかなり揉《も》めますね。家族って厄介《やっかい》だなぁ」

「終わったか」

「んー、気になるって言えば気になる疑問がありますね。カイラン様はリリアンを本当に愛しているんですか？　なんだかなぁ……見ていてもそんな感じがしなかったなぁ。邪険にできない風ではあるんですが瞳に熱がないような。キャスリン様を追いかけているときの方がよほど感情を出していたなぁ。なんだろなぁ」

ライアンは紅茶のおかわりを頼み、思い出したように笑う。

「キャスリン様は他の夫人のドレスの下にも噛み痕があると思っていますよ。可愛《かわい》いなぁ……いつまで騙せるのかなぁ。噛む行為が普通じゃないと知られたら怒りますかね？　メイドとどんな会話をしているんだろう……」

俺はソーマから金貨の入った袋を受け取りライアンへ投げる。

「ゾルダーク領へ行け。年寄りを診ろ」

「あれ？　そんなに悪くないと報告があったのでは？」

「確認だ。お前が診たなら納得する」

ライアンは袋の中を確認している。

「その件は暇がある時に行きます。では、僕は帰りますよ。さすがに眠いです。もう夜明けが近い」

ハロルドを呼びライアンを帰らせる。

夜明けが近づいていても眠気が訪れる気配はない。

奴のことなど放っておけばいいものをあれはそんなことで泣いたのか。面倒だな、スノーはどこかへやるか。王族の血が邪魔だな。国からは出せん。消すのが一番簡単だが。しかし奴があの女を愛していないならば嘘をついてまで閨を拒絶する理由は……。

「不能になったか？」

「断言はできません。ライアン様の観察眼は鋭いですが、まだ不能と決めつけるのは早いと思われます」

「奴が子を残すことはないが、念のため奴の記録を読み返せ。深く探れ」

真実がどうであれもう変えられないが理由は知っていたほうがいい。次期当主として覚悟がなかった……ただそれだけのことだ。

「それよりもスノーが邪魔だ。王に進言する」

アンダルは王都から消す。

「本日、ディーターよりキャスリン様の護衛騎士が参ります。旦那様がお話しに？」

「お前が話せ。終わり次第呼べ」

「そろそろ夜明けです。少し眠ってはいかがですか？」

立ち上がり寝室へ向かう。

＊＊＊

大きな門を潜ると大きな城が見えてくる。ディーターも大きいがこちらの方が大きい。ディーゼル様が馬車を出してくれて助かった。ここにお嬢がいるのか。

馬車から降りると白髪の優しそうな執事が立っている。

「ダントルですね。私はゾルダークの執事をしておりますソーマと申します」

「ディーターから来ました、ダントルです。よろしくお願いします」

執事が外で待ってくれているとは思わなかった。ゾルダーク騎士団のところへでも連れていかれると思っていた。

「こちらへ、ご説明が多々ありますので」

飾りは少ないが一つ一つの家具や置物が高価だとわかる部屋に通され椅子を勧められるが断り直立不動の姿勢をとる。

執事が紙を広げて読み始めた。

「ダントル、君は十年前からディーターにて騎士見習いを始め、騎士になりキャスリン様の護衛騎士に選ばれた。合っていますか？」

「はい」

「君はダントル・ボイドで間違いないですね？」

執事の問いに呼吸が止まる。なぜ知っている？　お嬢が話したか。いや、それはない。ならディーゼル様か。知られているなら仕方がない。

「はい」

「ボイド子爵家のメイドが母親であり、現当主が父親。この事実はボイド家でも知るのは当主夫妻のみ。君の母親はすでに亡くなっている」

「はい」

「母親は君を身籠り子爵家を出されたが父親の子爵が援助していた。そして君が十五の時母親が病死。子爵が君を引き取ろうとしたが夫人が許さない。君を亡きものにしようと動いたため遠縁のディーターへ身を寄せる」

「はい」

「君の背後を調べたら色々出てきたのでね、確認ですよ。心配はいりません。ここからは注意事項です。キャスリン様の身をなんとしても守る。どんな状況、場所であってもキャスリン様だけを守る。たとえその場に王族や小さな子供がいても、君にいつか家族ができてもキャスリン様の命を優先する。誓えますか？」

「誓います」

悩むこともない。簡単な質問だ。お嬢だけを守ればいい、ただそれだけのことだ。

「わかりました。ではここに名前を書いてください。君はゾルダークの騎士になりますが主はハンク・ゾルダークではなくキャスリン・ゾルダークです。キャスリン様が何を言ってもキャスリン様だけを守るのです。それと、君は普段は平民となっていますが場合によってはボイドを名乗ること。貴族籍はキャスリン様を守るための武器になります。ボイドを使う時がきたら躊躇せず使ってください。旦那様の指示です。手配はしてありますから」

ボイドが武器になる。確かにお嬢の敵が貴族だと平民では手が出せない状況になる。貴族同士なら裁判ができる。お嬢はゾルダークで大切にされていると感じる。

「君はメイドのジュノと同等にキャスリン様の近くに侍《はべ》ります。他言無用。これはキャスリン様の願いなのです」

執事が意味の分からないことを言い出す。

「キャスリン様はハンク・ゾルダークと閨を共にしており、カイラン・ゾルダークとは共にしない。これを知るのは今のところ私とジュノ、医師のライアン・アルノ、旦那様の従者のハロルド、メイド長のアンナリアとライナそして君です。カイラン様は知りません。もちろんディーターも知りません。なぜこうなったのか疑問に思うでしょうが聞かないでください。キャスリン様に聞くことも許しません。理解しましたか？」

もう一度聞き返すことはできないだろうか。カイラン様と閨を共にしないでその父親と閨を共にしている。これは極秘。お嬢に聞くことも許さないと言われても聞きにくいけれども。お嬢の願いならば従うまでだな。

「はい」

「お待ちください」

執事が扉を開けると俺よりもでかくて怖い顔の人が現れた。たぶんゾルダーク公爵だろう。貴族の体格じゃないがカイラン様に似ている……しかし怒っているのか？　顔が怖い。

公爵は椅子に座って俺を見ている。

「死ぬまで守れ」

それだけ言って黙った。誰が死ぬまで？　なんて聞けない……説明が欲しい。

「あなたが死ぬまでですよ」

「はい」

老執事が説明をしてくれた。俺が死ぬまで守ればいいのか。簡単だ。

＊＊＊

朝遅くに体中が痛くて起きた。

夜会でダンスを踊り、あの出来事があって帰宅してから激情のままハンクと閨を共にした。

寝室にハンクがいると知ったとき胸が高鳴った。ただ目の前のハンクに抱きつき離れたくなかった。

抱き締めてほしかった。

子種をもらえばそれでよかったのに……ただ陰茎を入れて子種を下腹に入れてもらえればよかったのに……今思い出しても胸が苦しくなる。ハンクに抱かれて幸せを感じた。

湯に浸かりながら体を揉む。

身体中が痛いわ。いくら我を忘れていたとはいえ、大胆なことをしてしまったわ。思い出すと恥ずかしくなる。

昨日の夜会を思い出すとため息が出てしまう。

私が努力してもそれを壊そうとする夫など立てる必要がある？　ゾルダーク次期公爵のために動く私の足を引っ張るなんて……とんだ外れくじだわ。婚約を決めたお父様を恨みそうよ。もう少し頭のいい人だと思っていたのに愛とは人を変えるのね。もうカイランと夜会に行きたくない。彼の顔も見たくないから夕食も共にとりたくない。気持ちが沈んでゆく。

閨を思い出して恥ずかしくなり、カイランのことで腹が立ち、心がおかしくなってしまいそう。

昼食の後、ソファに座り刺繍《ししゅう》をする。ハンカチにゾルダークの家紋を刺している。

カイランに会いたくないから夕食は自室でと言ってみようかしら……。

悩んでいると扉を叩く音が聞こえる。ジュノが扉を開けソーマがダントルと共に入ってきた。

「キャスリン様、本日よりゾルダークの騎士となったダントルをお連れしました」

ダントルの登場に悩みも忘れて立ち上がる。

「ダントル！　よく来てくれたわ」

頭を下げるダントルはゾルダークの騎士服を着ている。

「ソーマ、ありがとう」

「キャスリン様、ダントルに状況の説明は済んでおります。困ったことがありましたら相談なさってください」

本当に優秀な執事だわ。私はダントルにカイランとハンクのことをどう説明しようかと悩んでいた。知っていてもらわないと困ることだから話そうとは思っていたけどわかってもらえるか不安だった。

「私、今日は部屋で夕食をいただきたいの。いいかしら？」

「かしこまりました。料理番には伝えておきます」

ソーマは理由を聞かないでくれた。昨日の夜会で何かあったと知っているのね。


夜会から数日が経ち、私はダントルと共に高級貴族街に来ていた。

特に欲しいものがあったわけではない。ただ気ままに街を歩き欲しいものがあったら買い、美味《おい》しそうな食べ物があったら食べたかった。

満足するまで買い物をして広場で休憩をしようとベンチに座る。

すると影ができた。顔を上げるとダントルが私の目の前に立っている。さえぎられた視界に首を傾《かし》げると聞いたことのある声が届く。

「こんにちは。カイランの奥さんよね？」

リリアン様の声に私の体が固まる。

ダントルで見えないけどスカートの裾が見えている。ダントルに声をかけ立ち上がる。

「こんにちは、スノー男爵夫人。なんの用かしら？」

友人ではない下位貴族から高位貴族へ話しかけることはマナー違反。子供でさえ知っていることを無視する行動には驚くわ。無知とは最強なのかしら。

「お買い物？　楽しそうね。カイランは一緒に？」

「夫は仕事で邸におりますの、何か用かしら？」

何度聞いたら話が進むのかしらね。さっきまでの楽しい気持ちが台無しだわ。

「カイランに会いたくて。邸に行ったら会えますか？　お手紙書いても返事が来なくて困っていたの。あなたを見かけたから追いかけてきたのよ」

手紙？　ソーマがカイランに渡してないかもしれないわね。

「約束も取らずに邸へいらしても会えませんわ。どんな用かお聞きしてもよろしくて？」

リリアン様は胸の前で手を握りしめた。

「直接会って話したいの」

大きな瞳を潤ませて私にすがろうと近づく。ダントルの腕が私とリリアン様の間に入り込んでそれを止める。

「駄目？　会ってほしくないから？」

彼女は何を言っているの？　会話が成り立たないなんて初めてよ。私の言葉は彼女には聞こえてないのね、すごいわ。この女を愛しているって……本気で恥ずかしいわ、カイラン。

「アンダル様は一緒ではないのですか？」

会話ができないならこちらもしないわよ。

「アンダルはお仕事で忙しいの」

答えが来たわね。質問を続ければ会話が成り立つのかしら。

「ここには何をしにいらしたの？」

「お買い物していたらあなたを見かけたの」

追いかけてきたのよね。会話ができているわ。

「買い物とはなにを？」

「マダム・オブレにドレスを見に来て……でも誰も相手をしてくれなくて」

男爵位では年に一枚作るのが精いっぱいの高級店よ。支払いを踏み倒されたら困るから店も客を選ぶのよ。

さて、どこで終わらせようかしら。

「お店の方は忙しかったのでは？　社交の時期ですから」

あら返事が来ないわ。間違えたかしら？

「夜会に行く予定があるの？」

「ええ、招待状が来ていますから」

あら今度はうつむいてしまったわ。答えを間違えたかしら？　難しいわね。

「カイランのおうちでは夜会を開かないの？」

「公爵閣下が夜会嫌いですの」

もういいかしら？　歩き回って少し疲れたわ。休憩も取れなかったし。

「失礼しますわね」

「カイランに手紙を読んでと伝えて」

必死ね、ここまで必死だと怖いわね。追い込まれた人は厄介なのよね。私、嘘は嫌いなのよ。

「夫と顔を合わせましたら伝えます」

今度こそダントルを連れて公園を去る。馬車への戻り道にダントルに話しかける。

「カイランと顔を合わせたくないわ。できるかしら？」

ダントルは口角を上げ笑う。この顔をするときは、任せておけ、の意味。私は頼りになるわと呟く。


邸に戻った私はソーマを呼ぶ。

「呼び出してごめんなさいね。スノー男爵夫人からカイランに手紙がきているの？」

ソーマの眉がわずかに動く。

「どこでお知りになりましたか？」

「公園よ。休憩していたら現れたの、驚いたわ。カイランに会いたい、邸に行ったら会えるのかと聞かれたの」

ソーマはダントルを見る。ダントルは軽く頷いた。

「届いていますが私のところで止めています。旦那様の許しを得て読んでいます」

そうよね、夜会での出来事は耳に入っているはず。リリアン様とは関わらせたくないわよね。でもあの調子だといつか乗り込んで来るかもしれない。いっそ願いを叶えてあげたらいいのかしらと思うわ。

「お任せください」

「わかったわ」

任せろと言うなら私は考えることをやめるわ。なんだか疲れを感じる。

古本屋で買った書物を読もうと手を伸ばした時、下腹に鈍い痛みを感じた。この痛みをよく知っている。悲しみを抑えてダントルにジュノを呼んでもらう。

「ジュノ、月の物がきたの」

涙を堪《こら》える。仕方がない……可能性は低いと言われていた。

ジュノに新しい下着を用意してもらい寝台に横になる。体を丸めて下腹に手を当て温める。こうすると痛みが和《やわ》らぐ気がして触れ続けていたら眠気が出てきた。

「お嬢様休んでください。夕食前には起こしますから」

私は頷き目を閉じる。

子は宿らなかった。とにかく眠りたい。今は全てを忘れて眠りたい。

夕食はあまりとれなかった。楽しかったり腹が立ったり悲しかったりした一日を思い出して下腹を温める。

もう眠ろうと丸くなり目をつむると、扉の開く音に気がついた。

「ジュノ？」

返事がない。目を開けると大きな影がいた。手を伸ばし私の頭を撫でる。するすると毛先まで撫でる。

「宿りませんでした」

言葉にすると涙が出てしまった。我慢したのに私は弱いわ。ハンクの撫でる手は止まらない。髪を指に巻きつけ遊んでいるよう。手が頬に触れて泣いていることに気づいたのか指で涙が拭われる。

「痛むのか？」

少し、と答えると下腹に手をあてられる。私の手があることに気づき説明する。

「温めると痛みが和らぐ気がして」

掛け布の中に手を入れ下腹を優しく撫でる。手が大きいから広く温まる。ハンクの方へ手を伸ばすと額らへんに触れたようだ……そのまま髪に触れて硬い髪を摘《つま》んで引く。

影が私を覆い月明かりでハンクの瞳と見つめ合う。そのまま口を開けるとハンクの大きな口が覆う。舌を入れ唾液をすする。

「痛みは続くのか？」

「最初だけです。二、三日」

ハンクの顔がこんなに近くにあるのは閨を除くと初めてだった。

皺《しわ》のある眉間に触れて撫でる。私の好きなところ……触ってみたかったから嬉しい。ハンクはやめろと言わない。満足して手を離すと掛け布をめくって私の鎖骨辺りに吸いついた。何度も吸いついてから私の頭を撫でた。その間、片手は下腹に添えてあった。

「眠れ」

ハンクが行ってしまう。涙が出そうになるけど耐える。私は頷いて目を閉じる。それでもハンクが離れていく気配がない。頭を撫で下腹には手を添えたままそばにいる。ハンクの優しさを感じながら眠りに落ちた。

＊＊＊

眠ったのを確かめ下腹から手を離す。乱した掛け布を整え寝室を出る。

居室にはメイドと騎士が侍っていた。騎士が中から扉を鳴らし少し待つと外から扉が開きソーマが顔を出す。奴の部屋の反対にある使用人用の階段で降りる。自室に戻りソファに腰をおろす。

「よく泣く」

よくわからんが、あれが泣いても腹は立たん。

「明日、王に会う」

「承知しました。カイラン様に届くスノー男爵夫人の手紙をまとめますと、当家の夜会はないのか、会って話がしたい、邸に行っていいか、アンダルを助けて。そんなことが書かれております。キャスリン様にも同じようなことをおっしゃっていたようです」

「女はただの馬鹿だ、放っておけ。アンダルは？」

「アンダル様は金策に勤《いそ》しんでいるようです。国内には相手にしてくれる者はないと思い立ったのか隣国の商人に会っています。隣国では元王子の旨味があると思われているのでは？」

隣国の旨味など奴の種だろう。これで王は切り捨てるだろうな。

あれは俺の眉間を触ってなにが楽しい？

「頭が痛むのですか？」

無意識に眉間に触れていた。

「あれが嬉しそうにここに触れる」

「旦那様のお顔が気に入ったのでしょう」

「なんだそれは」

微笑むソーマはあれの行動の意味を理解しているようだが俺にはわからん。

＊＊＊

翌日ハンクは定刻に王宮へ到着し、王の私室へ向かった。

ハンクはソファに座って相手を待つ。少し待つとハンクが入ってきた扉が開き、シャルマイノス国王ドイル・フォン・シャルマイノスが近づいてくる。王は対面のソファに座り話し出す。

「私用ってなんだよ。俺なんかした？」

いきなりハンクから連絡きたからなんか怒られるようなことをしたかと落ち着かなかった。この怖い顔に怒られたら泣いちゃうよ。

「アンダル、消すぞ」

俺の呼吸が止まる。

馬鹿な息子だが馬鹿だから可愛く見えてしまう。甘やかしたのは認めるし謝ることもするが殺すのはいただけない。

「待てよ。決定か？　消すほどのことをしていないだろ。王族の証のミドルネームまで取り上げた。今は男爵だぞ？　底辺だぞ？」

「隣国の商人と会っている。それは知っているのか？」

なんだ……そのことで話があるって手紙を寄こしたのか。王族って厄介な血だからな。心配したのか？　ハンクが？

「監視させているから知ってる。裏も取ったよ。向こうの貴族が絡んでそうだから多分襲われる。ハンクが心配することないぞ、アンダルの種は死んでいるからさ」

監視は予想していただろうけど、種が死んでいるのには驚いたか？　珍しく表情が変わったな。

「アンダルは知らないよ、これも罰の一つ。いくら頑張って仕込んでも可愛いリリアンから金髪碧眼《へきがん》は生まれない。生まれたらそれはアンダル以外の種だね」

「どうやった？」

「へへ、王家だぞ？　種くらいは管理できないとな。外には出てない秘薬だよ。子種だけを殺す。王妃は知らない。知っているのは俺と王太子、とハンク。消さなくてもいいだろ？　なに？　なんか不満顔だな」

「女がゾルダークに近づく。王都から出せ、男爵領から出すな」

アンダルには十分罰は与えたしリリアンなど無視をすればいいだけの取るに足らない存在じゃないか。ハンクはリリアンを視界に入れたこともないだろうに。視界にさえ入らないリリアンの話をする意味を考える。

「追い返せばいいだろ？　ただの男爵夫人だぞ」

俺が手を出すほどのことではないだろ。

「ならば秘薬をよこせ」

なんでリリアンから秘薬に話が飛ぶんだよ！

「誰に飲ませるつもりだ？」

なんで答えない？　王家の秘密を教えたんだ、納得できる答えが欲しいね。

「息子に飲ませる」

頭がおかしくなりそうだ。いくらハンクが冷酷無慈悲といえゾルダーク公爵家を潰すつもりとは知らなかった。

「ゾルダークを潰す気か？　新婚だろう？　孫は？」

　険しい眼差しをさらに険しくして俺を睨んだって頷けない。王家の秘薬をハンクに教えることさえ禁忌だったのに渡すことなど無理な話だ。

「ゾルダークは続く」

「なんだ……もう懐妊したのか？　早いな。ならなぜ秘薬が欲しい？」

「知ってるよ。カイランだろ？　さっきから何を言ってる？　睨むなよ、怖いぞ」

「俺の子が継ぐ」

「あいつではない」

　外に子がいたとは知らなかった。

「ゾルダークとディーターの子が継ぐ」

　まさかハンクがディーター夫人と通じていたとは驚く……って……ディーターの子にハンクに似たのはいないぞ。まさか……。

「嫁いできた娘か？」

　何も答えないってことは肯定してるのかよ。

「惚《ほ》れたのか？」

　こいつに惚れるなんて感情ない。いや、遅すぎる初恋か？

「わかったよ。届ける」

「助かる」

　礼？　俺……ハンクに礼を言われたことなんて一度もなかった。礼を言う顔も怖いな。

「お前に子ができなかったら？　息子を残しておくのも悪くないだろう？」

「俺の子ができたら飲ませる」

そうだな、それがいい。だいたいもう孫がいる年だ。できなくても不思議じゃない。

「まぁ頑張れ。秘薬の件は貸しだからな。アンダルとリリアンは放っておいて」

久しぶりにハンクと会話したけどなかなか面白いことになってるな。どんな子だろう……。

＊＊＊

僕は夜会の後からキャスリンに会えていなかった。

仕事を言い訳に自ら会おうともしていなかった。そんな勇気がなかった。

初めて参加した後継倶楽部でキャスリンの兄、ディーゼルに会うことに気持ちは沈んだが、父上からの命令には逆らえず出向いた。

案の定、ディーゼルに嫌みを言われ、早々と倶楽部を出た僕を待っている者がいた。

「カイラン」

アンダルの声に振り返ると、人目を避けるように端に立っていた。

「どうした？」

何か悪いことが起きたと思わせるアンダルの泣き出しそうな顔に不安がわいた。

「どこかで落ち着いて話せるか？」

アンダルをゾルダークの馬車に乗せ、ゆっくり走るように御者に命じた。アンダルは頭を抱えて丸くなっている。

「隣国の商人と仕事をしようと会っていた」

　アンダルがぼそぼそと話し出す。

「酒を飲んで輸入品について話していたのに気づいたら寝台で知らない女を相手に腰を振っていた」

　驚きすぎて声を出せずにアンダルを見つめる。

「気づいた時には女の中に出していた。抜いたら……中からかなりの量の子種が出てきた。一度や二度じゃない量だよ！　媚薬《びやく》を盛られたのは確かだ。僕には耐性があったのに！　かなり強い薬を盛られた！　腰がだるい」

　アンダルの叫びは馬車の音が消していた。

「王家には報告したんだろう!?」

「したよ！　すぐに王宮に行ったよ。父上に会って全部話したよ。すぐに近衛を呼んで対処するって……商人を捕まえて処理をすると言われた。女も……」

　アンダルは震え出した。

「僕が従者も連れず一人で行ったから！　これが上手くいけばリリに贅沢をと……焦ってしまった！」

「リリアンは知っているのか？」

　アンダルは体を揺らした。

「言ってない。言えないだろ。でも風呂にも入らず邸に帰ってしまって……とにかく動揺していて……それでリリは僕にどうしたのかって、知らない香水の匂いがするって騒ぎ出して……責め立てられたんだ。もう黙ってほしくて一人になりたくて飛び出した。ゾルダークの馬車が見えたからカイランが倶楽部にいると思って待っていたんだ」

「落ち着け。陛下が処理すると言ったのなら任せておけばいい。忘れろ。リリアンには仕事が上手くいかなくて外で酒を飲みすぎて女に絡まれたことにしたらいい」

アンダルは泣きながら僕を見つめる。

「ああ、僕には何もできない。だけど情けなくて……僕のせいでたくさん迷惑をかけてきたのにまただ！　父上も忘れろと言ったよ。だけど知らない女を抱いた。リリ以外の女を！」

「王都を出ろよ。男爵領に戻るんだ。リリアンには言い含めて……」

リリアンが街に買い物に出たキャスリンに絡んだことを知っている。リリアンは邪魔な存在でしかない。

「なんて言えばいい!?　リリは王都が好きなんだ。男爵領は田舎《いなか》で嫌いだと言うんだ！」

「仕事で失敗して王都にいられないとでも言ったらいい。男爵領でもできることはあるだろ？　アンダルが王都を離れると言えばリリアンはついていくしかない」

アンダルは少し落ち着きを取り戻した。

「そうする……このままではまた迷惑をかけてしまう。取り返しのつかないことが起こる前に王都を出るよ。カイラン、リリアンに会っていくか？　もう会えないかもしれない」

「リリアンのことはもういい。僕はアンダルが心配だ。落ち着いたら手紙をくれ」

「僕もお前が心配だ。なんでも話せる友人は僕しかいないだろう？」

僕にとってアンダルは秘密も話せる友人だった。心の拠《よ》り所《どころ》だった。

「ああ。アンダル、元気で」

＊＊＊

王都に戻ったライアンが執務室にいる。

「スノー男爵夫妻は王都を出ましたよ。なんだか慌てた様子で夫人の哀願も聞き入れず馬車に押し込んだとか。僕は父に会いに近衛の詰所に行ったのですが様子がおかしい……うえに追い帰されてしまいました。まぁ、そこでアンダル様がやらかしたって小耳に挟みました。やらかすのは夫人かと予想していたのに。閣下、何かしました？」

それに関してなにもしていないが答えない。

「報告しますね。僕は頑張ってゾルダーク領へ行きましたよ。老公爵に会ってなにに驚いたかって閣下と面差しが似ていることですね。体格は似ていませんでしたが。ゾルダークの血の強さを見ましたよ。閣下そっくりな女の子が生まれたらどうします？　それはそれで可愛いかな、くく」

手を振り早く話せと伝える。

「僕の見立ては不整脈ですね。簡単に説明すると心臓の動きが時々悪くなると想像していただければ。今すぐどうなるというわけではなく、いきなり倒れて亡くなる可能性があり、精神的に強い衝撃が加わると苦しくなる。治療法はないです」

「放っておけ、ということだな」

「まあ、結論そうですね」

奴を邸から離すには理由が弱い。

「老公爵の病気を理由にカイラン様を領地に送る計画は頓挫《とんざ》しましたね」

「邪魔になったら考える」

「はは、今は邪魔にもなっていないと聞こえましたよ。庭でキャスリン様に会いました。月の物がきたと聞きましたよ。悲しそうでしたけど、次の孕みやすい日を算出しますと伝えたら嬉しそうに頬を染めて微笑んでいました」

ライアンは報告を終えてゾルダーク邸をあとにした。

3

ゾルダーク邸の庭でライアン様と話してから数日が過ぎた。

未《いま》だに自室で夕食をとっている。邸の使用人は新婚夫婦のしつこい喧嘩《けんか》と思っているかもしれない。社交シーズンを締めくくる王宮の夜会には参加するからカイランと和解しなければならない。辺境伯や王都に邸を持てない下位貴族家も王都にやってくる。

ハンクでさえこの夜会には参加する。

寝台に寝ころび、月明かりのなか天井を見つめているとまぶたが重くなってくる。


私の体を誰かが触っている夢を見る。くすぐったい感覚に夢の中で笑ってしまう。

私は口をふさがれ目を覚ます。大きな黒い影が私を覆っていた。

カイランが同じ階で寝ているのにハンクが私の部屋に来てくれた。けれど声がカイランに届いては困る。

私の悩みなど無視したようにハンクが敏感な場所に触れてくる。頂を摘《つま》まれて体が跳ねて寝台を揺らしてしまった。夜着の上から私の頂を口に含みながら秘所に指を突き入れられ、ハンクの手のひらに覆われていても声を上げてしまう。

これ以上、触れられたら声を我慢できないことを伝えるために首を振って体をねじるとハンクの顔が目の前に見えた。

「奴は寝てる」

濡《ぬ》れ始めた私の秘所に長い指が音を出しながら出入りする。

私の口を覆うハンクの手を掴《つか》んで引きはがして、舌を伸ばすと口を開けて食いつくように舌を噛《か》まれ吸われる。

カイランに聞こえないように口を閉ざしていたくてハンクの頭を抱いて唇を合わせ続けていたのに引き離されてしまった。

ハンクは私の足を広げて秘所に顔を埋めて舐《な》め始めた。

強烈な快感に声を抑えることはむずかしくて自分の手で口を覆う。

ハンクの舐める音が聞こえて恥ずかしくて寝台を蹴り離れる私をたくましい腕が掴まえ固定してしまう。

高ぶる快感のなか、ハンクは刺激の強い場所を口に含んで舐めしゃぶった。その瞬間、私の中でなにかが弾《はじ》けて体が痙攣《けいれん》する。体が強《こわ》ばり消えない快感に口を押さえていた手を離してしまった。

「ああ！」

まだ震えている私の中へハンクの陰茎が最奥まで突き当たる。その衝撃にも体が強ばる。

ハンクが私のふくらはぎに噛みついた。口を離すとそのまま叩《たた》きつけるように動き出す。何度も最奥をえぐられる度に我慢していた声が出てしまう。

ハンクの手は私の胸を鷲掴《わしづか》み揉《も》んで柔らかさを楽しむように笑っている。頂を強く摘れて陰茎を締めつけ私は首を反《そ》らして強ばる。

ハンクは止まらず腰を叩きつけ最奥へ子種を注いだ。私は注がれる度に声を上げ震えた。

「声が聞こえてしまいます」

後ろから抱きしめているハンクに抗議する。

落ち着くとハンクが夜着を着たままだと気づいた。

「閣下は服を着たままです」

私だけ裸なことが恥ずかしい。

私は巻きつく腕に邪魔をされながら体勢を変えて夜着を脱がせる。

下を脱がせると柔らかい陰茎が手に触れた。陰茎の先がぬるぬるしている。掴んでみるとハンクの体が揺れた。

「痛いのですか？」

黒い瞳は私を見つめたまま答えてくれない。視線をそらさず手を動かして陰茎を撫《な》でていると硬くなり始めた。

ハンクの手が動き私の秘所に触れてきた。出された子種のせいで音がねばりを持ったように聞こえて恥ずかしいのに気持ちがいい。向かい合ったまま触れ合い見つめ合う。

「気持ちいいです。閣下も？」

「ああ」

ハンクは私の秘所から指を抜いて片足を持ち上げて陰茎を入れてきた。

腰をゆっくりと動かし私を揺らす。

ハンクは体を屈《かが》めて私と口を合わせた。上も下も繋《つな》がっている心地よさに胸が熱くなる。

終わらない快感にカイランのことなど忘れて声を上げてしまう。ハンクが激しく腰を動かし押しつけ、私の中に熱い子種を吐き出した。

注ぎ終えてもハンクは抜かずに私を抱きしめている。私もハンクのたくましい体に腕を回してくっつく。

「幸せです」

ハンクの温《ぬく》もりと下腹に注がれた子種に幸せを感じた。つい口にしてしまったけれど、返事が欲しかったわけじゃない。これが今、私が思う幸せだった。

「俺を見ろ」

ハンクの腕のなかで顔を上げる。いつもの黒い瞳からハンクの感情はわからなかった。それでも構わなかった。抱きしめられたまま私は眠りに落ちていった。

＊＊＊

一刻半ほど寝ていたようだ……夜明け近くに目が覚めた。陰茎は未だ娘の中に入っている。ゆっくりと陰茎を抜き、ゆるく抱きしめる。

そろそろソーマが扉を鳴らすだろう。

これと抱き合っていると無意識に噛みたくなる。白い肌には俺の噛み痕が多く残っている。それに満足感を覚えることになぜかと思う。

奴には薬を飲ませたから朝まで起きることはない。時々服用しているらしいから強い薬を飲ませた。

扉の鳴る音に起き上がり眠る裸体に布をかける。夜着を身に着け寝台にひじをついて薄い茶色の髪を撫でて口を落とす。

自室に戻り酒をあおって眠る娘を思い出す。

「王宮の夜会用のドレスをあれに贈る。マダム・オブレから冊子を貰《もら》え」

ソーマは俺の言葉に動きを止めた。俺が女にドレスを贈るなど今までになかったことだ。聞き間違いとでも思ったか、首を傾《かし》げている。

「あれは王宮の夜会のドレスを注文していない。奴の衣装はいらん」

「そういうことは夫の務め……承知しました」

「一刻」

俺は眠るために寝室に向かう。

＊＊＊

ドレスの冊子を用意しろと主から命じられた日の夜、真剣に冊子と向き合う主に微笑《ほほえ》ましい思いがわく。

主はこの年になるまで女性にドレスなど贈ったことがない。眉間《みけん》の皺《しわ》を深くしながら生地の見本から流行《はや》りのドレスの挿絵を見て悩むなど私は予想できなかった。

カイラン様がキャスリン様に贈るドレスを頼んでいないことは報告されている。新婚夫婦が参加する王宮夜会なのに動きの鈍いカイラン様に不安を覚える。

キャスリン様は落ち着かれたようで今夜は夕食を食堂で召し上がった。

主の顔は変化がないがカイラン様は安堵《あんど》したような顔をされていた。

「結果は？」

主は冊子を眺めたまま私に尋ねる。

「はい。死にそうでしたが辛うじて生きていました。金を握らせて人払いをして話をさせました。高齢でちぐはぐな部分があったようですが会話はできたようです。こちらをお読みください」

主はそれほど長くはない報告書を読む。

「知っていたか？」

報告書を机に置きながら私を見つめて尋ねる。

「いいえ。申し訳ございません。私の能力不足。断られても文句は言えません」

「過ぎたことだ。内密にトニーを連れてこい」

私は執務室から出て騎士を呼び、静かにトニーを連れてくるよう命じる。

夜中の静かな邸のなか、騎士が猿轡《さるぐつわ》を噛まされたトニーを担ぎ、主の下へ連れてきた。

騎士はトニーをソファに下ろし、その後ろに立った。

うなだれたトニーの猿轡を外させる。

「で？」

主の問いにトニーはうなだれたまま黙っている。

「セシリスのメイド」

その言葉にトニーは顔を上げ主を見た。十年以上も前のことを調べたと思わなかったようだ。

「生きておりましたか。よく見つけましたね」

「なぜ報告しない？」

「カイラン様が望まれました」

「それでどうなった？　奴は満足か」

答えないトニーに主は話を続ける。

「ディーターの娘と閨《ねや》を共にできなかったな」

新婚夫婦が寝室を共にしていないなど使用人ならばすぐに気がつく。仲間からそんな話を聞いていないトニーはその理由を理解していただろう。

「今からでも遅くはないかと。カイラン様を待ってください。キャスリン様もわかってくれます」

トニーは頭を下げながら主に願うがもう遅い。キャスリン様はカイラン様を諦めてしまった。

「悪夢にうなされ薬に頼る男と夫婦か」

薬のことまで知られていることにトニーは驚いた様子だ。

「ゾルダークに奴は不要だ」

残酷なことを言い放った主をトニーは険しい眼差《まなざ》しで見つめている。

「カイラン様はゾルダークのために努力をしてきました！　切り捨てるのは考え直してください」

トニーの懇願は主には意味がないだろう。

「奴は弱すぎる。当主にはなれない。ディーターの娘は俺がもらった」

トニーは言葉を理解できていないような顔で主を見ている。

「あれはゾルダークの子を産む」

意味を理解したのかトニーが声を上げた。

「キャスリン様になんてことを！　いくら閣下といえ！」

立ち上がろうとするトニーを騎士が押さえる。

「あれが俺を選んだ。お前達が選ばせた」

トニーの歪《ゆが》んだ顔を見つめる。この男は従者失格だ。カイラン様を諫《いさ》められなかった……守っているつもりで動いていただろうがそれでは駄目だ。

「……キャスリン様が選んだ？」

「俺はあれに子を与える。奴が邪魔をしないよう、お前が動け。断るならば奴は殺す」

主の眼差しは真剣だ……脅しではない。それはトニーにもわかるだろう。

「……承知しました」

主の決定を聞いたトニーは諦めたようにうなだれ強く拳を握っている。

＊＊＊

庭で散歩をしているキャスリンを上階から見つめる。

時折、日傘を回して花を眺めている。ゾルダークの庭を気に入ったのか毎日のように歩いては花に触れて庭師から花を受け取る。

怒りがおさまったのか夕食は食堂で共にとれるようになって安心した。


母との記憶で多く占めるのは寝台に腰かけ横になり僕へ語り続ける声と顔。

乳母は幼い僕を少しでも母親と共に過ごした方が良いと度々母の部屋に連れていった。

部屋の中には母と年老いたメイドだけがいて乳母はよかれと部屋から出ていった。それは母上が死ぬまで続く習慣のようになってしまった。

婚約の顔合わせの日から父上の顔が怖く無愛想で好きにはなれなかったと話す。幼い僕にお伽噺《とぎばなし》を聞かせるように父上との結婚生活を語る。

ある日お姫様は恐ろしい怪物と結婚しなくてはなりませんでした。怪物はお姫様が痛いと言っても閨をやめず、嫌だと言っても無理矢理お姫様を襲いました。子ができるまで何度も何度も襲いました。

お姫様は怪物に似た子供など欲しくなかったけれど、とうとうお姫様のお腹《なか》には怪物の子ができたのです。子ができると怪物はお姫様のところには来なくなりました。お姫様はお腹に小さな怪物がいると毎日不安で泣きました。お腹が膨らみすごい痛みに襲われとうとう子供が生まれました。怪物にそっくりな小さな男の怪物でした。

幼い僕はただのお伽噺と思いアンダルにも教えた。

時が経《た》つと母の語るお姫様がセシリスに、怪物はハンクに変わって生まれた怪物はカイラン……僕になった。

僕の話を聞いたアンダルはさすがにおかしいと心配してくれた。

幼い僕でも母は頭がおかしいと理解していた。部屋にいた老いたメイドが申し訳なさそうに母の心の弱さを謝った。

お祖父様に言っても無駄だった。お父様の顔は怖くて嫌い。楽しく話もできない。一緒にいてもつまらない。優しくない。あなたはお父様のようにはならないで。あんな怖い顔にならないで。あのお方はとても優しくて素敵なのにお父様は大きくて嫌だ。夜会でしかあのお方に会えないのにお父様は夜会が嫌いだから会えないと僕に話した。

あのお方が王太子殿下に、それからドイル様になった。母は陛下に恋をして諦めきれず父上を憎んだ。

最期が近くなると僕は飽きてほとんど聞いていなかった。ゾルダークに子が僕だけなのは母のせいかもしれない。父上が女性にうんざりしてもおかしくないほど母はおかしい人だった。

キャスリンは母上のように弱くない。婚姻するにはちょうどいい家柄、会話をしていてもわがままは言わず傲慢《ごうまん》な態度もない。顔見せの場でも微笑んで僕を見つめ怖がる様子なんてなかった。

学園でリリアンと出会い輝く赤い金毛と大きな瞳、王子のアンダルにも親しく接してよく笑い甘える愛らしいリリアンに恋をしたがアンダルのような考えはもてなかった。

家同士の婚約をないがしろにしたアンダルの行動は常軌を逸していた。

衆人環視の中、愛を叫ぶ姿は異様だった……アンダルのそんな姿に僕は混乱した。そのせいでキャスリンを傷つけることをしてしまったが彼女は変わらず僕に接してくれた。

学園を卒業してから忙しく過ごし婚姻が近づくと悪夢にうなされるようになった。

過去の記憶が夢になって現れ、寝台に横たわる母がキャスリンに変わり、あなたは嫌い、閨は痛い、怪物と僕を責める。

眠れぬ僕にトニーが気づき、夢の話を伝えた。

トニーは眠りの深くなる薬を裏で用意してくれてそれからは朝まで夢も見ずに眠れるようになったが婚姻式の後、夫婦の寝室へ向かう僕の足が震え、体が閨を拒否してしまった。母上の呪いが僕をむしばみ、弱くした……。

なんとか場を乗りきろうとキャスリンには他に愛する人がいるから抱けないと伝え、子供は養子をとると言ってしまった。

すぐに後悔をしたが、翌日泣きも怒りもしないキャスリンに安堵した。

閨を共にしなくても夫婦になれる。キャスリンは体が小さいが僕は大きい。きっと痛いと泣かれる……嫌われる……それは僕にはとても耐えられない。

共に生活するなかキャスリンは嫌な顔をすることもなく僕の妻を勤めていた。

夜会の前、初めてキャスリンの寝室に入って眠った。キャスリンが子守唄を歌ってくれて優しく起こしてくれた。目を開けると空色の瞳が僕を見つめている。その瞳は僕を忌み嫌ってはいなかった。

小さな顔に触れたいと手を伸ばしたけれど届かなかった。

それから僕はキャスリンと閨を共にしたいと思い始めた。それなのに夜会で軽率な行動をとりキャスリンを怒らせた。

以前のように会話をしたい。正直に話してもいいだろう？　過去のせいで閨が怖かったなどゾルダークの後継として弱い僕を理解してくれるだろうか？

＊＊＊

ライアン様の指定した孕《はら》みやすい日にカイランは会談で邸を空けるとソーマから聞いた。

「いつもありがとう、ソーマ。ゾルダークの家紋を刺したの。受け取ってくれる？」

私が差し出すハンカチにソーマは驚いている。それでもすぐに受け取ってくれた。

「慣れない家紋は難しいの。次はもっと上手にできるわ」

私の言葉にソーマは頷《うなず》いた。


ジュノとライナが浴槽に湯を運び終えたあと、ハンクが私の自室に来た。

湯を浴びてから来ると思っていた私は驚く。

「下っていい」

ジュノとライナが部屋を出る。ハンクは私に近づいて服の留め具に指をかけて脱がせ始めた。

「一緒に？」

ハンクは無言で私を裸にして抱き上げて浴室に向かった。私を浴槽に入れたハンクは自らボタンを外して脱ぎ始めた。

ハンクが浴槽に入ると湯が溢《あふ》れ流れる。私はハンクの胸に頭を預けて湯に浸る。

私の頭にハンクが頬をのせているけど重みは感じない。

「髪を洗う」

私の髪は長くて手間がかかるけどハンクは何度も湯をすくって髪を濡らしてから泡を作り始めた。

濡れた私の髪に泡をのせるけど、大きな手がぎこちなく動く。

「ふふ、指先で撫でてください」

人の髪を洗う公爵がいるだろうか。

「これでいいのか？」

ハンクの低い声が耳をくすぐり体が跳ねてしまった。

「王宮の夜会のドレスはどうする？」

「以前に数枚作りました。それを着ますわ」

「贈るから待っていろ」

振り返ると目の前にハンクがいた。

「マダム・オブレに頼んだ」

「嬉《うれ》しいです」

ハンクが私のことを考えてくれていることが嬉しかった。

「閣下、あたっています」

さっきから硬い陰茎が私の尻にあたっている。湯の中で尻を上げて入れようとしても上手に入らない。ハンクは黙って動かない。入れてみろと言うように私を見ている。

「閣下……手伝ってください」

ハンクの手が動いて逃げる陰茎を固定した。腰を下ろしても大きくて入らない。

何度も腰を上下させていると先端が入った。そのとき腰を掴まれて陰茎が押し込むように刺さり強い衝撃に上げた声が浴室に響く。

後ろから抱きこまれ、耳を咥《くわ》えられて舐められると腰が震えるほどの気持ちよさを感じて声を止められない。

「動いて……」

私の願いを叶《かな》えるようにハンクは立ち上がり壁に私を押し付けて激しく腰を動かした。浮いている足が不安定でもハンクのたくましい腕が私の体を支えて怖くはなかった。

「注ぐぞ」

耳元で聞こえる低い声に体が強ばり快感が走る。注ぐたびに突き上げられて視界が揺れる。秘所が鼓動して中の陰茎の存在を私に教える。

ハンクは私を抱き上げたまま寝室に向かい体を拭ってくれる。立っていると注いでもらった子種が溢れそうで下腹に力を入れる。

「私が拭きます」

私もハンクの体を拭う。

「また一緒にお風呂に入りたいです」

「ああ」

お互い何も身に着けていない。

「触っても？」

私は柔らかそうな陰茎を見て尋ねる。

無言のハンクに許されたと思い手を伸ばして触れる。湯の中では硬くて張りがあったのに今は少し柔らかい。

私は膝を突いて陰茎に触れてみる。ハンクを見上げると黒い瞳が見ていた。

「舐めてみろ」

私は舌を伸ばして陰茎を舐める。

「歯を当てずに口に入るか？」

大きく口を開けて陰茎を含んで舐めていると硬く大きくなった。先端に吸いつきながら口に咥えて舌で舐めるとハンクの体が揺れた。

「痛くしました？」

ハンクの眉間の皺が深い。歯はあたらなかったのになにか悪いことをしたかしら？

首を傾げるとハンクが私の頭を撫でた。

「指南書を読んだのか？」

「指南書？　閨の指南書がありますの？　読みたいです」

ハンクの顔から険しさが消えたけど変な顔をしている。

頭を掴まれて陰茎が口の中を動く。黒い瞳を見上げていると口角を上げて笑んでいた。

口の中に変な味が広がり始め、それを飲み込むと掴まれた頭を引かれて陰茎が口から出てしまった。

ハンクは私を持ち上げて陰茎を突き入れた。突然の衝撃に呼吸が止まり、目がちかちかして焦点が合わない。

入れたまま歩いたハンクはその体勢のまま寝台に向かい覆いかぶさってきた。

容赦なく上から叩きつけられてハンクの腰が何度も私を揺らす。

私の出している声は甲高《かんだか》くて恥ずかしいけど止めたくてもハンクが突くから抑えられない。

「いいか？」

「いい……」

足首を片手でまとめて掴まれて腰を振られ、手のひらが下腹を押さえて撫でる。

押されるとなにかが出る感覚がして混乱する。

「閣下！　漏れ……てしまっう！」

聞こえているはずなのに止まってくれない。寝台の上で漏らすなんてできない。

「出していい。漏らせ」

そんなこと言われてもいいものなのか私にはわからない。

ハンクが秘所にある刺激の強い場所まで触れてきて私は強い快感に叫びながらなにかを吹き出す。

「くっ……」

熱い子種が奥へと注がれる。体に力が入らない。手足の感覚が鈍い。

私は恥ずかしさで涙が流れた。ハンクは上体を屈めて私の涙を舐めとる。

「酷いです。私出てしまうって……」

「泣くな。あれは出ていいものだ」

そんなこと言われても信じられない。子供のように漏らしてしまったのに。

「尿ではない。高ぶると出る」

それでも泣いている私にハンクは笑い、秘所から出た液を指で触れて口に含んだ。それを私に見せて意地悪い顔で微笑んだ。

「風呂に入るか？」

「このままでいたいのです。抱きしめてください」

ハンクは私を抱き上げ寝台に乗せ直して足の間に私をはさみ裸のまま抱き合う。鼓動が伝わる……。

このまま眠りたいけどカイランが帰る前にハンクは部屋へ帰るだろう。

ハンクは足を動かして布をひっかけて私達に被せる。もう少しこうして過ごせるなら嬉しい。

顔を上げて口を開けると舌を入れてくれる。心地よさを感じながら私は眠りに落ちる。

＊＊＊

首筋に触れて眠りに落ちたことを確かめ小さな耳を覆いベルを鳴らす。

「風呂の湯を捨てろ。これが起きたらまた入る。アンナリアとライナに手伝ってもらえ」

娘のメイドに命じたあとソーマの足音を耳にする。

「このまま寝る」

「今は真夜中です。外は雨が降りだしました」

「騎士を出せ。昼まで帰らせるな」

腕の中の娘はメイドのたてる物音にも目を覚まさない。薄い茶の髪を指に巻きつける。

……孕めば奴は不要だ……これが望めば消してやる……これの望みは叶える。

＊＊＊

重みを感じてまぶたを開ける。

肌がぼんやり見える。体が固まったように動かない。何かが私に巻きついている。上を向くとハンクの顔がある。寝顔を見るのは初めてだわ。寝ていても眉間に皺がある。部屋の明るさから朝を過ぎたとわかる。

ソーマが起こしに来ていないならカイランはまだ帰っていない。こんな朝を迎えたかった……目の前の胸に頬を寄せハンクの鼓動を聞く。

「起きたか」

かすれたハンクの声が上から聞こえた。

私は答えずに聞こえないふりをしてもハンクは何も言わなかったけど、空腹を知らせる音に顔を上げる。

「起きました。おはようございます」

「ああ、風呂か朝食か」

「閣下はどちらが？」

「朝食」

私達は裸のまま寝台に座って朝食を食べる。

「湯の準備はできてる」

大きな口でどんどん飲み込みながらハンクが教えてくれた。

まだ一緒に過ごせるような言い方に私の頬はゆるむ。昨夜と同じようにハンクの胸に頭を預けて湯に浸かる。後ろから手が回り下腹を撫でながら背中に吸いついている。

ハンクの子が実っているといい。男の子でも女の子でもどちらも欲しい。カイランのことはどうでもいい。あの頃は傷つけたかったけど、彼のことを考えることはやめる。

……子ができて……ハンクとこうして過ごせなくてもこの日々を思い出せば生きていける。

ソーマが扉を鳴らすまで一緒にいてほしい。体を回してハンクと向かい合う。

目の前の濡れた濃い紺色の髪を後ろに撫でつけていると腕が巻きつき私の胸にハンクの顔が埋まった。

私の鼓動を聞いているようにくっつく濃い紺色の髪を何度も撫でていると胸に吸いつき、赤い痕をいくつも残している。

寝室に戻るとハンクは私の髪に香油を塗り込み始めた。手間のかかる作業をもくもくと続ける険しい顔を鏡越しに見つめる。

ハンクは私の脇に手を差し込んで持ち上げ寝台に向かう。

私達は寝ころび抱き合う。ハンクは私の胸に顔をくっつけてまぶたを閉じている。私はハンクの頭に口を落として抱きしめる。

まだ扉は叩かれない。

「幸せだな」

この時の私の歓喜は何にも例えられない。堪《こら》えていた涙が溢れる。

「はい」

ハンクもこの瞬間、幸せを感じてくれている。小さな幸せでもいい。私と大きさが違っていてもいい。

＊＊＊

扉が叩かれ終わりを知らせる。

離れがたい思いを抑えて柔らかい温もりから離れ、顔を上げると空色が垂れて一筋の涙を流していた。薄い茶の頭を掴んで引き寄せ口を合わせる。

「今夜もまた来る」

濡れる頬を指で撫でてはらう。

嬉しそうに微笑む空色の瞳が美しいと思った。


人払いの済んでいる廊下を歩き執務室に入りソファに座る。

「どうやった？」

「馬車の車輪を壊しました。付近の空いた馬車はなく宿に泊まるようトニーが動きました。そろそろ着くでしょう」

予想よりも足止めはできなかったな。

長く降ればいいものを雨はあれが寝ている間に止《や》んでしまった。

「戻られましたらすぐこちらへ？」

「いい。休ませろ」

今は奴の顔を見る気分ではない。

差し出された手紙を受け取り、封蝋《ふうろう》を割って読み握りつぶして机に放る。ソーマは丸まった手紙を伸ばして読んでいる。

〝近日中に忍んで行くから。D〟

＊＊＊

「お帰りなさいませ。カイラン様」

多少疲れを見せるカイラン様に主への報告は休憩の後、書類にまとめ渡すよう伝える。

「新しい馬車を手配できず申し訳ありません。報せを聞きお迎えにあがろうとしていたのですが雨が強く途中、ぬかるみに車輪がはまりまして。宿の方は快適でございましたか？　不便などもなく？」

「ああ、特別室が空いていてね、困ることはなかったよ。心配かけたね」

カイラン様とトニーが自室に戻る姿を確かめてから御者のもとへ向かう。

「ご苦労だったね」

「いいえ。会談が早く終わりましてね、ディーターの方に見られたかもしれません」

「気にしなくていい」

ディーゼル・ディーターは面倒なことには目をつむる性格だ。主がディーゼル様に妹夫婦のことは気にするなと手紙を送っている。

キャスリンに会うか迷っていた。

トニーに茶の誘いをするよう頼んだが昼寝をしていると聞き諦めた。

いつものように静寂の中、食事が進む。キャスリンも黙々と食べている。父上は相変わらずよく食べる。これで体調不良など疑問に思うが父上ならば周りに弱みなど見せない。

食後に給仕が紅茶を淹《い》れる。父上は早々に退室していった。

「キャスリン、王宮の夜会に着るドレスは決めてある？」

「あるわ」

キャスリンの微笑みに安心する。

「僕が贈ってもいいかな？」

「もう日がないのよ？　間に合わないわ」

「僕が話すよ、間に合わせる。揃《そろ》いの衣装にしないか？」

キャスリンが困り顔になってしまった。マダム・オブレはもう無理でも他にも店はある。

「マダム・オブレに数着頼んであるの。その中から決めるわ。他の店だと採寸して型紙から作るのよ。間に合わないわ。来年の夜会では揃いで作りましょう」

マダム・オブレにはキャスリンの型紙がすでにあるからな……他の店では無理か。来年の夜会……仕方ないな。早く動かなかった僕の落ち度だ。

「そうだね、そうしようか。何色にしたの？」

キャスリンは僕を見つめ黙ってしまった。久しぶりに視線が合う。以前はこうして話せていた。

「ふふ、秘密よ。当日に見て確かめてね」

可愛《かわい》いことを言うキャスリンに頬がゆるむ。こうやって少しずつでいいから寄り添って共に生きていきたい。キャスリンはこれからも僕の妻でいるしかない。

＊＊＊

カイランの様子が変わった。

想い人が王都を離れて会えなくなったからか……今さら自分の立場を理解した？

ドレスの色を聞かれても私は知らないから少し動揺したわ。

このままハンクと閨を続けて子が宿ったらカイランはなにを言うかしら……。

カイランのことを考えながら浴室を出るとハンクが待っていた。ハンクはジュノから布を受け取って私を座らせ髪を拭い始めた。

「余計なことを考えるな。お前はゾルダークの子を産めばいい」

悩んでいるように見えたのかしら。ハンクの言う通り、私が考えてもカイランのことは理解できないわ。

「はい」

私は振り返り太い首に腕を回す。ゾルダークの子を産むと私が決めてハンクを選んだ。

ハンクは私を持ち上げて寝台に向かう。今日もたくさん注いでほしい。

＊＊＊

細い足首を掴んだまま白い裸体を見下ろす。

子種を注ぐとその体が跳ねあがり陰茎を何度も締めつけ自身の腰が震えるほど快感を得る。空色の瞳は涙を流し、小さな口は半分開いたまま唾液を垂らしている。軽く突くと声を上げ悦《よろこ》び、空色の瞳が動いて俺を見つめる。

散々苛《いじ》めたせいで頂は赤く色づき白い肌に映える。

この温かいぬかるみから出る気はなく、片手に足首を纏《まと》め横へずらし体を丸めて口に吸いつく。

中で陰茎の角度が変わったのか甘い声を出し悦んでいる。

「気持ちいいです……閣下も？」

「ああ」

嬉しそうに微笑む顔に陰茎が硬さを取り戻し、細い腰を掴んでうつぶせにして後ろから突く。

子種が音を出しながら泡立ち溢れ、赤黒い陰茎が秘所を突く様子がよく見える。この卑猥《ひわい》さにも胸が熱くなる。尻へ腰を叩きつけると寝台の上を体が逃げ始め、片手で押さえて肌が音を出すほど強く突いてやる。

震える背中に吸いついて赤い痕を残す。上から覆いかぶさり体で囲ってみるが動かなくなった。

扉が鳴るまで寝ることに決めて意識のない娘の体を抱きしめてまぶたを閉じる。


終わりの音が聞こえるが無視をする。

「閣下」

「ああ」

ソーマのせいで起こしたな。

「呼んでいます」

わかっているが手放せん。腕の中で空色の瞳が俺を見上げてから胸に吸いついた。俺のまねをするように何度も吸うが……力が弱い。

「強く吸え、無理なら噛め」

わずかな痛みを感じた。娘の顔を掴んで口を合わせ、舌をからめる。

「またきてください」

薄い茶の頭を撫でて起き上がり夜着を着込んで扉に向かう。後ろから足音が聞こえ振り向くと裸のままついてくる。

秘所から子種を溢れ垂らしながら歩く姿は淫靡《いんび》で体が熱くなる。夜着を下げ、向かってくる娘を持ち上げ立ち上がった陰茎を突き刺す。

手で口を押さえて声を消す。

「少し待て」

抱き上げたまま扉から離れ、壁に押しつけて激情のまま腰を打ちつけ上下に揺らす。

口から手を離すと悦びの声が上がる。

「俺を見ろ」

強い快感のせいか見上げる空色の瞳はうつろだ。中が強く痙攣して俺は奥へ子種を吐き出す。

喘《あえ》ぐ声も出さない娘の体は力を失くして手足も落ちている。

俺にはこの激情の意味がわからない。寝台に寝かせた娘から離れがたいことは認めるが今までこんな感情を持ったことがない。

今度こそ扉を開けて部屋を離れる。


「加減がわからん」

セシリスとの閨は面倒な義務だったが、あれの空色の瞳が垂れる様子を見ると覚えのない感情がわいてくる。

今まで女が俺を見る目には恐怖が入っているものばかりだったがあれが俺に向ける眼差しには恐怖などなく、むしろ好んでいるような雰囲気がある。

俺はあれと離れがたいと何度も思った。

「旦那様、キャスリン様は嫌がっていますか？」

「悦んでいる」

あれの流す涙は悦びの涙だろ。

「ならば翌日に影響が出ない程度でしたらよろしいのでは？」

深く考えることはやめてソーマの意見に頷く。

＊＊＊

雲のない空の下、ゾルダーク邸の庭を歩く。

指定の日を過ごしてから私は変わらぬ日々を送っている。ゾルダークの家紋を刺繍《ししゅう》して庭園の散歩を日課にして庭師の顔も覚えて話もするようになった。

「ごくろうさま。今日も花がきれいね」

花垣を整えている庭師は帽子を被ったまま頭を下げて作業に戻った。

「新しい人ね。花のことは詳しくて？」

もどかしい動きに新人の庭師かと見つめて話しかける。

「ゼラニウムがあるわ。いくつか切ってもらえる？」

庭師の様子を見つめながら後ろにいるダントルに動かないよう小さな声で伝え、邸の様子を確認してから庭師に尋ねる。

「あなたはどなた？」

庭師ははさみを止めて固まる。

「どちらのなに様なのかしら？」

庭師は帽子を上げて顔を晒《さら》した。

「ようこそ、おいでくださいました。陛下。閣下にご用ですの？」

庭師の格好をした陛下は碧眼《へきがん》で私を見つめる。

「よく気づいたね。もう少し遊びたかったよ」

アンダル様に声が似ている。

「ここで遊んでいらしたの？　王宮にも庭はありますのに」

国王が公爵家に変装までして来ていることをハンクは知っているのかしら？　陛下がいらっしゃるなら先触れがあるはず……私には報告が届いていないだけかお忍び。

なにか悪いことが起こったわけではない……遊びたかったと言ったわ……ゾルダークの庭で遊ぶ理由、私なのね。

「どうして気づいたのかな？　上手に変装しているだろ？　わざわざ王宮の庭師に借りたんだよ。花も調べたから知っている。ゼラニウム、これだろ？」

差し出された花の束を受け取りダントルに渡す。

「これはペラルゴニウムですわ。ゼラニウムより少し濃い色をしております。庭師の指先は爪にまで

士が入っています。陛下の指先は綺麗な貴族の指先です」

陛下は帽子を取り金髪も見せる。

「参ったね。さすがにそこまでしなかった。遊びだと言ったろう？　ゾルダークへ嫁いだディーターの娘がハンクに色目を使っていると聞いてね」

陛下の言葉に体が固まってしまった。

どうして知っているの？　使用人から漏れてしまったの？　私達の事情はハンクの信用している者しか知らないはず。ハンクに色目？　色目ってなに？　それを使うとどうなるの……ハンクに効くのかしら？

「閣下に小娘の色目は効きませんの」

「ははっ、そうだね。ハンクにはあらゆる女の色目は効いたことがない」

ハンクが陛下から寵愛《ちょうあい》を受けていることは皆が知っている。ならば単純にハンクを心配してこうして調べに来たのかしら。

陛下は笑顔を消した。

「君はゾルダークをどうしたいんだ？　君が嫁いできてからおかしな方へ向かっている。ゾルダークは堅牢《けんろう》でなくてはならない」

陛下は詳しくは知らない。ハンクと閨を共にしていることだけ知っている？　カイランのリリアン様への強い想いは知らないようだわ。

「ゾルダークは堅牢ですわ。必ず良い方へ向かいます。ディーターの娘としてそうでなくては困ります」

おかしくなんてさせないわ。私の子がゾルダークを導くのだから。

目の前の陛下がいきなり慌て出して帽子を被りしゃがんだ。振り向くとハンクが足早にこちらへ向かってきている。

「何をしている」

「閣下、新人庭師の方ですの。ペラルゴニウムをゼラニウムと言って渡すのですよ」

ハンクの顔が険しさを増している。しゃがんでいる陛下を睨《にら》んで見下ろしている。

「ここで何をしている」

これは怒っているわね。相手は国王なのにこれでは不敬罪と怒られてしまうわ。

「閣下、こちらの隠れている方はゾルダークの庭で遊んでおられた陛下ですの」

教えてもハンクの顔は怒りに満ちている。

「陛下、お立ちください。いくら屈んでいても閣下はいなくなりませんわ」

陛下は渋りながら立ち上がり帽子を取る。

「ほら、陛下ですわ」

「わかっている。だから何をしているか聞いている」

陛下だとわかっていたのね。怒るなら陛下はお忍びで来たということかしら。

「やぁ、ゾルダーク公爵、元気そうだな。ここの庭の花は素晴らしいと聞いてね。来てしまったよ」

陛下はとても爽やかな笑顔でハンクへ話す。

「貴様が行方不明になっていると家の者が騒いでいたぞ」

状況がわからずハンクを見上げると険しい黒い瞳が私を見つめる。

「こいつは先触れを出さずに来た。出迎えにソーマを行かせた」

ホールから消えていたのね。それは大騒ぎになるわ。

「近衛《このえ》を怒らないでくれよ。俺に協力しただけだからさ」

「閣下、陛下は用があるのでしょう？　庭で話されますの？」

「日が強い、長居するな」

いつもより長く外にいることを心配してくれる。

「私も邸に戻ります」

ハンク達と別れ、自室に向かう。

「ダントル、大丈夫？」

ダントルは陛下を目の前にすることなどなかったから少し心配していた。

「お嬢、本物の陛下ですか？」

そう思うわよね。庭師の格好だもの。

「ええ、本物だったわ。王家の血には金髪碧眼が生まれるのよ。私もあんなに近くで拝見したことなかったわ」

王宮へ行っても侯爵の娘が近くで視線を合わせて話すことなどない存在。

本当にハンクは陛下と仲がいいのね。それならこの事態を説明しているのかもしれない。

「キャスリン！　無事か？」

カイランが私に駆け寄ってくる。

「ええ、無事よ。どうしたの？」

「騒がしいから下に降りたら陛下が行方不明だと使用人が騒いでいた。何かあったのかと思ったよ」

国王がゾルダークで行方不明なんて、確かに大事《おおごと》ね。

「陛下は庭を見に外へ出たのよ」

「会ったのか？」

「花が素晴らしいっておっしゃってくださったわ」

カイランは私の言葉を信じていないかもしれない。

お忍びで来た陛下が私と会ったのだから不審に思っても仕方ないけどカイランに教えることはないわ。

＊＊＊

ハンクの執務室でソファに座ってソーマから紅茶を貰って飲んでいるけど、目の前に座っているハンクの険しい眼差しが怖い。

「何を話した」

「ハンクが女性を気にかけるなんてな。信じられないよ。睨むなよ！　怖い顔するな！　嫌われるぞ」

俺は先触れを出さなかったが忍んでいくことは伝えたし、こんなに怒ることかよ。

「あれはこの顔を気に入っている」

俺はわき上がる笑いに堪えられず笑う。

「はっ、寝言は寝て言えよ！　ハンクが冗談を言えるようになったとは驚かされるなぁ」

ん？　冗談じゃないのか？　ハンクの冗談なんて聞いたことないな。

俺は後ろに控えているソーマに振り向く。

「冗談だろ？」

「本当です」

「嘘《うそ》だ！　どこを？　気に入るところなんかないだろ。かわいそうに……あの子は目が悪いのか」

「あれに会いにきたのか？」

俺はハンクのそばに立っているソーマを見る。

「ソーマ、呼ぶまで部屋に入らないでくれ」

二人きりになったあと俺は懐から小瓶を取り出して机に置く。

「あの子はついで。これを届けにきたんだよ。誰かに頼める物ではないからな。説明もある。この一瓶で種は死ぬ、だが副作用が出る。と言っても飲んだ翌日に熱が上がり身体《からだ》中の関節が痛み、だるさで起き上がることはできない。咳《せき》は出ないから流行り病とは違うと診断がされる。単なる風邪《かぜ》だ」

ハンクは小瓶を摘んで振っている。

「最後の手段にしろよ。俺だって飲ませるのはつらかったんだ。なぁ、本気で惚《ほ》れて息子から嫁を寝取ったのか？　ハンクらしくないぞ。カイランが留守の間、媚薬《びやく》でも盛られた？　お前に効く媚薬なんてこの国にあるの？　体で籠絡《ろうらく》されたか？　お前を落とすなんて隣国の間者《かんじゃ》以上だよ。まさかアンダルが囮《おとり》でハンクを狙って……なんてこった。長年ディーターに間者を育てさせてゾルダークを内部崩壊とは恐れいる」

「あいつはあの娘と閨をできていない」

「不能だったのか？　違うよな。それなら秘薬は必要ないもんな。あの子が嫌いなのか？　婚姻を嫌がってはなかったろう？」

「……あいつが幼い頃、セシリスが閨の不満を吹き込み続けてあいつの奥底に潜んだ結果、初夜を逃げ出した」

さすがにそれはひどいぞ。

「気づかなかったのか？　カイランの乳母やメイドかいたろ」

「乳母は我が子に関心のない母親と関係を持たせようとセシリスに会わせて、自身は部屋から出ていた。あいつも特に不満は言わなかったようだ。メイドはセシリスの生家から連れてきた者でセシリスを大事にしていた」

カイランはハンクと共に王宮へ来てアンダルの遊び相手として過ごしていたな。アンダルが何か言ってなかったか。

「……アンダルがお伽噺をしてくれたんだよ。奇妙な内容だった。お姫様と怪物とその子供……幸せな結末じゃなかった。信じられんな。セシリスはそんなに病んでいたのか？」

「セシリスは初めて会った時から俺を嫌っていた。他に好いた男でもいたんだろ。閨も痛いと泣くから老いたメイドの用意した香油を使ってなんとか子を作った」

それでよく勃《た》ったな。俺はセシリス相手に勃たないよ。ハンクが優しく接するなんて無理だったろうな。セシリス……やっぱり頭がおかしいやつだったか。

「カイランはお前達のことを知っているのか？」

「教えてはいない。あいつに拒絶されてあれが傷ついた。それで俺を選んだ。もう返さん」

返さんって何を言ってるんだ。閨ができるようになればカイランに返したって問題ないだろうが。

「カイランに媚薬を盛ればいい。一番強いのを渡すよ。本人の意識は朦朧《もうろう》としても陰茎は勃って腰を振る。一度できれば過去の呪いは吹っ切れるだろ」

いい解決策を思いついたな。これで秘薬を飲ませなくていいし……ってすごい睨んでるんだけど……。

持ってる小瓶が心配になるほど握ってるけど……こわ……。

「もう返さんと言っただろ」

「怖い！　顔！　瓶が割れる！」

ディーターの娘にハンクの子ができたらカイランはどうなる？　知らないうちに妻が妊娠しているなんてかわいそうだ。今からでも正しい状態に戻せないか……。

「奴は初夜に他に愛する者がいるから抱けない、子は養子を貰うとあの娘に告げた」

覚悟を決めた貴族令嬢にそんなことを言ったのか。あの子はお飾りの妻にすると言われたのか。現状を相談していればここまで拗《こじ》れなかったろうに。

「カイランがおかしくなるぞ。どうするんだ」

「あれの望み通りにする」

あの子が殺せって言ったら殺すのか？　これは相当惚れているじゃないか。

「殺しはしない。あれはこれからも俺の子を孕むんだ。奴は必要になる」

女に興味を抱くなんてハンクの頭がおかしくなったぞ。俺はゾルダークの未来が心配だ。いっそあの子が病気や事故でいなくなればカイランに後妻を与えて……ゾルダーク公爵家の後継ならすぐに身上書が送られる。

「何を考えている？」

「え？」

思考を読まれたのかな？　顔に出てた？　凶悪な顔がさらに凶悪になって俺を睨んでいるよ。

答えを間違えたら殺されちゃうかも……。

「ぺ、ぺ、ペラルゴニウムってゼラニウムと間違えやすくて困るよな。花って難しいな」

誤魔化《ごまか》せてないような気がする。

「余計なことをしてみろ、滅ぼす」

俺を泣かせる気なのか？　ちょっと想像しただけだろ。

「はぁ、お前ならできるよな」

ハンクは可能だよな。ゾルダーク公爵家にはそれだけの力があるもんな。カイラン、かわいそうと思うが国を滅ぼされたくないから耐えてくれ。

「あの子は小さいのによく収まるな。お前のあれは凶器だろ」

あの子を見て単純に疑問に思ったんだよ。ハンクは巨体だけど実はあれは小さいから入るのかな？

「指南書を読め」

嘘だろ。指南書だと？　そんなことまで書かれていないだろ。

「普通の？」

「上級者用だ」

「それ読んでない。貸してくれ」

部屋に戻したソーマが俺に指南書を渡してくれた。

「執務室に置いてるんだな」

「返さなくていい」

「わかった。ありがたく貰うよ」

もう要らないほど熟読して……俺の知らない間に好き者になっていたのか。

「王宮の夜会には来るだろ？　ここ数年はアンダルのせいで肩身が狭かったけど王太子の婚約を発表するから盛大にやるよ」

婚約者が病死してからあいつは婚約を避けていたが隣国の王女が未来の王妃になる。アンダルのことは忘れてもらいたい。

「ああ」

＊＊＊

階下の騒がしさに見に行くと陛下が先触れもなく現れてから消えたと使用人から聞いてキャスリンが心配になった。

「キャスリンは？」

彼女の自室にいたメイドに行方を尋ねると庭を散歩していると言った。

僕はキャスリンを捜しに行こうと再び階下に向かった。庭につながる廊下でキャスリンを見つけ駆け寄る。

「キャスリン！」

「どうしたの？　カイラン」

「陛下が来たんだ」

「知っているわ。庭で会ったのよ」

いなくなった陛下が庭に？　なぜだ。今まで父上に会いに来ても庭に出ることなどなかった。

「話したのか？」

「ええ。花のことを話したの」

花？　わざわざ忍んできてたまたま庭を散歩していたキャスリンと会って花の話だって？　キャス

リンの表情から嘘は感じないが陛下の目的はキャスリンじゃないのか？

「陛下は今どこに？」

「閣下が捜しにこられて陛下を邸へ案内していったわ。閣下にご用があったみたいね。陛下はお花に詳しいのね。ペラルゴニウムを切ってくださったの」

キャスリンは護衛騎士に持たせている花を指差す。陛下が花を切って渡す？　なぜそんなことをする。

「今から少し過ごせる？」

「紅茶でも飲む？」

最近の僕らはこうして以前のように話すことができる。

僕らは共にキャスリンの自室に入った。

キャスリンの淹れてくれる紅茶を飲むのは久しぶりだった。ソファに座ると机の上に置いてある刺繍箱が見えた。僕の視線に気づいたキャスリンが話し出す。

「この前やっと一枚完成したのよ。初めてだったからあまり上手にできなくて。それは二枚目。恥ずかしいからしっかり見ないでね」

「一枚目はどうしたの？」

「あげたわ」

「誰に？」

「ソーマよ。あまり上手《うま》くできなかったからあげる相手に困ってしまったのだけど、ちょうどソーマが用事で来てね。貰ってちょうだいって押しつけたの」

ソーマか、彼なら家政や諸々の用で会うのはおかしくないな。

「何枚作るつもりなんだい？」

「上手くなるまでかしら」

「これは僕にくれる？」

「それならもっと上質なハンカチにするんだったわ。練習用なのよ。それでもいいの？」

「うん」

「分かったわ。カイラン、アンダル様とリリアン様は王宮の夜会へいらっしゃるかしら？」

キャスリンからいきなりその名前が出て驚く。

馬車で話してからアンダルには会っていない。

王都の邸を引き払い、男爵領に戻ったとアンダルから手紙が届いた。

王都を出たくないリリアンを説得するのが大変だった。男爵領は静かな場所で過ごしやすい、早く子が欲しい。そんなことが書かれていたが王宮の夜会に来るとはなかった。

「来ないと思うよ。王都の邸は引き払ってしまったし、遠いからね」

「残念ね。リリアン様が遠くに行ってしまって寂しいでしょう？　あんなに愛していたものね」

その言葉を聞いて体が固まる。キャスリンは僕の想いを知っている。今もリリアンを愛していると思っている。

「一人の女性を生涯愛するなんて物語のようだわ」

自分の吐いた言葉が返ってきている。キャスリンの中で僕はリリアンを一生愛する男として存在している。

なぜあんなことを言ったのか話さなければ夫婦になれない。なんて言えばいい？　どう伝えたら僕を嫌わないでくれる？　許してくれる？

「カイラン様、そろそろお仕事に」

「ああ、トニー。キャスリン、また夕食で」

「ええ」

＊＊＊

カイランにそれとなくリリアン様の話を聞いてみた。

スノー男爵領は離れた場所にある。遠くに離れても平気なのか気になって尋ねた私の言葉にカイランの表情は固まっていた。寂しい思いを隠しているのかもしれない。

それよりも気になることがあるわ。

「ねぇジュノ、私は毒婦？　娼婦《しょうふ》？　悪女？　あとは何かしら……毒婦って毒を持っていると毒婦と言われるのかしら？　よく知らないのよね。勉強不足だわ」

ジュノは目を丸くして止まってしまった。

「お嬢様、どこでそのような言葉を覚えてきたのですか！」

「前に書物で読んだのを言っただけよ。閣下に色目を使ったと陛下に言われたけど色目ってどう使うの？」

鏡に映る自分の顔を睨んだり横目で見たりしてみる。

ジュノは微笑みながら風呂上がりの髪に香油を塗り込む。

「先程の言葉は忘れてください。お嬢様には縁のない言葉です」

忘れることはできないけど、ジュノも知らないのね。ソーマかハンクに聞いてみようかしら。

髪を乾かし終わり寝台へ横になる。

「お休みなさいませ」

扉が閉まるとまたすぐに開く音が聞こえた。顔を上げるとハンクが立っている。私は起き上がり燭《しょく》台《だい》の蝋燭《ろうそく》に火を灯《とも》す。

「閣下、いらしてくれたのですね」

ハンクは扉を閉めて私に近づく。まだ夜着ではなく風呂上がりでもない。

「何かありましたの？」

ハンクは私から燭台を取り上げて机の上に置いた。

私の手を引きソファに座らせ、自身も隣に腰かける。私の手を撫でながら聞いてくる。

「何を言われた？」

私は首を傾げ、しばし考えて答える。

「閣下に色目を使う話ですわ。でも私は使い方を知りませんの。毒婦も悪女もよくわからなくて。娼婦は知っています。男性を慰めるお仕事をしている方達ですわ」

ハンクは眉間に皺を寄せ目元が険しくなる。

「あいつがそう言ったのか？　毒婦悪女娼婦」

誤解をさせてしまった。書物に出てきた女性が色目を使ったと表現されていてそれが毒婦や悪女、娼婦と言われた登場人物だった。

「私が閣下に色目を使ったと言われただけです。色目を使うのは毒婦や悪女、娼婦だと思っていました。毒婦をご存じ？　毒を持つ女性かと思っていたのですが」

ハンクは私の頭を撫でる。

「あいつの言ったことは気にするな」

「心配して来てくださったの？」

私の脇に手を差し込み持ち上げて膝に乗せる。私はハンクの胸に頭を預け、したいようにさせておく。

「陛下はゾルダークを心配してくださったのです。私がカイランの心を掴んでいれば……閣下を巻き込むこともなかったのですから」

言葉にして悲しくなってくる。女性として魅力がなかったと自分で言っているようなものだもの。

これればかりは仕方ないわよ。カイランの好む魅力を持っていなかっただけ。

ハンクが私の顎《あご》を掴み上げる。黒い瞳が私を見つめている。

「俺では不満か？」

そんなこと言ってないわ。そんな風に聞こえた？

「思ったこともないですわ。閣下とこうしていると満たされます。不満ならこんな気持ちになりません」

ハンクは微笑み私と口を合わせる。私はハンクの頭を抱き込み、口を開けて舌をねだる。互いの舌を絡ませ唾液を流し込まれ飲み込む。

お尻の下の陰茎が存在を主張する。私はハンクの腰ひもをゆるめてトラウザーズを下げ、陰茎を取り出し跨《また》がって下着をずらし、硬く熱い陰茎を秘所にあててゆっくり腰を落とす。潤みの足りない秘所には入りにくくて途中で止まってしまう。

私が何度も腰を上下していると大きな手が私の腰を掴み下へ押し込んだ。衝撃に呼吸が止まってしまう。開いた口はハンクの口が覆って合わさり体が揺すられる。

私の声はハンクに流れていく。

＊＊＊

もどかしい動きに我慢できず押し込んでしまったが、これの中は悦んで震えている。甘い声が俺の中に流れて腰に震えがおこる。きつく潤みの足りなかった中は俺の好むぬかるみになっている。最奥を突いたまま腰を回すと飲み込めない唾液を口から垂れ流し快感にもだえる顔は美しい。虚《うつ》ろな空色の瞳と見つめ合う。お互い服を着たまま繋がっている。

ずっと達しているのか締めつけが強く、伝わる鼓動に腰を激しく動かし子種を注ぐ。俺の体に身を預け震える体の脇に手を差し込み持ち上げると俺のトラウザーズが濡れていた。

「閣下、服」

俺の服が汚れていないか聞いているらしい。片手で抱き上げトラウザーズを穿《は》きなおして扉に向かう。

「着替えを持ってこい」

待っているソーマに命じる。ソファに戻り抱きしめたまま待つことにする。

「色目を使ってみろ」

俺の腕の中で潤んだ瞳が見上げる。色目など知らんだろうに使っている自覚はないらしい。

「使えません」

それでいい。お前は何も知らなくていい。

小さな口を塞いで扉が鳴るまで今より唇を赤くしてやる。

「お話をするだけでは？」

「俺に色目を使ったと言われたようだ」

「そのように見えたのでしょう」

俺のそばに女がいたことがなかったからか。

「少し控えませんと」

ソーマは奴が起きていたと言いたいんだろう……奴に知られる。

「それならそれで構わん。孕めば知るんだ」

あれは自分から言いたいらしいが奴に対する怒りなどもう収まっているだろう。

4

シャルマイノス王宮は城下を見下ろせる位置にある。

王宮の庭園が見えるテラスに座り、一人で夜空を眺める国王。

王家の秘薬を渡すのだから、その原因を見ても許されるだろうと思ってゾルダークの庭園で見たディーターの娘は少女のような子だった。少しつり目の瞳は勝気な印象を持たせて形のいい小さな鼻に赤い唇。俺の手でも掴《つか》めそうなほど小さな頭。

あいつが少女趣味とは知らなかった。

セシリスは俺と年が同じだったからな……好みじゃなかったのか……セシリス……きつい顔の夢見がちな女だったな。学園の頃から俺に付きまとい当時婚約者だったジュリアンに嫌がらせをする面倒な令嬢。

目が合っただけで俺がセシリスに惚《ほ》れていると思い込みジュリアンに絡む。わざとぶつかり抱きついて胸を押しつけられた感触は忘れたが嫌な思いをしたことは鮮明に覚えている。騒ぎ立てるほどの行為ではなくても俺は不快感を覚えていた学園時代。

そんなときにハンクの父親、ギース・ゾルダークから囁《ささや》かれた提案に乗ってしまった。

当時、三つ年下のハンクには婚約者がいなかった。セシリスの父親はゾルダーク公爵家との婚約話に喜んでギースとの密談からすぐに決まった二人の婚約。

俺とギースのせいでゾルダークが今の状況になったと思うとハンクに強く言えないよ。こんなことになるならセシリスを殺しておけばよかった。あんなお伽噺《とぎばなし》までカイランに吹き込んでいるとは……頭がおかしかったのは確かだ。

『王家はゾルダークへの不当な王命を禁ず。不当な不敬罪を禁ず』

ギースの出した密約にそんなことでいいならと印を押してしまった。効力は俺の代だけだから軽い気持ちで了承したが俺の後押しであの女と婚姻したなんて……怖くてハンクに言えない。

その上あの子をどうにかしようと俺が動いたらこの国滅ぼしてあの子と隣国へ行ってしまうな。

あんな顔で女を見つめるなんてハンクじゃない。日差しが強いからなんだってんだ。あんな怖い顔して怒ってよ。大人気《おとなげ》ない。しかし、あの子は年々険しくなるハンクの顔が怖くないのか？　下心無しでハンクに笑いかける女なんて今までいたか？

あの小さな体を好き勝手に蹂躙《じゅうりん》しているのか……羨《うらや》ましい。無垢《むく》な少女を上級指南書の通りに？

それでもハンクに好意を寄せてる？　羨ましい……一度見せてほしいな……殺されるかな。

カイランには悪いが俺は何もしない。それが俺の償いだ。

ドイルは手の中にある読みかけの上級指南書を読むため部屋へと戻る。

＊＊＊

庭園の四阿《あずまや》に紅茶を用意させてキャスリンを待っている。

僕はキャスリンに許してもらいたい。

リリアンのことも夜会のことも初夜に逃げたことも全て謝ってはじめからやり直したい。

初夜の日に震えた足も今なら震えない。僕らが閨《ねや》を共にしていないことは一部の使用人しか知らない。父上がそうしたとわかっている。だが秘密は長く保てないだろう。この状態が続けば父上がどう動くかわからない。キャスリンでは駄目だと違う女を連れてくるかもしれない。

キャスリンが赤毛の護衛騎士を連れて四阿に近づいてくる。

「声の届かないところまで離れてくれ」

騎士はキャスリンを見て彼女が頷《うなず》くのを確認してから離れていく。

「こんな場所に呼び出してすまなかったね」

「いいえ。庭は散歩をするけど四阿で休むことはなかったの。いいものね」

キャスリンは庭を眺め微笑《ほほえ》んでいる。

「僕は君に謝らなくてはならない」

キャスリンの笑顔が消える。今度は何をしたのかと思っているんだろう。

「初夜の日にキャスリンに告げた言葉は真実ではないんだ。他の女性を愛しているから君と閨ができない、ではなく僕の弱さのせいでできなかった」

キャスリンはただ黙って聞いている。感情の消えた顔で僕を見て次の言葉を待っている。

「母上は幼い僕に閨は痛くて嫌だ、子なんていらなかったと話し続けた。それが婚姻前に悪夢になって甦《よみがえ》ってきた。あの日は寝室へ向かう足が震えてしまった。恥ずかしくて逃げたくてあんなことを言ってしまった。君に嘘《うそ》をついた。本当にすまない」

僕は頭を下げた。キャスリンが頭を上げていいと言うまで下げているつもりでいた。

「おしまい?」

僕は頭を下げたまま話す。

「婚約時代も君を傷つけてすまなかった。ハインスの夜会もすまなかった」

キャスリンは僕の恋心を知っていた。いい気分じゃなかったはずだ。リリアンのために夜会会場に置き去りにしたこともある。

「僕は二度と君を傷つけない。約束する。今はアンダルよりリリアンよりキャスリンが大切だ。君が許してくれるなら普通の夫婦になりたい」

もう無理なのか……婚姻して日も浅い……諦めたくない。

「私達は夫婦よ」

「正しい夫婦になりたい」

初めからやり直したい。やり直させてほしい。

「閨を共にと言っているの？」

頭を下げたまま頷く。僕はキャスリンとの子が欲しい。

「私は断れる？」

頭を上げそうになるのを止めるのに体を強《こわ》ばらせてしまう。僕らは夫婦だ、キャスリンに断ることはできない。でも僕が初夜に拒絶した、ここで頭を横に振ることはできない。

「……断るわ」

キャスリンは立ち上がり四阿を出ていった。

僕は頭を上げられずキャスリンの足音が聞こえなくなるまで、聞こえなくなっても僕は動けなかった。

キャスリンは悩みもせず僕を拒絶した。こんなにつらい。こんな思いをさせていた。

いつまでそうしていただろうか、足音が近づき四阿の近くで止まる。

「カイラン様。邸に入りましょう。冷えてきました」

トニーがいつまでも動かない僕を心配して迎えに来てくれたようだ。それでも動けない。

キャスリンが僕を許せなくてもゾルダークとディーターのために閨は共にすると思っていた。彼女の望みだろうと思ったのに拒まれた。それほど僕を受け入れられないのか。

僕はようやく頭を上げトニーを見る。

「キャスリンは閨を断ると」

「それはキャスリン様の許しを得てからでしょう。許されないまま共にしてはつらい思いをされます」

父と母のような関係はいやだ。妻にあんな言われ方をされる夫にはなりたくない。何年かかっても許しを乞うしかない。

「トニー、スノー男爵から手紙が来たら読んで捨ててくれ。面倒事なら対処を頼む」

キャスリンを大切にする、不安にさせるようなことは二度としない。ゾルダークのために働きキャスリンが許してくれるまで謝るしかない。キャスリンはこの婚姻の意味を理解しているはずだ……いつまでも怒っていないだろう。

＊＊＊

カイランから呼び出されて聞かされた話は少し驚くほどで怒りはなかった。

初夜の日の真相を語られ、リリアン様のことは好きだったけど初夜を拒否するほどではなかったという事実を知っただけ。亡くなった母親の話を聞いても酷《ひど》い母親と思っただけ。

正しい夫婦になりたいと言われても私達は夫婦よ。閨を共にしない夫婦になった。

初夜の日に真実を告げられていたら？　私はハンクに相談せず夫婦の問題として向き合ったわ。カイランの言う正しい夫婦になっていたかもしれない。カイランが私を信じなかった……それだけ。もし嘘をつかれていなかったらハンクと今の関係にはなっていなかった。

背筋が凍る。

あの満たされた気持ちをカイランが与えてくれるかしら？　きっとあれほどは満たされない。閨は共にできないけど小公爵夫人としてカイランを支える。

「お嬢」

ダントルが小声で私を止める。

ぼんやり考え事をしながら歩いていたから前から近づくハンクに気づかなかった。

廊下の端に立って頭を下げて道を譲る。

私を通り過ぎて離れたハンクを確かめて顔を上げる。

やはり私を満たすのはハンクだけ。私も彼のそんな存在になりたい。

自室に戻ってジュノにカイランの話を伝えた。ジュノは初夜の日から私を支えてくれた。彼女がそばにいなければ冷静でいられたかわからない。

「怒っていないようですね」

「そうね、驚いたけど怒りはなかったわ。今さら言われても困る、と話してしまいそうだったくらい。怖いなら怖いと言ってくれたらよかった。そうしたら二人で話して良い方へいけたわ。私を信じてなかったのね。それが残念なの。カイランの信頼を婚約時に得られなかった私の落ち度よ」

お互いの気持ちがどうであれ、成された婚約。多少の問題を共に解決できなくてどうするのよ。カイランにはゾルダークの素質がない。素質があるなら妻に閨の許可など取ろうとせず、ただ私の寝室に来て有無を言わさず抱くわね。そうなれば私は拒めないもの。

臆病者で優しいカイラン。強い意志と覚悟がなければ公爵家を継ぐことなどできないのよ。私は間違えないわ……私の子は必ず強い。

王宮の夜会が近づき、マダム・オブレからドレスが届いた。トルソーに飾られたハンクからの贈り物。

スカート部分は黒色の生地の上に空色の絹糸で作ったレースを全体にまとわせている。この大きさのレースを滑りのよい絹糸で作るのは大変な作業だとわかる。空色から覗《のぞ》く黒も絹を染色して作らせたようだ。黒から紺、明るい紺を濃淡で色を変えている。高級な絹をここまで贅沢《ぜいたく》に使ってお尻部分には生地を波打つように皺を寄せ、膨らみを持たせて腰を細く見せる流行《はや》りの形になっている。上部も絹の光沢を活《い》かし輝くような白。遠目では気づかないほどの白い絹糸で胸周りを刺繍《ししゅう》して蔦《つた》模様が描かれている。

ジュノとダントルと三人で鑑賞している。

「お嬢、これはいくらぐらいしますか？」

あなたが何十年働いても買えないなんて言えない。

「わからないわ。値段を聞いていないの」

本当に知らない。かなり高額だとわかる程度。

私がドレスに見惚《みと》れていると扉が叩《たた》かれる。カイランが届いたドレスを見に来た。

「これはすごいね。マダム・オブレの渾身《こんしん》の出来だよ。君の色と僕の色が入って絹でレースか……美しいね」

「素晴らしい仕事をしてくれたわ。想像以上よ。夜会が楽しみだわ」

カイランとの話し合いの後よそよそしくされると思っていたけど、あの日の夕食もいつもと変わらず現れて私と会話をしていた。閨を拒否したことに後悔はないけど態度を変えられては困ると心配していた。カイランは私が思っているより冷静かもしれない。カイランは愚かだけど今は望んで傷つけたいわけではない。でもいつかは話さなければならない。それをいつにするのか。

私は下腹に手をあてながら悩む。

扉を叩く音が聞こえ振り向くとソーマとハロルドが立っていた。二人とも手に箱を持ち近づいてくる。

「キャスリン様、旦那様よりこちらをお使いになるよう言われております」

ソーマは箱を開けて中の物を見せてくれる。中にはブラックダイヤモンドを使った首飾りが輝いている。

「こちらはゾルダークに代々受け継がれている宝飾品です。そしてこちらは旦那様より婚姻祝いにと耳飾りをキャスリン様に贈られるそうです」

ハロルドが近づき箱を開ける。中には首飾りと同じ意匠で作られた耳飾りが輝いていた。

ハンクが私のために首飾りと対《つい》の耳飾りを作ってくれた。

「ありがとう。本当に嬉しいわ。閣下にお礼を伝えてくれる？　お願いね」

「父上はいつの間にこんなものを用意したんだ？　かなり手間がかかっただろう」

カイランの疑問にソーマが答える。

「宝石自体はありましたので加工するだけだったのです。王宮の夜会にゾルダークの夫人が参加するのは久しぶりです。他家に披露目《ひろめ》の意味もあります」

カイランは頷いている。

「王太子の婚約者の初御披露目もあるから賑《にぎ》わうな」

先日、シャルマイノス王国王太子と隣国チェスター王国マイラ第二王女の婚約が発表された。

この婚姻により両国の同盟、不可侵条約、関税緩和が成されて王家の威信はアンダル様の失態以前に戻りつつある。陛下が手腕を発揮したようだ。婚姻式には陛下が城下に酒を配ると宣言なされ、国民も盛り上がり当日城下はお祭りのような騒ぎになるだろう。

「きっとキャスリンが一番美しいよ。早くこのドレスを着た君とダンスを踊りたいな」

婚姻してから一度もダンスを踊ってないのよね。

「靴がないね？」

このドレスが届いた時、靴は共に来なかった。製作が遅れてしまったようだ。

「また後で届けてくれるの。当日まで楽しみにしていてね」

私が微笑みながら告げるとカイランは頷く。

楽しみにしているよ、と言って部屋を出ていった。私はソーマに向かいハンクにお礼を伝えてと再度頼んだ。

「お嬢、当日の警備は強化されそうですね。お嬢を誘拐すれば遊んで暮らせる」

ダントルの言い方に笑ってしまった。本当にその通りだった。それだけの価値を身に着け夜会に赴くのは初めてで今から少し緊張してしまう。

夕食後にカイランからスノー男爵夫妻が王宮の夜会に参加すると聞いた。王太子の婚約を弟にも見せてあげたいと陛下が呼び寄せたようだ。甘いと言われるかもしれないけどこの婚約はシャルマイノスにとっても貴族家にとっても益が多い。

騒ぎを起こしたら会場から問答無用で出されると注意もされたようだ。

「家族と久しぶりの再会ですもの。喜んでいるわね」

男爵と王族はかけ離れた存在。気軽には会えなくなった。

「僕らが会うことはないだろうね。挨拶《あいさつ》の終わってない家もあるし、辺境伯も全て参加だよ」

ハインスの夜会より挨拶回りをしなければならない。終わる頃には疲労が襲ってくるわね。

カイランと食堂を退室して一緒に部屋へ向かう。以前より夫婦のように過ごしている。

自室に戻りドレスを鑑賞しながら隣で控えるジュノに告げる。

「月の物が少し遅れているの」

ジュノもわかっているはず。でもまだ確信には早い。ハンクの子がいるかもしれないけどまだ言わないほうがいい。夜会が終わったらライアン様に往診をお願いする。

湯冷めしないように手早くジュノが体を拭いてくれる。ここで風邪《かぜ》など引いては大変。体を大事にしなくてはならない。

＊＊＊

届いたドレスを見に来たついでにこれの顔を見に寝室に入ったが……よく眠っている。

ゾルダーク特産の絹を惜しげもなく使えと命じて、新たにブラックダイヤモンドも手に入れ作らせた耳飾り。靴は小さなブラックダイヤモンドをちりばめ輝きを放っている。

後は髪飾りをいつ渡すか……。

燭台《しょくだい》を棚に置き、起こさないよう床に膝をついて小さな頭を撫でる。爽やかな香りが漂う気に入りの髪を指に巻きつける。赤くなった唇に自分の口を合わせ、舌を入れたくなるが我慢し離れる。

空色の瞳が薄く開き俺を見ていた。

「……閣下」

「ああ、眠れ」

「素敵なドレスをありがとうございます」

とても気に入っていたとソーマから聞いている。

頭を撫でて、もう一度口を合わせる。離れようとすると夜着を掴まれ動けなくなる。

「もう遅い、眠れ」

それでも手を離さない。

不安なんだろう……月の物が遅れている。期待して宿っていなければ……またこれが傷つく。

掛け布の上から温めるように下腹を撫でてやると空色の瞳を見開いて涙を流す。それに吸いつき舐《な》めとる。

「泣くな」

止まらない涙を舐め続けているとこちらに向けて腕を広げた。掛け布に潜り込み抱きしめて腕の中に閉じ込め背中を撫でる。顔を上げ俺を見つめる。

「気づいていらしたの？」

「ああ」

ライアンから次の月の物の日程は聞いていた。だがまだ数日の遅れで誤差の範囲内だ。それでも用心に越したことはない。大事にせねばならん。

「無理をするなよ」

宿らずともまた注ぐ。傷ついても俺が慰めればいい。

赤い口が開き欲しがっている。口を合わせて舌を入れてやると俺の舌を懸命に吸っている。頭を撫でながら口内を上顎《あご》から歯列まで執拗《しつよう》に舐め回して満足するまで口を合わせる。頂が夜着の中で固くなっているだろうが当分触れん。陰茎が兆し始めるが放っておく。

満足したのか口を離し潤んだ空色が俺を見つめる。

「娼館《しょうかん》に行かないでください」

兆し出したのが知られていたようだ。腰を押しつけて小さな体に陰茎を擦りつける。

「お前にしか硬くならん」

潤んだ瞳が本当かと聞いているようだ。

「お前にしか注がない」

だから不安になる必要はないと愛《いと》しい娘を抱きしめ口を合わせる。眠るまでそばにいてほしいと言うから抱き込み目を閉じる。隣でソーマが待っているはずだが……まあいいだろう。

＊＊＊

朝日をまぶたに感じて目を開け下腹を撫でて温める。

ハンクは気づいていた……私を気にかけてくれている。宿っていなくてもまた注いでもらえばいい。

ベルを鳴らしてジュノを呼ぶ。

「おはようございます、お嬢様」

「おはよう、ジュノ。いいお天気ね。お庭を散歩しようかしら」

寝台から下りてジュノがくれた濡れた布で顔を拭く。椅子《いす》に座ると髪を梳《と》かしてくれる。

「お嬢様、靴が届きましたよ」

「まだ朝よ？」

「昨夜、旦那様が置いていかれました」

トルソーに近づくと足元に青い色の靴が揃えて置いてある。ブラックダイヤモンドがちりばめられ輝きを放っている。かかと部分が高くない。身長が低いから少しでも大きく見せようといつも高いものを履いていた。これならダンスも疲れないし歩きやすそう。

小さくても構わないと言われているようで嬉しい。

＊＊＊

王宮の夜会が近づく日の朝、リリアンから手紙が届いた。

すでに王都に向け出発していること、陛下が宿を取ってくれたがゾルダーク公爵邸に滞在したいという内容だが断ろうにも今は王都を走る馬車の中。こちらの返事を待つつもりのないリリアンの自己中心的な考えにうんざりする。

「スノー男爵夫妻が訪ねても通すなと門番に伝えろ。騒いだら騎士隊に連絡していい」

陛下の用意した宿がどれほどかは知らないが、今は各地から貴族が集まっている。王都に邸を構えていない家は多い。そういう客で宿は賑わっているだろう。それが嫌なのかもしれないが僕には関係ない。ゾルダークは宿ではない。

＊＊＊

昼過ぎにスノー男爵夫妻がゾルダーク公爵家の門前へ馬車をつけた。

トニーは門番に伝えたが、元王子と言われては平民出の門番は怯《ひる》んでしまうかもしれないと近くに控えていた。

「こんにちは、カイランの友達のリリアンとアンダルよ。遠くから来たのよ、カイランには手紙で伝えてあるわ。開けてちょうだい。もうくたくたよ」

馬車の窓から顔を出して話しかけているリリアンは門を開けてもらえると信じて疑ってはいない。

「聞いてはおりません。お帰りください」

門番は毅然《きぜん》とした態度で告げる。

「そんなことないわ！　出る前にお手紙出したもの。カイランに聞いてきて」

無視する門番に腹を立てたリリアンはアンダルに訴える。

「アンダル！　なんとか言ってよ！　私疲れたのよ。狭い宿よりカイランのところがいいの。この人に言ってよ！」

アンダルは確認するために馬車を降りて門番に尋ねる。

「カイランはここに何も伝えていないんだな？　リリアンの手紙は届いたか？」

「手紙は届きましたがカイラン様から客が来るとは聞いておりません」

アンダルは頷き馬車に戻る。

「どうしてよ！　私はお手紙出したのよ？　カイランがこんな意地悪するなんておかしいわよ！」

リリアンの大きな声は門番にも届いた。

＊＊＊

王都には数多くの貴族達が集まっていた。

地方の男爵から辺境を守る辺境伯。当主だけ参加の家もあれば家族で参加する家もある。今回は王太子の婚約者御披露目がされる大事な夜会。

隣国チェスター王国から第二王女マイラを警護するためにレディント辺境伯が共に王都に来ていた。この婚約に関して同盟、不可侵条約に関税緩和を勝ち取った。

王家同士の密約では『王女マイラに三年、子ができなければ側妃を許可。婚姻後も王女の費用は持参金から払う。チェスター王国がシャルマイノスへ背信行為をした場合、王女マイラと子を処刑』である。シャルマイノスにとって有益しかない密約。

アンダルに媚薬《びやく》を盛った事件で捕まえた商人と女の証言からチェスター王国王妃の生家が主導したと判明しドイルは動いた。商人の持っていたチェスター王妃の父親との手紙の存在を知らせた。このことをシャルマイノス国民が知り、両国が開戦となれば国が荒れる。

ここまで有利に運ぶとはドイルも笑いが止まらない。自国の失態を説明済みの王女は納得の上、輿《こし》入《い》れ。王太子もシャルマイノスのために婚約を受け入れた。

アンダルの犠牲の上の婚約、知っているのはドイルと王太子とチェスター王家のみ。アンダルを褒めてはやれないが親心という名の褒美として王宮の夜会に招待したのだ。宿も取ってやりアンダルの衣装も用意した。

＊＊＊

日暮れには王宮に着くように昼からメイド達に磨かれ、爪から足先まで数人がかりで私の支度をした。ドレスを身に着けた私の背中の留め具をジュノがはめていく。

ソーマが宝飾品の入っている箱を開ける。いくつもの黒いダイヤを銀の輪で包むように横に連ね、中心に大きなダイヤが輝く。新しく作られた耳飾りもつけ、ダイヤとサファイアで作られた蔦模様の髪飾りはアンナリアが編み込まれた髪に差し込んでいく。

派手な顔つきでない私でもしっくりくる仕上がりにしてくれた。

ダントルの言う通り、誘拐されてもおかしくない財産を身に着けている。

「お綺麗《きれい》です。喜ばれます」

ソーマが褒めてくれる。喜んでくれるのはハンクのことだろう。髪飾りまで用意していたなんて……薄い茶の髪に青と黒が輝いている。

「ありがとう。こんなに綺麗にしてもらったのは初めてよ。一つも落とさず帰ってくるわね」

「落とされても気にせず、夜会を楽しんでください」

扉を叩く音がしてカイランが入ってきた。

「すごく綺麗だよ」

カイランは私を眺め褒めてくれた。

カイランは明るい青色のトラウザーズの裾を膝下まである編み上げの黒い靴に入れ、同色の上着は腰の高さまで、所々に黒の差し色を入れてその上には肩から膝裏までの黒のマントをかけている。

「カイランも素敵よ。綺麗な青ね」

長く濃い青髪を一つにまとめて後ろに流している。

カイランの曲げた腕に手を添えてホールに向かう。扉の脇にはハンクが待っていた。

ハンクの装いは黒のトラウザーズに革靴、黒のシャツに紺のベストで体を引き締め、膝下まである重厚で意匠の凝った黒のコートを肩からかけている。

正装をしたハンクを見ることはあまりなくてつい見惚れてしまう。髪も後ろに撫でつけ固めている。

「父上、お待たせしました」

振り返ったハンクと視線が合う。ハンクは私達に近づいて見下ろす。

「似合うぞ」

声をかけてくれるとは思わず、一瞬固まってしまったけど頭を下げて礼を伝える。

ゾルダークの漆黒の馬車にカイランと乗り込む。ハンクとは別の馬車になる。

「父上がいきなり近づいて驚いただろ？」

「そうね」

ハンクの贈ってくれたドレスが似合っていると褒めてくれた。

「父上は体が大きいし顔も怖いからね」

「顔が怖い？　そんな風には思わないわ」

「そうかい？　いつも怒っている顔をしているよ」

私は微笑み、眉間《みけん》に指を近づける。

「ここの皺がそう見せるだけよ。カイランの眉間に皺を作って睨みを足せば閣下になるわ」

よく似ているわ、と私が笑ってもカイランは納得していないようだった。

王宮の周りにはたくさんの馬車が止まり列を作っていた。ゾルダークのような高位貴族家には所定

の馬車溜《だ》まりが会場近くにある。それがない貴族家は着いた順にまとめられてしまうから閉会した後、邸に戻るのが遅くなる。

カイランの手を借りて馬車から降りる。前方にハインス公爵家とマルタン公爵家が見える。ハンクの大きな背中を見つめながら会場に向かう。

王宮の夜会は下位貴族から王族に挨拶をしていくため三公爵家が最後になる。挨拶が終わると陛下の宣言があり、ダンスや挨拶回りをして過ごす。

前方から懐かしい声が私に近づき話しかける。

「ねえ様！　久しぶりです！　とても綺麗だよ！　まだ僕にはこんな高価なドレス贈れないなぁ」

弟のテレンスがなぜかまだここにいる。侯爵家はもう少し前のはず。

「ありがとうテレンス、久しぶりね……大きくなって。閣下とカイランに挨拶をして」

テレンスは満面の笑顔でハンクとカイランに向き合い挨拶をする。

「こんばんは、ゾルダーク公爵様、小公爵様。婚姻式以来ですね」

ハンクは頷くだけで挨拶を終えた。

「こんばんは、テレンス。しかしなぜここに？」

カイランはテレンスに話しかける。

「マルタン公爵家のミカエラ様の婚約者として共に入ります」

テレンスはミカエラ様をちらりと見て微笑む。とうとう承諾を貰ったのね。

「テレンス、あなたしつこく迫ったのではなくて？」

テレンスは目を見開き驚いている。

「ねえ様！　なぜわかるのです？　僕は頑張りましたよ。断られても手紙を書いて新作の絵も届け、花を抱えて会いに行って彼女に愛の言葉を囁《ささや》き懇願しました。まぁ最後は僕がまだ学生で婚姻できるまで長い、だからミカエラ様が解消したくなったら僕のせいで破棄にしてもいいからとりあえず婚約してくださいって」

解消はお互い合意の上、破棄はどちらかによくない問題が有りということ。

テレンスは本気だわ。破棄された側はいつまでも不信が消えないもの。よくお父様とお兄様が許したわね……許可は取っていないかもしれないわ。

「本気なのね。でもミカエラ様の嫌がることをしては駄目よ？　ミカエラ様の気持ちを優先するの。たくさんお話しして相手を理解しなくてはね」

テレンスは大きく頷く。

「はい！　やはり兄様よりねえ様のほうが頼りになるなぁ。今度相談しに行ってもいい？」

テレンスのお願いにカイランを見ると頷いてくれた。

「先触れを出してね。さあ、マルタン公爵家のところへ戻ってミカエラ様をエスコートするのよ。後で挨拶に向かうわ」

マルタン公爵一家に向かうテレンスを見つめる。

ミカエラ様の横に並び話しかけている様子は弟と姉のよう。でもミカエラ様は幸せそうな顔をしている。案外あの強引さが良かったのかもしれない。テレンスの思うようにさせているならマルタン公爵はテレンスを受け入れている。

今夜は王太子の婚約者御披露目、マルタンもミカエラ様の婚約者を披露する。ゾルダークとディーターが繋がりそこにマルタンまで加わるのは王家としては面白《おもしろ》くないだろう。陛下はどう思われるかしら。

「ミカエラ嬢とテレンスが？　いつの間に……夜会が騒がしくなるな」

アンダル様の捨てた地位を狙う家は多い。テレンスはまだ十四、年の差は六つ。予想外の相手のはず。女性が下ならまだしも上となると例は少ない。

「ミカエラ様が幸せならそれが一番よ。誰も文句は言えないわ」

たとえ王家でも笑顔で祝わなければならない。

入場を待つ私達にアンダル様が近づく。

「カイラン、少しいいか？」

リリアン様はいない。カイランは険しい顔をして動かない。

「カイラン、話してきて。でもすぐに戻ってね」

私を見下ろすカイランは首を横に振る。

「君のそばを離れない」

私が許可を出したのにアンダル様を拒絶するカイランに驚いた。アンダル様は悲しそうにしているけど視線を向けない。

「手短に話してこい」

ハンクがカイランに命じた。カイランが嫌でも話さなければならなくなった。

「私は平気よ」

「すぐ戻るから」

離れたカイランの代わりにハンクが私のとなりに立って腕を曲げた。見上げるとこちらを見ていない。私はハンクの腕に手をのせる。顔が赤くなりそうだから下を向いて隠す。この瞬間を絵画に残してほしいと思ってしまう。ハンクの片方の手が私の指を撫でる。驚いて顔を上げてもハンクは前を向いたままだった。夫が離れているから仕方なく義父が交代しているように見えるだろう。不自然ではない。

「キャスリン。父上ありがとうございます」

カイランの声に振り向くとすでにアンダル様は消えていた。

「アンダル様はなんて？」

久しぶりの親友にカイランは何を言ったのか。アンダル様の用件も気になった。

「うん。先日承諾も得ずに邸に馬車で乗りつけて泊まらせろと男爵夫人が門で騒いだ。スノー男爵は承諾を貰ったと聞いていたらしい。その謝罪だよ」

そんなことがあったのね、知らなかったわ。

「ゾルダークは宿ではないと男爵には伝えたよ」

随分考えを変えたようだわ。先日の言葉に嘘はないと私に示そうとしているのね。ゾルダークを宿に……彼女は変わらないわね。この様子だと会場でも突撃してくるかもしれないわ。その時のカイランはどんな対応を見せるのかしら？　恋をした相手だもの……甘やかした結果が彼女の行動よ。


公爵家はハインス、マルタン、ゾルダークの順に会場へ入っていく。

会場の貴族達はマルタン家のミカエラ様をエスコートしているテレンスに驚きざわめいている。それほどの一大事。勢力図に加える項目が増えたのだ。テレンスは堂々と時々ミカエラ様に微笑み前へと進んでいる。

ハインス家の挨拶が終わり、テレンスを伴うマルタン家が王族に頭を下げる。陛下と王太子は無反応を示し王妃は一瞬、眉根を寄せていた。第三王子のルーカス様は目を見開き驚いている。確かテレンスと同じ年のはず。学園でも知り合いだろう。

「マルタン公爵！　よく来てくれた！　夫人も変わらず美しいな。令嬢方も美しい……これはディーターのテレンスかな？」

下位貴族に声はかけないが高位貴族には声をかける。陛下に声をかけられたマルタン公爵は頭を上げる。

「陛下、ご機嫌麗《うるわ》しく。娘のミカエラが優しい青年に心を開いてくれましてね。やっと良い報告ができそうですよ」

アンダルと違ってテレンスは優しい青年だと軽く嫌みを言っている。まだ青年ではなく少年だけど。

「それは僥倖《ぎょうこう》。良い報せを待っているぞ」

陛下は終始笑顔を絶やさずマルタン公爵に相対している。陛下は手を振って次を呼ぶ。ハンクが先を歩きそれに続く。王族の前で並び頭を下げる。

「来たな、ゾルダーク公爵。夜会は久しぶりだろ？」

陛下は気安く声をかける。私達は頭を上げて陛下を見る。

「ご機嫌麗しく」

ハンクはそれのみで黙ってしまった。毎年のことなので誰も何も言わない。

「今回は小公爵夫妻が初参加か。これは美しい新妻だな。小公爵の後に私とダンスをお願いできるかな？」

これは断れない。私は頷き、光栄ですと答える。陛下が手を振りゾルダークが下がると管楽器が鳴り夜会の開始宣言をする。

「皆よ、今宵は隣国チェスターより第二王女マイラと我がシャルマイノス王国王太子の婚約を宣言する。ジェイド、御披露目だ」

　呼ばれた王太子は奥へと下がりマイラ王女を連れてくる。

　会場は大きな拍手に包まれ、皆が歓迎している。王族と並んだマイラ様は女性にしては背の高い細身の美しい方だった。チェスター王家特有の銀髪が編み込まれ堂々と立っている。

　この婚約で利益の増える貴族家は多い。チェスター王国には海があり貿易が盛んで様々な物が入ってくる。それを少ない関税で輸入できるとなれば国も豊かになる。王太子は亡くなった婚約者を想い、なかなか次の婚約者を決めなかったと噂になっていたけど国のためならば否は言えないだろう。

　高貴な方達の御披露目も終わり、王太子とマイラ王女が会場の中心へ向かいその周りを高位貴族の夫妻が囲み一曲目のダンスを踊る。私とカイランも進み向かい合う。久しぶりにカイランと踊る。

「キャスリンが一番美しいよ、陛下も目をつけてた」

　踊りながらカイランが話しかける。

「ありがとう。マダム・オブレのおかげね。陛下はこの前少しお話ししたから気安いのかもね」

　ふふ、と微笑みながら話す。

　スカートのレースが舞っている。ハンクがこちらを見ているのがわかる。満足してくれていたら嬉しい。

　曲が終わり息を整えると、早々に陛下が近づいて私に手を伸ばし、踊るぞと笑っている。カイランは私の手を陛下に預けて踊りの場から離れていく。

「元気だったかな？」

「はい。王太子殿下の御婚約おめでとうございます」

　陛下は頷きで応《こた》える。

「君にダンスを申し込んだ時のあいつの顔、眉間に皺が増えていたよ。人間らしくなった。君のせいだな」

「私のせいですの？」

「そうさ。冷血な男を骨抜きにしたな。そのドレスもゾルダーク産の絹をここまで使ってブラックダイヤまで貢《みつ》がせて……困った子だね」

「閣下は温かい方ですわ。私、骨は抜けませんの」

陛下は目を丸くし口を開けて笑い出した。周りで踊る人達が驚いてこちらを見ている。

「あいつが温かいか。すごいな」

陛下は感心しているようで黙ってしまった。曲が終わりに近づくと陛下が小声で話しかける。

「また忍んで行くよ」

陛下は私の手を取り、甲に唇をつける。国王が滅多にしない行為をされてまた視線が集まる。

二曲続けて踊るとさすがに疲れを感じてカイランの元へ戻る。ハンクは久しぶりに会う辺境伯達に挨拶をされている。

「キャスリン、陛下と何を話したの？」

陛下があんなに笑っていたから気になるわよね。でもハンクの話をしていたなんて言えないわ。

「この前いらしたでしょ？　間違えたお花の話よ。間違えたのが悔しくて勉強しているのですって」

少し無理のある話だけど咄嗟《とっさ》に出てこない。カイランも納得はしていない様子だわ。

「疲れたかい？　飲み物でも持ってくる？」

「お酒の入っていない果実水をお願い」

今はお酒を入れたくなかった。カイランが離れるとハンクが戻ってきた。手にはワインを持っている。

「疲れたか？」

上からする声に首を横に振り答える。

「待ってろ」

今夜、私に会いにくると言っている。私は小さく頷く。

カイランが戻って休憩したらミカエラ様に挨拶に行こうと考えていると元気な声が届く。

「こんばんは、カイランの奥様よね？」

ふわふわの赤みがかった金毛を揺らしながらリリアン様が近づく。

知り合いでもない限り下位貴族から高位貴族に話しかけることはしないマナーがあるけど、一応知り合いに入るリリアン様。

返事をしようか悩んでいると腕を掴まれダンスの中に入ってしまう。ハンクが私の腰に手を回し踊るようだ。リリアン様から逃がしてくれたのかしら？　彼女の対処には慣れたのに。

この場に立ったものの疑問があるのよね。

「踊れますの？」

失礼なことを聞いているけど、私の知る限りハンクが踊っているところを見たことがない。周りの人達もハンクがいることに驚いている。

ハンクは無言のまま険しい顔で私の腕を掴んで踊る人達の中を通り過ぎて踊りの場から抜ける。そのままテラスに連れていかれソファに座れと軽く押された。ハンクは会場に視線を向けたまま合図を送っている。

「美しいぞ。休んでいろ」

ハンクの褒めてくれた言葉に頬が熱くなる。今見上げてしまえば触れたくなるから我慢をする。

「キャスリン！　平気か？」

ハンクはカイランを呼んでいた。手に持っている果実水を机に置き私の前にひざまずいた。

「ええ、いきなり話しかけられて驚いたけど閣下がここへ連れてきてくれたの。疲れていたから助かったわ」

果実水を手に取り、ありがとうと伝えて一口含む。冷たくて美味《おい》しい。

「父上、ありがとうございます」

ハンクは頷き会場へ戻っていった。それを見送ったカイランが私の手を握る。

「二度と近づかせないと約束させたのに……すまない」

本当に困った顔をしている。入場前にアンダル様とそう話していたのかもしれない。

「心配しないで。彼女とは会話ができないと知っているの。それを知っていると会話をうまく繋げることができるのよ」

カイランは理解できていない顔をしている。あれは実践でやらないとわからないかもしれないわね。

「今度近くに来ても怒らないで冷静に対応するのよ。こちらが聞きたいことを聞けば答えるわ。でもカイランからは近づいたら駄目よ」

それではリリアン様が勝手に誤解をしてしまいつけ上がる。私が笑みながら対処法を教えているとカイランは嬉しそうに頷いている。

「カイランの飲み物は？　もう飲んだの？」

「キャスリンのところへ戻ったらスノー男爵夫人がいて僕に向かってきたから避けようとしたら人にぶつかってね。僕のワインは夫人のドレスが吸い込んだよ」

笑いながら話すカイランにリリアン様のことはなんとも想ってないのだと理解する。

「喉が渇いたでしょう？　飲んで」

私の果実水を渡す。カイランは喉が渇いていたのか一気に飲み干した。

「父上が助けてくれるとは思わなかったな」

以前のハンクなら無視をしていたでしょうね。

「今の私は歩く財産なのよ？　心配するのは当然よ」

私は微笑み冗談を言う。カイランはその通りだなと言って笑っている。二人で会場に戻りミカエラ様とテレンスを見つけて向かう。

「こんばんは、ミカエラ様。お久しぶりです」

ミカエラ様とは令嬢の集まりや夜会などで顔を合わせる程度だがお互いを認識している。

「こんばんは、ゾルダーク小公爵夫人。お久しぶりです」

赤紫の波打つ髪に大きな紫色のたれ目と厚めの唇が妖艶《ようえん》に見せているが、大人しく静かな令嬢。リリアン様とは違う魅力がある。

「お姉様、僕の婚約者のミカエラ様です」

自慢気に話すテレンスに笑ってしまう。そんなテレンスに照れた顔で微笑むミカエラ様は満更でもなさそうに見えた。

「嬉しそうね、テレンス。でもあなたはまだ学生よ。お勉強をしっかりしてミカエラ様を助けなくてはね。ミカエラ様、まだ頼りになりませんが弟をよろしくお願いします」

ミカエラ様は微笑み、こちらこそと応える。挨拶をして二人とはそこで別れた。目につく高位貴族に挨拶をしていくと前から王太子殿下とマイラ王女が近づいてくる。

「やあゾルダーク小公爵、夫人。楽しんでいるかな？」

軽薄そうな陛下に面差《おもざ》しが似ているジェイド王太子、アンダル様とルーカス様は王妃に似ている。

「婚約おめでとうございます、王太子殿下、マイラ王女。妻のキャスリンです」

王太子は私に笑いかけ、知っているよと答える。私はジェイド殿下とはあまり面識はない。

「陛下と踊る女性は少ない。まして笑わせるなど滅多にいない。夫人が何を言ったのか気になる」

教えてくれるか？　と私に聞くけどなんて言っていいのか。

「どうして笑ったのか私にも教えていただきたいですわ」

王太子は笑顔で聞いているけど目が笑っていない。私を警戒している？　それとも何かしたかしら。

マイラ王女が王太子の腕を叩き合図をしている。

「紹介する。婚約者のマイラ王女だ」

「こんばんは、マイラです。夫人は小さいのですね」

王太子もカイランもマイラ王女の言葉に固まっている。初対面で発する言葉ではない。

「こんばんは、マイラ王女様。婚約おめでとうございます。私は小さくて……王女様が羨ましいですわ。ドレスも着こなしが難しくて苦労しておりますの」

嫌みを言われたのか、ただ事実を言っただけなのかわからないので無難な答えを口にする。

「あら、可愛くていらっしゃるわ。こんなに可愛いと手放せませんわね」

王女はカイランへ言っているようだ。何を言いたいのかよくわからない。カイランも困っている様子だ。

「すまないな、彼女は小さくて可愛いのが好きなんだ」

嫌みではなくただ純粋に愛玩として見られていたようだ。ならば気負う必要はないだろう。

「ありがとうございます。そう言ってくださるのは家族だけでしたので嬉しいですわ」

嫌な思いはしていませんと素直に返しておく。

「婚姻してなければ殿下の側妃にして私と王宮で過ごせるのに」

嬉しいですわ、なんて言えない。拒否も失礼にあたるかもしれないからこれには答えられない。カイランも何て答えたらいいのかわからないようで微笑むだけにしている。

「そうだな。小公爵に取られてなければ可能性はあったが、時すでに遅しだな」

動き出すのが遅すぎたな、と王太子は笑っている。王太子は私に手を差し伸べダンスに誘う。それを見たカイランも王女に手を差し伸べる。未来の国王夫妻と踊れることは誉れ、喜んで踊らせていただく。私は王太子と踊りの場へ進む。ダンスが始まると王太子が話し出した。

「ミカエラ嬢とテレンスか……意外な組み合わせで驚いたよ。彼はまだ若いだろう？」

「まだ婚姻は先の話ですが……弟はミカエラ様をとても大事にしておりますわ」

私は笑顔で答える。王家としては面白くない婚約だから気に入らないのかもしれない。

「彼女にはつらい思いをさせた。幸せになってほしい」

王家が強くアンダル様を叱責するか、騒動の前に婚約を解消していれば拗《こじ》れることはなかったのに、王家の考えはわからないわね。

「弟は一途《いちず》ですわ。心配なさらないでくださいな」

「人の気持ちは変わるものだ。彼は若い。いつか変わりそうだ」

余程面白くないのね。テレンスに言い聞かせないと。

「殿下は優しいのですね。弟が間違いを起こしそうになったら私が殴ってでも怒りに行きますわ」

笑みながら心配は無用と伝える。王太子は私の言葉に黙ってしまい話さなくなってしまった。

カイランを横目で見るとちゃんとリードしている。王女は背が高いからお似合いだわ。

曲が終わり、密着していた体を離して王女とカイランに向かうと二人も私達を見ていた。

自分が国王になったとき、高位貴族同士の絆《きずな》が深いと面倒かしらね。

「ゾルダークが嫌になったらいつでもいらして」

「ありがとうございます」

王女の言葉にとりあえず礼を言っておく。無礼なことはされてないし、していない。意味のわからない主役の二人は人々の中へと入っていった。カイランと顔を合わせて首を傾げる。

「私より年下のはずよ？」

二つ下のはず。私より大人びて見えた、羨ましい。

挨拶の必要な当主達には会い、すでに足も疲れてしまった。ゾルダークは馬車を数台走らせてきたから先に帰っても問題はない。

「カイラン、私は先に邸へ帰ってもいいかしら？　疲れたわ」

カイランは腕を掴んでいる私の手に触れ、僕も帰るよと答える。私が頷くとカイランが王宮の使用人にゾルダークのメイドや騎士を呼ぶように命じる。皆が集まっている会場から離れて馬車を待つ。

「立っているのはつらいだろ？　寄りかかっていいよ」

カイランの言葉に甘えて体重をかけさせてもらう。ありがとう、と呟《つぶや》いて寄りかかるとだいぶ楽になる。

「カイラン」

馴染《なじ》みの声に私達は振り向く。そこにはドレスにワインの染みをつけたリリアン様が立っていた。

私は険しい顔のカイランに落ち着くよう腕を掴み撫でる。カイランは私を見下ろし見つめているから許可を出すように頷くとリリアン様に視線を向けた。

「何か？」

リリアン様はカイランの態度に傷ついた顔をして瞳に涙を溜《た》め、話し出す。

「お手紙書いたのよ？　届かなかった？」

「届きましたよ」

「ならどうして？　門の人が邸に入れてくれなかったのよ」

「私が男爵夫妻を通すなと命じたからです」

カイランはリリアン様と会話が成立している。彼女はだいぶ落ち着いたのかしら。

「どうしてそんな意地悪するの？　奥さまのせい？」

「妻は男爵夫妻が来ることも知りませんでしたよ」

とうとう大きな瞳から涙がこぼれ落ちて頬を流れる。それでもカイランの表情が変わらないことに何かを感じたのか、感情を抑えきれなくなったリリアン様は声を上げた。

「どうして？　あんなに仲良くしていたじゃない！　カイランは私が好きでしょ?!」

誰が聞いているかわからない場所で大声を出して誤解を招くような発言をしたけど彼女は一人、私達は寄り添っている。誰が見ても言いがかりを言っているのはリリアン様だろう。

「何を誤解しているのか知りませんが、私はスノー男爵と友人であり夫人と関係などない。これ以上我が家に意味不明なことを言うのであれば騎士隊に陳情を出しますよ」

「カイラン！　どうしちゃったの?!　その女に何を言われたのよ！」

矛先を私に変えたリリアン様に対してカイランは私を背に庇《かば》い前に出る。

「妻に対してその言い方はなんだ？」

「リリ！　やめろ！」

　リリアン様の後ろからアンダル様が駆け寄ってくる。馬車を探しに行っていたのだろう。御者らしき者も連れている。アンダル様はリリアン様の腕を掴み自身の方へ引き寄せる。

「なぜ言うことを聞かない?!　カイランと夫人に近づくなと言っただろう！」

「アンダルが悪いんでしょ！　リリは王都にいたかったのに！　あの人みたいな流行りのドレスを着たかったのに！　大きな邸に住みたかったのに！　アンダルは王子様なのに！　幸せにすると約束したのに！　嘘つき！」

　これが平民に流行った恋物語の結末？　悲しいわね。アンダル様が不憫《ふびん》だわ。

「リリは幸せではないのか？」

　リリアン様はひどい言葉を投げたことに気づき口を押さえて震えている。思っていても言ってはいけないことがあるのに。アンダル様は表情を失くしリリアン様に背を向け馬車へ向かい歩いていく。

　リリアン様はアンダル様とカイランを見て、アンダル様の方へ走っていった。こちらに来てもらっても困るから悩んでほしくなかったけれど。二人が離れるとカイランが私に振り返り抱きしめた。

「すまない。嫌な思いをさせてしまった。僕はいつも君に謝ってばかりだ」

　私はカイランの背中を軽く叩いて気にしていないと伝える。

「嫌な思いはしてないわ。ただアンダル様が気の毒よ。それにあの方達とは二度と会わないわ」

　あの様子では二人がどうなるのか……アンダル様は愚かだけど少し同情するわ。

＊＊＊

アンダルはどうしただろうか……リリアンにあんなにひどいことを言われてきっと傷ついている。

キャスリンは馬車に乗り込んで少しすると眠ってしまった。メイドと座る位置を変え、今は僕の腕に頭を預け眠っている。ずいぶん長く立っていた。陛下と王太子とも踊ったから緊張もしただろうにリリアンに絡まれて……招待した陛下に苦情を言いたいくらいだ。

ソーマとハロルドが残っていたから父上はまだ王宮にいるだろう。父上がキャスリンを気にかけるとは意外だった。誰にも興味のない父上がリリアンから遠ざけるためにわざわざ動くか？　この耳飾りも髪飾りも父上が用意した。ソーマの意見か？　ソーマはキャスリンを気に入っている。陛下まで近づいてくる。気にくわない。

手を伸ばして赤い唇に触れると寝ぼけているのか赤い舌で舐めた。驚いて手を引いてしまった。胸が痛いほど高鳴る。馬車の中が明るくなくて助かった。僕の顔は赤いだろう。

邸に帰り着いてもキャスリンは起きなかった。メイドが扉を開けてキャスリンの護衛騎士を呼び部屋へ連れていくよう話している。僕はそれを止め、馬車の扉を大きく開けてキャスリンを抱いて降りる。出迎えたトニーが歩き続ける僕のマントを外す。メイドは何か言いたそうだが無視をする。ドレスを着込んでも宝飾品を身につけてもこんなに軽い。

キャスリンの自室に入り抱いたままソファに座り髪飾りを外していく。

高価な品だからトニーが受け取り箱へ仕舞っていく。髪をまとめているピンも優しく抜いて机に置く。髪を指で梳かしているとキャスリンが薄く瞳を開けた。

さすがに起こしてしまったか。キャスリンは僕に向かい微笑み首に腕を回し抱きついてきた。

「お嬢様！　首飾りが……」

メイドの声でキャスリンが目覚めたようだ。僕から体を離して目を見開いている。空色の瞳が動き、どこにいるのか確認している。今の状態を理解したらしい。僕の膝から降りてメイドに首飾りを外してもらっている。耳飾りも外してトニーに渡す。宝飾品を外し終わると僕に向き直り微笑む。

「ここまで運んでくれたの？　ありがとう。重かったでしょう？　今度は私の騎士に任せてね」

「重くなかったよ。今日の君は歩く財産だからね。大切に運ばないと」

僕は笑いながら話す。キャスリンも微笑んでいる。

「疲れたわ、湯に浸かりたいの。用意してあるかしら？」

それを聞いて僕は立ち上がり声をかける。

「僕も部屋へ戻るよ。ゆっくり休んで、お休み」

キャスリンはお休みなさいと言って寝室へ向かって行った。僕も自室へ戻り衣装を脱いでいく。

あれはなんだ？　寝ぼけていたのは確かだろうが誰かと間違えたのか？　嬉しそうに微笑んで……僕と認識して抱きついたのか？　そうじゃないなら護衛騎士か？　キャスリンと仲がいいなんて男ならあの騎士しかいないだろう！

「トニー！　見たか⁉」

トニーは黙っているが見ていただろう。なぜこんなに腹が立つ！　キャスリンのことだ、平民の騎士と男女の仲にはならないだろうが……想い合っているのか？

「カイラン様、落ち着いてください」

トニーの言葉に頭が熱くなる。

「落ち着いてられるか！　寝ぼけて抱きついてきたんだぞ！」

「寝ぼけてカイラン様に抱きついたのでは？」

だがキャスリンは閨を拒絶した。僕を拒絶したんだ。

「カイラン様以外の方だと思い抱きついたのであればどうするのです？」

僕はトニーを睨む。どうすることもできない。僕には何もできない！

「護衛騎士か？　そんな様子はあったか？」

トニーは首を横に振り答える。キャスリンの部屋で何かをしていても僕にはわからない。わざわざディーターから呼んでまでゾルダークへ連れてきた。何かあるだろう。

「カイラン様、今のお気持ちは？」

「それがなんだ！」

「腹を立てているように見えます。キャスリン様は何年耐えたでしょうね」

僕はソファに座りこむ。僕はリリアンに抱きついてなどない。だが、ふざけて抱きつかれたことは何度もあった。あんな微笑みで見つめたことはないとは言えない。自分ではわからない。

ディーゼルか？　テレンス？　あそこの兄妹仲はいい。こんなのをキャスリンが耐えた。

「自分を情けないと思っていたが……最低な婚約者だったんだな」

「過去の話です。耐えてください。耐えなければキャスリン様は許してくれませんよ」

あの護衛騎士と庭を共に歩いている間、耐え続けるのか？　トニーに強い酒を頼んで一気にあおる。

＊＊＊

頭を撫でる手に目を開けたらハンクに似た顔があったからつい抱きついてしまった。ジュノに感謝だわ。もう少し遅かったら名前を呼んでいたかもしれない。

「ジュノ、ありがとう。私が寝てしまったからよね。カイランもダントルに渡してくれたらよかったのに」

　ジュノは頭を下げ謝罪する。

「私がどこかで起こしていれば」

　私は首を横に振りジュノの手を握る。

「無理よ。不自然なことをメイドが言ったら疑問を持たれるもの」

　カイランが連れていくと言えば逆らえる者が今この邸にはいない。寝ぼけて抱きつくなんて……カイランは怪しんでいるかもしれない。普通は疑うわ。いつかは知られてしまうけど今はまだよ。でも聞かれたら誤魔化《ごまか》せるかしら。

「湯に浸かりたいの。閣下に待っていろと言われたから遅くても来るかもしれないわ」

　ジュノは頷き、アンナリアを呼びに行った。似ているとはいえ間違えるなんて……まだまだね。

5

貴族達が酒を飲み歓談し、楽団の奏《かな》でる曲が遠くから耳に届く。

テラスであれを奴に預けてからドイルに捕まり、今は王宮の内部にある国王の執務室で酒を飲んでいる。部屋にはドイルと俺しかいない。

「あの子は美しかったな。どれだけ貢《みつ》いだんだよ。ブラックダイヤなんてジュリアンでさえあんなに持ってないぞ。腰に触ったけど細かったな。羨《うらや》ましい」

こいつはあれと踊った。手の甲にも触れた。

「睨《にら》むなよ！　国王だよ？　踊るくらいいいだろ。お前……知ってたのか？　マルタンとディーターの婚約」

それは気にくわないだろうな。王太子の婚約で王家が盛り上がったが、二つの公爵家にディーターの血が入れば結束が強まる。王家から見れば嫌な構図だな。俺は黙り答えない。知っていて止めなかった。王家が強くなるのは後を考えると必要ないことだ。アンダルの背後にチェスターの王家が動いていたか。夜会への招待は慰めか、感謝か。

「お前の子、生まれたら王太子の子と婚約させようよ。そう約束してくれたら特別な精力剤渡すよ？朝まで止まらないやつ」

「いらん。必要ない」

「お前、その年でそんなに元気なの？　やっぱり媚薬《びやく》盛られてんだろ」

お前には効かないか……と呟《つぶや》いている。

「しかしお前も完璧ではなかったんだな。踊れないなんてさ」

酒の入った器を握りしめドイルを睨む。

「ふん、怖くないよ。踊れずに突っ立ってるお前を思い出せば可愛《かわい》く見える」

酔っているな……強くないくせに飲まされたか。ドイルは机に突っ伏して動かなくなった。

「お前のことを温かいってあの子が言ってた。信じてないけど。はは、骨抜けないってさ。そんな太い骨俺だって抜けないよ、羨ましい」

骨？　何を言っている？　久しぶりにこんなドイルを見るな。何かあったか。

「ジェイドがさ、婚約……渋ってたのはさ……亡くなった令嬢が理由ではないんだよ……ミカエラ」

無理だろうな。アンダルと婚約を解消した時点で打診すれば足元を見られ、女の方も何を言われるか予想がつく。まだ婚約早々に動きだしてアンダルを他所《よそ》へやっていれば可能性はあったが。

「あいつ拗《こじ》らせちゃって、マルタンに密偵を入れててさ。ディーターとの婚約知ったら暴れて、俺にだけミカエラのことを話したんだよ。もっと早く言えよって言いたかったけどさ、隣国との婚約は必ずするから遅いんだけど。子が三年できなきゃ側妃とれるけどその時はミカエラも若くない。想い合っているなら待てるかもしれないけど、ミカエラは知らないんだよ。あいつも情けないな……アンダルくらいの行動をしていたら隣国との婚約はなかった。もどかしいんだろ」

抑え込んだ感情が今になって噴き出したか。遅すぎるな。だがジェイドならば外には出さんだろう。

「ディーターの次男が婚姻するのは先だ。見張れよ」

ドイルは突っ伏したまま頷《うなず》いている。

「ハンクは今幸せか？　満足か？」

そんなことを知ってどうする。酔いが回りすぎだな。

「ああ」

羨ましいと呟いている。俺にもくれと小声で言っているのが聞こえる。

「うまくいかないな。アンダルも幸せそうには見えない。俺も無垢《むく》な若い子に慰めてほしいよ」

泣いているのか？　肩が震えている。

「吐いちゃう……」

ドイルはそのまま床に中身を吐き出している。俺は執務室を出て従者を呼び、中の状態を伝えてそのままゾルダークの馬車溜《だ》まりまで歩く。馬車の中にはすでにソーマとハロルドが待っていた。

「カイラン様とキャスリン様は先に帰られました。馬車を待つ間にスノー夫人に絡まれましたがカイラン様は毅然《きぜん》と拒絶し別れておりります」

やはり絡んだか。ドイルめ、消しておけばいいものを。

「キャスリン様はお疲れの様子で立っているのもつらそうでした。その後は無事に馬車に乗り込みました」

「いつ戻った？」

「半時前にはここを発《た》っています」

邸には奴のみか……よくないな。

「ハロルド……お前も共に帰るべきだった」

俺はハロルドを睨みつける。今さら遅い、何もなければいいが。ハロルドは頭を下げ謝罪している。

「急がせろ。ライアンを呼べ」

ソーマは天井を叩《たた》き御者に急げと命じた。

＊＊＊

静かな邸の中を重厚な黒いコートを靡《なび》かせ足早に歩いているとあれの護衛騎士が近づく。馬車で眠りについてしまい奴が抱き降ろし部屋まで運び、寝ぼけて俺と間違え抱きついてしまったと報告する。あれの部屋を出た奴が激昂《げきこう》していたのを扉越しに確認したことも加えた。

自室へ戻って衣装を脱ぎ、湯を浴びて体を洗う。髪はまだ湿っているが問題ない。ソーマへ指示を出し、事情を知る人物を動かして速やかに娘の自室へ入っていく。

寝室の扉を開けると燭台《しょくだい》を近くに置いて寝台に座りハンカチに刺繍《ししゅう》をしていた娘が立ち上がり駆け寄ってくる。それを抱き止め腕の中に囲い抱きしめる。存在を堪能し髪を撫《な》でる。

俺を見上げている顎《あご》を掴《つか》んで口を合わせる。そのまま抱き上げ舌を口に入れ、小さな舌を絡めて吸う。口の回りが唾液で濡《ぬ》れ唇は赤く光る。

陰茎が滾《たぎ》りそうになるが、目を閉じソーマの顔を思い出し耐える。

「痛みは？」

首を振り答える。

「美しかったぞ」

俺の体を撫でながら、礼を言う。

「閣下も素敵でした。また見せてください」

寝台に寝かせ、上から潰さないよう抱きしめて首に顔を埋める。あまりにも細い……これを傷つける者は許さん。

「楽しかったか？」

頷く気配がする。嫌な思いをしていなければいい。

「閣下の隣に立てました」

笑う振動が伝わる。そこが楽しかったのか。つい首に吸いついてしまった。

「明日、ライアンを呼ぶ」

はい、と答える声が耳に直接届く。ベルを鳴らしてソーマを呼ぶ。

「夜明けまで過ごす、起こすな」

今は真夜中、一刻と半時は共に眠れる。小さな頭に口を落として目をつむる。

＊＊＊

主はキャスリン様の寝室から出てこない。夜明けまで共にいるつもりだろう。ジュノに仮眠を取るよう言い、アンナリアと共に待機していたダントルにも一刻仮眠を取るよう命じる。

居室ではジュノが長椅子《ながいす》で横になり、その体に布をかけ私は対面のソファに腰を掛けて夜明けを待つ。

半時経《た》った時、夫婦の寝室へ繋《つな》がる扉の握りが回される音が鳴った。初夜の日から鍵はかかっている。鍵を持っていないカイラン様がそれでも回す意味は？

足音は鳴らさず扉の前へ行く。扉の向こうに人の気配はまだある。扉に触れているのか、時々音が鳴る。そこで眠るつもりかもしれない。

向こう側のカイラン様を見つめる。

今は後悔の中、己を責めているだろう。だが父親が自分の妻と身も心も通わせ想い合っているとは夢にも思っていないはず。むごい話だ。同情するが受け入れてもらわねばならない。

ハンク・ゾルダークとディーターの子が宿っているかもしれない。

＊＊＊

自身を省みて落ち込んでいた。

学園在学中はよくアンダルとリリアンと三人で過ごした。可愛いリリアンが愛《いと》しく、近くで見守っていられたらそれでよかった。僕の恋する眼差《まなざ》しは周囲に知られていた。今でもリリアンは僕に好かれていると信じきっていた。

リリアンは好かれていると知っていて……アンダルを選んでおきながら僕に抱きついてきたり甘えてみせたりしていたのか。性根が壊れている。そんな女を好きだった事実を皆が知っているのが恥ずかしい。

湯に入ってから酒を飲んで夫婦の寝室に入ってキャスリンの部屋に続く扉の前に立って冷たい板に額をつける。

悔やむことだらけで自分が嫌になる。今日の夜会ではキャスリンに怒られるようなことは何もしなかった。彼女も僕に体を預け信頼してくれていた。うまくいっていた。夜会だって楽しかった。

暗い夫婦の寝室には大きな寝台がある。

あの日、この部屋であんなことを言わずにいたら……今夜はここで共に眠っていたかもしれない。

あの細くて小さな体を抱きしめて……。

キャスリンは母上のように弱い人じゃない。閨《ねや》だって怖いと言って泣かなかったろう。僕を受け入れてくれただろうに。

キャスリンに会いたい。この扉を開ければキャスリンの寝室に繋がる。回したことはない。鍵がかかっているから開くことはないと知っている。

ふらつく体で扉にすがりつく。握りを回しても開かない。開くわけがない。扉に背を預けてうずくまり目をつむる。

＊＊＊

夜明け前、静かな寝室の扉が鳴る。

起き上がり小さな頭を撫で、布を肩までかけて寝台から離れる。扉を開けるといつもより近くにソーマが立っていた。目が合うと夫婦の寝室へ繋がる扉を指差し黙して理由を語る。

扉の向こうに奴がいるか……夜明け前に何をしている……どうでもいい。

頭を傾け部屋を出る意思を伝える。ソーマは居室の扉を開けて俺の後に続く。使用人用の階段を使い階下の自室へ向かう。自室の前にはトニーが立ち、俺を待っていた。トニーも伴い自室へ入る。ソファに座り酒を頼む。手を振りトニーに話せとうながす。

「カイラン様はキャスリン様が誰かと間違え抱きついたと怒られていましたが、キャスリン様も同じ想いをしたと気づき悔やまれ……酒を召し上がりあの場所で寝ておられます」

「見張れ」

手を振りトニーを出ていかせる。

「ライアンは？」

「今日の昼過ぎには到着されます」

「少し寝る」

＊＊＊

肩を揺すられ目を開けるとトニーが屈《かが》みこみ僕を見ていた。

体が痛い、床で寝たのか。頭も痛い。トニーの手を借りて起き上がる。ふらつきながら自室のソファへ辿《たど》り着く。

「二日酔いに聞く薬草ですよ」

差し出された器を一気にあおる。苦くてむせる。

「昨日のことはキャスリンには聞かない」

キャスリンが誰かと間違えて抱きついたとしても、何も言えないんだ。悩んでも仕方がない。僕には何もできない。これからだろ。昨日は歩み寄れた。

「それがよろしいです」

トニーに頷き、朝食はいらないと告げる。さっきの薬草が気持ち悪い。

「トニー、キャスリンが庭を散歩するときは教えてくれ」

夕食だけではなく一緒に過ごしたい。キャスリンに僕といることが日常的に続くと知ってほしい。

トニーは頷き、かしこまりましたと答えた。

＊＊＊

遅く起きた朝にテラスで遅い朝食を食べている。

ハンクが出ていったことにも気づかないほど深く眠っていた。

カイランが昨日のことを聞いてきたら嫌だわ。まだ言いたくない。彼は傷つきやすい、脆《もろ》いわ。

カイランのことを考えると心細くなり自然と下腹に手がむかう。気持ちを切りかえ食事を終えてライアン様の往診までカイランに渡すハンカチの刺繍をする。


「こんにちは、キャスリン様。ご機嫌はいかがですか？」

「こんにちは、ライアン様。元気ですわ。お座りになって」

ライアン様をソファへうながし、対面に座り紅茶を淹《い》れる。

「閣下に会いまして？」

ライアン様は頷き、はいと答える。

「相変わらずお元気でしたよ。昨日の夜会はどうでしたか？　僕は参加しなかったのですが王太子の婚約者御披露目《おひろめ》だと人がたくさん集まったでしょう？」

「ええ、たくさんいらしていたわ。辺境伯も揃《そろ》いましたから。チェスター王国のマイラ様はとても背が高くて綺麗《きれい》な方でしたわ。私より二つ下なんて思えないくらい大人びて見えました」

「月の物が遅れていると閣下から聞きました」

私は頷く。

「ゾルダークへ越してきても予定通りにきていたのが、閣下と閨を共にして予定より十日近くきていない……手首をよろしいですか？　どちらでも構いません」

左手を差し出すと手首を掴まれ手のひらを上にして、手首の端の方を指で強めに押さえられる。

「息を吸って、吐いて。深呼吸してください。心を落ち着けて」

私は目を閉じ深呼吸をする。部屋には静寂が流れる。ライアン様は私の手を優しく下ろし膝へ戻した。

「体を流れる血の力強さを診《み》ていました。妊娠されると強くなるのですが確実ではありません。僕の見立てでは五日以内に月の物がこなければ子が宿っていると判断します。血流は強く感じました。もし痛みや張り、鮮やかな出血があればすぐに早馬を寄越してください。ソーマさんへ言っていただければ飛んできます」

胸が張り裂けそうだわ。私は胸に手をあて落ち着かせる。下腹を撫でて温める。

「ありがとうございます。本当に嬉《うれ》しいです」

ここにいるかもしれない。あと五日……涙が溢《あふ》れそうよ。

「何もなければ五日後にまた来ます。強い日差しを長く浴びるのは避けてください。いつもの散歩は続けてくださって結構です。運動も必要ですからね。食事も無理はせずに。僕はこれから閣下に報告に行きますから普段通りにお過ごしください」

ライアン様はそう言って退室していった。私はジュノに振り返り手を握る。

「嬉しいわ、ジュノ。ここに子がいるのよ」

ジュノの手を下腹にあてる。ジュノは微笑《ほほえ》み、おめでとうございますと言ってくれた。

まだ確実ではないけど、でもいるのよ。信じたい。ジュノはハンカチを私の頬にあてる。

「大事にしませんと。ダントルにも伝えてさらに気をつけてお嬢様を守ってもらいましょう」

私は頷きダントルを部屋に呼ぶ。

「ダントル、いるかもしれないわ。頼むわね」

ダントルは直立し口角を上げて、任せろと言った。

＊＊＊

ライアンは執務室のソファに座り、診察結果を報告する。

「五日以内に月の物がこなければ懐妊ですよ。おめでとうございます。頑張りましたね。若くないのにこんなに早く孕《はら》ませるなんて……何年もできない夫婦もいるんですよ？　秘訣《ひけつ》を聞かれますよ。閣下の子種は強いんだな。若い頃に励んでいれば今頃、子だくさん閣下だったのに」

ソーマが入れた紅茶を飲みながら話し、菓子も口に放る。

「マルタンとディーターの婚約って話が早いですよね。どうしても昨日に間に合わせたかったんだなぁ。まだ許していないぞという意志をマルタンから感じますよ。キャスリン様の子の代はどうなってるんだろうなぁ。閣下が気にされていると思うので忠告しますね。今は子が流れやすい時期ですから、挿入は控えてください。指も駄目ですよ。一月経ったら激しくなければ挿入もできます。下腹が張る、痛がったら即中止。胸にも変化があります。大きくなったり敏感になったり。キャスリン様はご自身で母乳を？　知らない？　胸に？　触れてもいいですよ。問題ないです。貴族の女性は乳母に任せてしまいますが、はじめの頃はあげた方がいいですからね。優しく揉《も》んであげてください。出が良くなる。妊娠初期に長い間馬車に乗るのは控えてくださいね。安定期？　少しお腹《なか》が膨らんだかな？　が安定期です。ゾルダーク領へ行くのは勧めないなぁ、かなり速度を落として馬車を揺らさないよう走らせないとならないですよ」

ライアンは紅茶を飲みほし、おかわりを要求している。

「精神的に強い衝撃もよくない。カイラン様に話すならば一月は待ってキャスリン様の状態を見ながらで。不安にさせないよう心がけてくださいね」

「終わったか？」

「五日後にまた来ます。そこで確定ですね。大切にしてあげてくださいね。何かあれば早馬を出してください」

ああ、と答え会話を終える。ライアンが退室したあとソーマがトニーに教えるかと尋ねた。

一月は待った方がいいとライアンは言った。あれはそんなに柔《やわ》ではないだろうが、子を宿した今はわからん。

守る者が多い方がいいだろうな。今の奴が懐妊を知れば騒ぐだろう。あの女に操《みさお》を捧《ささ》げていればいいものを。

「教えろ。ソーマ、あれはもう手放せんぞ。ハロルドに俺よりあれを優先しろと伝えろ」

ソーマは頷き退室する。

＊＊＊

頭を優しく撫でる大きな手を感じる。額に唇があたる感触に目を開ける。眉間《みけん》に皺《しわ》を寄せた顔が近くにある。私は微笑み名前を呼ぶと、いつもの険しい顔が優しくなり指先が頬を撫でる。

蝋燭《ろうそく》の灯《あか》りはないから起こすつもりはなかったのね。

月明かりだけの部屋で寝台の脇に屈み私を見つめている。

「起こしたな」

すまん、と謝るからいいえと答える。来てくれて嬉しい。

「奴に話すか？」

今のカイランに話して冷静でいてくれるだろうか？　無理だと思うけど話すのならそばにいてほしい。

「そばにいてくれますか？」

ああ、と答えてくれる。それなら心強い。カイランが悔やんで私を求めてきてもどうすることもできない。ハンクの子が宿っている。五日経ち、懐妊と言われたら話すわ。

「五日後にライアン様の診察で確信をいただいたら話します。閣下の予定に合わせます」

「ライアンは精神的に強い衝撃が子によくないと。一月は待てと言っていた」

衝撃？　驚いたり悲しかったり？　カイランに話して私が精神的に動揺すると思われている？　カイランにはひどい言葉を吐かれるかもしれないけど覚悟の上よ。

「喜びの衝撃も駄目？　カイランに何を言われても衝撃は起こりませんわ。閣下がそばにいてくれるのでしょう？」

ハンクは頷き、私と額を合わせて答える。

「お前から離れない」

私はハンクの髪に触れ指を通す。硬くて癖のある濃い紺色。ハンクがそばにいてくれるなら怖いことなんてないわ。

「それなら安心です」

口を開けて求めると舌が入り唾液を送られる。こうしていると満たされる。私は今、とても満たされている。

明日ライアン様の診察がある。月の物はまだきていない。

眠る前にハンカチの刺繍を進めようとソファに腰かけ針を刺していると扉が開きハンクが入ってきた。私の隣に座って髪を摘《つま》んで匂いを嗅いでいる。

「変わりないか？」

「はい。どこも変わりませんわ」

私はハンカチを机に置いてハンクの黒い瞳を見つめながら下腹を撫でる。

「楽しみです」

ああ、と答えてくれる。ゾルダークの後継が宿っている。

「閣下のおかげですわ」

黒い瞳に私が映っている。口を開けると舌を入れて絡めてくる。私はハンクの服を掴み、厚い舌を懸命に吸い込んで舐《な》める。流れ込む唾液が口の端からこぼれていくけどそのままにして口を合わせる。

ハンクは私の脇に手を差し入れて持ち上げ寝台へ運んでいく。二人で掛け布に入り向かい合って体をくっつける。まだ夜の始まりなのに来てくれた。

「家紋を刺しているのか？」

「はい。まだ二枚目です。ゾルダークの家紋は慣れなくて」

ハンクは無言だけど私の話は聞いているだろう。心音が伝わって心地いい。

「一枚目はソーマに押し付けました。上手《うま》くできなかったけど……せっかく刺繍したから。今刺しているのも練習用のハンカチですけどカイランが欲しいようなので渡します。もう少し練習して上質のハンカチに刺繍したいの。貰《もら》ってくださる？」

ああ、と答えてくれる。私の瞳の色のハンカチに刺繍して渡すつもりでいる。その時には上手くできているといいわ。その次はお腹の子のハンカチを刺繍すると決めている。でもハンクは私の髪をよく触るから薄茶のほうがいいかしら？

「空色と薄い茶ならどちらがお好き？」

答えが返ってこない。手は私の頭を撫でているから寝てはいない、なら悩んでいる？　見上げるとこちらを見ていた。いくら見つめても答えはない。もしかしたらハンカチを持たない人なのかしら。持たなそうに見えるわね。でも貰ってくれると言っていたし。決めかねているのかしら。

「両方に刺繍しますか？」

「ああ。上手くなくていい」

「ふふ、わかりました」

街にハンカチを買いに行かなくては。

「ライアン様が外出の許可をくださったら街へ探しに行きます」

「商人を呼ぶから外には行くな」

黒い瞳が心配そうに見ている。そうよね、何かあったら大事《おおごと》よ。来てもらえば早く刺繍を始められる。

「はい。行きませんわ」

私の答えに満足したのか常に下がり気味の口角を上げ微笑んでいる。こんな顔をソーマでさえ見たことがないのではないかと嬉しくなり、満たされる。

「閣下の大きい体に包まれるのが好きです」

「そうか」

上を見上げて口を開けるがなかなか舌をくれなかった。ただ私を見つめるだけでしてくれない。

「閣下？」

上へ動いて顔を近づけても開いてくれない。

「我慢できなくなる」

したくないわけではなさそう。私を心配してくれている。

「口にくださいな」

私は微笑み口を開ける。それでも頷いてくれない。

ハンクの夜着をめくり中に入って胸の辺りに強く吸いつく。やめろと言われないから続ける。ハンクの頂を見つけて触れると体が揺れた。平たいから口に含めない。舌を伸ばして舐めるとまた揺れた。歯に挟んだり吸ってみたりしていると視線を感じた。顔を上げるとえりを広げてハンクが見ていた。

「くすぐったい」

「下手《へた》でした？」

「出てこい」

私はハンクの言う通り夜着から出て元のところへ戻る。

「難しいですね」

今度はハンクが私の夜着の中に入り同じように頂を舐め吸っている。口の中に入れた頂を舌でつついて転がしている。気持ちよくて声が出てしまう。えりを広げると頂に吸いつくハンクが見える。私が見ていることに気づき見上げてくる。夜着の上から頭を撫でて胸をつき出すとまた舐め始める。気持ちがいい。秘所が濡れている感じがする。

「中に欲しいです」

ハンクは下着の上から秘所に触れた。下着を取り払い、私をうつ伏せに転がすと腰を掴み上げて、取り出した陰茎を秘所に擦りつけている。

「手を寝台について腕を伸ばしてみろ」

言われた通りにする。ハンクは私の足の間に陰茎を差し込み動き出した。ぬるつく陰茎の先が刺激の強い所へあたる度に快感が走る。秘所から出る液と陰茎から出ている子種が混ざり、恥ずかしい音が聞こえる。秘所の入り口を陰茎が擦り気持ちがいいけど……。

「閣下、中にください。中はもっと気持ちいいの」

それでもハンクは中にくれない。私の体を掴み仰向《あおむ》けにして足を抱きまとめて刺激の強い所へあたるよう動かす。

「口にやるから待て」

動く陰茎がそこにあたると気持ちがいいのにもどかしい。ハンクの片手が頂に触れ指先で転がしている。いきなり強く摘まれ体が強《こわ》ばる。陰茎の先で刺激の強い所を責められると体が強ばり達する。ハンクは激しく腰を動かし陰茎を擦る。私の上を移動して顔の前に跨《また》がり手で陰茎を握り擦っている。

「口を開けろ」

口を開けると陰茎の先を含ませ腰を進めて奥へ入る。舌で舐め吸って顔を動かしハンクを見上げる。頭を掴まれ陰茎の先から子種が喉へ流れてくる。出ている間もハンクを見つめて舐めすする。何か耐えるような顔をして子種を注いでくれる。口の中に残る子種も飲み込むが上手く飲み込めない。

ハンクは水差しから果実水を含み私に流し込み、飲んでいくと子種もなくなった。ハンクはまだ私に跨がったまま上から見下ろしているから陰茎に触れようとしたら逃げてしまった。横から抱きつかれ腕の中に入る。

「痛みは？」

首を横に振り答える。口を開けてねだるとやっと舌を入れてくれた。舌を絡め合い互いの呼吸も呑《の》み込む。

「許可が出たら中に入れてやる」

ライアン様から止められていたのね。子によくないのかしら。何度も中にねだってしまったわ。

「ごめんなさい」

「今は我慢だ」

ハンクは下腹を撫で温める。

「眠れ」

大きい体に寄り添いハンクの腕を枕にして目をつむる。

＊＊＊

高位貴族後継倶楽部では隣国との貿易の話が多くされている。その輪の中にはディーゼル・ディーターの姿もあった。

「ディーター小侯爵」

振り向きたくないが義弟に呼ばれてしまったのだから無視はできない。満面の笑みで振り返る。

「ゾルダーク小公爵、来ましたね」

カイランに誘われて歓談の場から離れる。端のソファに腰を下ろして酒を頼む。

「王宮の夜会では忙しなくて挨拶《あいさつ》もできませんでしたね」

カイランの言葉に頷く。俺が避けていたとは知られていない。先日のゾルダーク公爵家との会談終わりに見た光景が忘れられない。ゾルダークの御者が自ら馬車の車輪を壊していた。見てはいけないものを見た気分になりすぐさま邸に帰った。

「ディーターから来た護衛騎士は随分キャスリンと仲がいいですね」

「ダントルですね。妹が一番信用していた騎士ですよ」

笑顔だな。その心に何を思っているのか俺にはわからん。

「キャスリンがわざわざゾルダークに呼んだので少し気になりまして」

妻のそばに男がいることが気に入らないか？　こいつ……リリアンのことはもう忘れたのか？

「ダントルとは付き合いが長い。十年前に我が家に来てから妹と仲がよくてね。私より懐《なつ》いていましたよ」

俺は笑い話をしているぞ、笑顔を消すなよ。本気で嫉妬《しっと》か？

「そちらに連れていったメイドも長いですよ。妹は身寄りのない者に懐いて……」

余計なことを話したな。俺としたことが情けない。

「しかし、妹が着ていたドレスは素晴らしい絹でしたね。ご夫人方が注目していましたよ、いい広告だ。ゾルダーク産の絹は質がいい」

「身寄りのないとは？」

笑顔のカイランは逃がしてくれなかった。

流してくれよ。調べればわかることだから教えても問題はないか。

「メイドは孤児院出身でね、妹が引き取りメイドにしました。騎士は遠縁でね、母親が亡くなり我が家に……とこんな感じですよ」

ダントルについては少し足りない部分はあるが貴族から離れた身だ、平民のままでいいだろう。

「メイドと騎士の仲がいいのか……」

ジュノとダントルが!?　ゾルダークへ行ってそんな仲になったのか！　あの野郎……ジュノに手を出したのか……。

「ジュノとダントルがそんな仲とは知りませんでした。小公爵はよく見ていらっしゃる。我が家にいた頃はそんな素振りは一切なかったですからね」

「いや、決してそのような素振りは見せてはいないのですが」

なんだと？　こいつ俺を弄《もてあそ》んでいるのか！　意味不明なことを言うなよ。

「ディーターは兄妹仲がいいですね」

「妹が何か言っていましたか？　私の悪口とか弟の悪癖とか」

手に持っていた酒を一気にあおる。熱い……強いな。

「いや特に」

もう嫌だ、話したくない。意味がわからん。公爵が怖くて変なことも言えん！

「キャスリンには好きな男がいましたか？」

給仕に酒を瓶ごと渡すよう命じ、自分で器に注いであおる。

「婚約時代の話ですか？　いませんよ。あなたと婚約していたはずですからね。学園のことは知りませんが手紙の類《たぐ》いも来ていない、恋などしたことはないですよ。恋を覚える前にあなたが婚約者になりましたからね。実際誰かに懸想《けそう》しても顔に出すなどしないでしょう」

お前と違ってな、と俺は心の中で叫ぶ。

「何が知りたい？」

もう付き合いきれない、この会話を終わらせたい。酒を注ぎまたあおる。

「今キャスに好きな男がいたらなんだ？　心は自由だ、実際自由にしていただろう。自分には自由を許しても妻には許さないのか」

泣きそうな顔をするなよ。本当にあの人の息子か？

「ディーゼル様は痛いところをつく」

「キャスは俺に何も言わない。だから何も知らない。知りたいならキャスに聞いたらいい。政略的な婚姻なんだ、不仲でも跡継ぎができればそれでいいだろう」

なぜ何も言わない？　俺は関わり合いたくないぞ。

「どうした？　キャスが男でも連れ込んだのか？」

そんなことをするわけがないと知っていて聞いているぞ。

「そのようなことは……騎士と仲がいいというだけですよ」

ダントルに嫉妬か？　ダントル並みの信頼が欲しいのか。それは無理な話だ。キャスはこいつにないがしろにされた過去がある。

「キャスから信頼されたいなら、まずはあなたから信頼しなければ。なんでも求めるなよ。キャスも完璧ではない」

もう解放してくれ。妹夫婦の仲なんぞどうでもいい。跡継ぎができて事業に支障が出なければそれでいいんだよ。

「これは、義兄弟仲良くこんな端で密談かな？」

突然現れた王太子に体が跳ねた。倶楽部には興味がなさそうだったがカイランか俺に会いに来たのか？

「王太子殿下、珍しいですね」

ここに座るのかよ。酒まで頼むか……。

「ディーター小侯爵はよく飲むのか？　瓶ごと頼んだのか？　何か悩みか？」

俺が頼んだ酒瓶を指さしている。

「そういう夜もありますよ」

「はは、そうだな。弟の婚約、おめでとう。ディーターは安泰だな」

やはりその話を持ち出すか。王家が喜んでないのは知っているが俺に絡まないでほしい。

「弟が惚《ほ》れ込みましてね。しつこく通いましたよ。断られても諦めることを知らない。生涯大切にするでしょう」

王太子は一気に酒をあおる。俺の瓶まで掴んで自ら注いでいる。

「まだ若いだろう。心変わりが心配では？」

テレンスの執着心は病気だ。あいつの心変わりはないな。

「学園在学中の婚姻は稀《まれ》ですが認められています。ミカエラ嬢が望めば弟は喜びますね」

なんとかしてマルタンとディーターの婚姻を阻止したいだろうがな。テレンスに政略なんか関係ない。引き離そうとしたらアンダル様の愚行を真似《まね》するかもしれない。それだけは阻止する。

「ミカエラ嬢は幸せなんだな」

王家としては気にかかる存在ではあるよな。王家の被害者だからな。

「幸せそうですよ」

王太子はそうか、と呟いて酒をあおってカイランを見ると話し出した。

「愚かなアンダルから君と夫人に謝っていたと伝えてくれと頼まれた。あの女は生涯男爵領から出られない。女は出た瞬間……殺す許可が出ている。だがアンダルが一人ならば領から出られる。仕事の取引があるからな。二人は承知したよ。しなければそこで殺すと言ったせいかもしれないが」

そんなことは俺がいない場で話してくれよ。

「アンダルの様子は？」

「夢から覚めた王子様だろ。愚か者の極みだな……あの女が君を選んでいたら今頃あいつはここにいた」

「選ばれても断っていますよ」

カイランは笑いながら返している。

「そうか？　惚れていたろ。あの馬鹿女に」

カイランが笑顔を消し、何も言えなくなるのは仕方がない。周りが馬鹿女と思っている女に惚れていたという事実を突きつけられたんだ。恥ずかしいよな。王太子以外の奴がゾルダークにこんなことは言えないよな。

「すまないな。蒸し返した」

さて帰るか、と言って王太子は立ち上がり離れていく。こんなカイランと残されてどんな会話をしろっていうんだ。

「笑えるな。皆に阿呆《あほう》だと思われている」

そんなことない、なんて言えない。事実だからな。

「なぁ、過去は消えない。お前は運がよかった。あの女をアンダル様が引き取ってくれたんだから。お前達はこれからだろ、先は長いぞ。キャスを傷つけるのはもうやめておけ。取り返しがつかなくなるぞ」

もう帰ってもいいよな？　さて、帰るか。立ち上がる俺を小さな声が止める。

「やり直せると思いますか？」

「やり直してもらわないと困るんだよ」

跡継ぎができてから壊れてくれ。俺はカイランを置いて立ち上がり倶楽部を出ていく。

馬車に乗り込むと座面に封をされた手紙が置いてある。印はなく、ただ蝋で固めただけに見える。

開けたくない。良い報せではないだろう。無視するわけにもいかず、中の紙を取り出す。

『聞き役に徹しろ』

見覚えのある文字に背筋に嫌な汗が噴き出る。

＊＊＊

「こんにちは、キャスリン様」

「こんにちは、ライアン様、座ってください」

ライアン様にソファを進め、私も座り紅茶の用意をする。

「月の物はきていないようですね」

「はい。痛みも出血もありません」

ライアン様の前に紅茶を置き、姿勢を正す。

「おめでとうございます。ご懐妊ですね。こんなに早いとは僕も驚いていますよ。これからは異常がなければ月に一度の診察です」

ライアン様から確定を貰って下腹を撫でる。

「一月待たずにカイラン様へ伝えるとか、キャスリン様は大丈夫ですか？」

「強い衝撃とはなんでしょう？　カイランの言葉に傷つくと心配していますか？」

ライアン様は頷き話し出す。

「カイラン様はかなり動揺……いや普通なら激昂される。キャスリン様に手を上げたりはしないでしょうが人というのは何をするかわからない」

「カイランがいくら騒ごうとも事実は変わりません。閨を拒否したのはカイランですもの。それに閣下がそばから離れないと約束してくださいました」

ライアン様は紅茶を飲み黙ってしまった。考え込んでいる様子だわ、反対なのかしら。

「キャスリン様の意思はわかりました。閣下がそばにいるのならカイラン様も手を出すことはできないでしょう。しかし、用心はしてくださいね。大事な時期です。何かあれば早馬を」

ゾルダークの後継を宿しているから侍医として心配よね。でも私はカイランのことは怖くないのよね。罵詈雑言《ばりぞうごん》を吐かれても目の前で泣かれても強い衝撃は想像できない。

「今後、妊娠症状として吐き気や食欲の増減など起こります。ひどいようなら呼んでください。キャスリン様、おめでとうございます」

私はライアン様に頷き頭を下げる。これからもお世話になる。

ライアン様はこれからハンクのもとへ行き報告するようだ。それを見送りソファに座る。

ジュノを呼び、隣に座ってもらう。ジュノの肩に頭を預け下腹を撫でる。

「ジュノ、私はこの子を立派なゾルダークにしなければならないわ。理想は閣下よ。閣下に社交性を足すの。素敵な子になるわ……こんなこと考えるのは早すぎるわね、浮かれているわ。ジュノ、そばにいてね」

「いつまでも」

私はジュノに頭を預けたまま動けないでいた。


湯上がりの髪が乾いた夜遅くにハンクが来てくれた。ジュノとライナが下がり二人きりになる。

近寄り向かい合って見上げてもハンクは何も言わない。ただ黙って私を見下ろしている。私の頭を撫でてから床にひざまずいて下腹に頬をつけて私の体に腕をまきつけた。

私は下腹にあるハンクの頭を撫でる。喜んでくれているのよね。まだ子の音なんて聞こえないだろうに、可愛いことをするのね。この大きな人が愛しくて、頭を撫で続ける。

「よかったな」

「はい。嬉しいです」

私の下腹で話すから子に話しかけているようだわ。こんなハンクは誰も知らないだろう。

「いつ話す？」

本当にいつでもいいのよね。私は一人ではないもの。ハンクがそばにいてくれるなら怖いこともないだろうし、明日でもいいくらい。

「明日の夕食後に話します？」

悩みもしない私が不思議だったのか顔だけ上げて私を見つめる。

いつものように眉間に皺があるわ。私は微笑みながらハンクの眉間に触れ撫でる。目尻にも皺がある。柔らかくなった顔に指で触れ撫でていく。

「そばにいてくれますでしょう？」

下から私を見つめる黒い瞳がそう約束してくれた。

「ああ」

私は微笑み頷く。私の子の父親がハンクでよかった。こんなに嬉しい。

ハンクはそのまま立ち上がり、私を寝台に寝かせる。掛け布を二人にかけて抱きしめ合う。

「痕をつけてくださいな」

ハンクは掛け布の中にもぐり私の夜着をめくって下腹に吸いついている。これだけで気持ちがいい。

たくさんつけているようだ。ハンクは夜着を戻し上に戻ってきた。

「ありがとうございます。明日はテレンスが遊びに来ますの」

「ああ」

私が目覚める時にはハンクはいないだろうけど、こうして会いに来てくれたことが嬉しい。

6

「ねえ様！　あぁジュノ！　ダントル！　久しぶりだね。元気にしていたかい？」

「いらっしゃい、テレンス。あなたも元気そうね」

以前使った四阿《あずまや》に紅茶と菓子を用意してテレンスと向かい合い座る。私より濃い茶の髪に瞳は空色、背も今から伸びるのか私より少し大きいくらい。

「そりゃあね、マルタン公爵を味方につけて婚約者になったからね。婚約期間を過ごせば学生でも婚姻できる。早く一緒に暮らしたいな」

アンダル様を思い出すのは私だけかしら。燃え上がっているわ。

「婚姻はミカエラ様が了承してからでしょう？　強引なやり方はよくないわ」

テレンスは敏《さと》い、記憶力もいいし集中力もある。執着心が強すぎるのがよくないだけで性格もいい。私の知る限り初恋のはず。アンダル様とリリアン様を見た後では不安になる。

「ははっねえ様、心配しているね。元第二王子と同じことはしないよ。婚姻まで我慢するさ。それにあの女とミカエラ様は違うだろ？　ミカエラ様は何をしても可愛《かわい》いんだよ」

その発想がアンダル様と同じなのではないかしら。

「僕はね、甘やかしてばかりでもないんだ。叱るときは叱っている。そんな愛らしい瞳で僕を見てどうしたいんだい？　ってね。紫の瞳を潤ませてさ……そんな目で見られたら襲ってしまうよってね」

「冗談はやめて、テレンス。あなたが言うと冗談に聞こえないのよ」

テレンスは紅茶を飲み真剣な顔で、本気だよと話す。

「あの女には感謝しているんだ。僕に女神をくれたからね。ミカエラ様は年の差を気にしているけど、どうしようもないことだから諦めてくれって懇願したよ。あなたに出会うには必要なものだったんだ！　って。彼女は人気があるからね。心配なんだよ。アンダル様と同じ手を使われると困るから警備を強化したし、日常も把握している。あとは公爵を説得してマルタンに住めれば僕はもっと幸せだ」

怖いわ。能力を発揮しているわ。

「ミカエラ様には嫌がられてないのね？　あなたには言いにくいかもしれないから一度お手紙でも書こうかしら」

テレンスは笑顔で頷《うなず》く。相当自信があるようね。

「もちろん。女性の悩みは同じ女性の方がいいし、僕には言えないこともねえ様には言えるかもね。その手紙はそのまま僕に送って」

それは非常識よ、とはテレンスも理解しているだろうけど本気ね。

「生涯を彼女に誓えるの？」

「うん。幾万の星に誓うよ」

誰も止められないわね。家としては良い婚約だから止める者は家族にはいない。ミカエラ様に呆《あき》れられたらどうするのかしら、怖いわ。

「彼女はね、皆の想像通りに傷ついている。僕は出会えたことに感謝しているけど、彼女はアンダル様のことはちゃんと好きだったんだよ。いつかは目が覚めるってね。覚めてくれなくてよかった」

本音が漏れているわ、テレンス。傷ついたミカエラ様にはテレンスくらいの深い愛情が必要かもしれないわね。

「節度を守ってお付き合いするのよ？」

「口を合わせるのはいいよね？」

私は紅茶を吹き出さなかったわ。我慢できた自分をほめたいわ。

「ミカエラ様に了承を貰《もら》ってからよ」

「貰ったよ！　舌も入れたんだ」

我慢できずにむせてしまった。テレンス、わざとなのかしら。

「そうなの。そこまでにしておきなさい。その後は婚姻まで我慢よ」

「わかっているよ！　子ができるようなことはしないよ」

中に子種を出さないよ、と言っているのかしら……まさかね。

「ディーターの図書室には閨《ねや》の指南書があってね。初級から上級まで読破したんだ。隠し扉に入れておくなんて父上も好き者だな」

なんてこと！　テレンスが図書室にこもっていたのは十の年よ。ディーターにもあったのね。

「お父様には知られたの？　私に届けてくれない？」

テレンスは残念そうな顔をする。

「知られてしまってさ、読破したから関係なかったけど。どこかに持っていってしまったよ」

ごめんね、とテレンスは謝る。いいわ、次の機会を待つわ。

「今日はねえ様に聞きたいことがあってね。女性は月の物があるだろう？　人それぞれで間隔や痛みが違うらしいけど、ねえ様は痛むの？」

ミカエラ様は月の物が重いのかしら。それならかわいそうね。

「私は始まって二日程は痛みがあるから温めるわね。下腹に手をあてたり丸くなったりして。ひどい人は動けなくなるそうだけど。ミカエラ様に月の物はどうですか？　なんて聞いたら駄目よ」

いきなり婚約者からそんなことを聞かれたら怖いわ。

「やっぱり月の物か……手をあてて温める……だね。やってみるよ」

私の話は聞いていないのね、テレンス。

「お嬢」

四阿の脇に控えていたダントルに呼ばれる。目線を追うとハロルドが近づいてくる。

近くに来たハロルドに尋ねる。何かあったかしら？

「どうかして？」

「ここから近い部屋に商人を呼んであります。テレンス様もご一緒にと、支払いは気にせずとのことです」

この前話した商人を呼んでくれたのね。

「テレンス！　見に行きましょう？　あなたも欲しいもの選んでいいそうよ」

テレンスは頷き、ハロルドの後ろを共についていく。

部屋には店の中のように商品が並べられ、品数も多い。私はハンカチの置かれているところへ向かい生地を探す。

すごいわ、空色だけでよくこんなに揃《そろ》えたわね。王都にある素材違いの空色と薄い茶の生地を全て集めたのか聞きたくなるほどの量だわ。手触りがよく刺繍《ししゅう》のしやすい生地を何枚も選ぶ。これだけ揃うのは滅多にないもの。でも濃い紺はないわね。

「ねえ様の色だ。ゾルダークで大事にしてもらっているんだね」

私はテレンスに振り向き、ええと答える。

「何かいいものがあった？」

テレンスはすでに何点か手に持っている。

「星柄の栞《しおり》を二つ、ミカエラ様とお揃いにね。あとは珍しい書物もあったよ。それも貰っていく」

気に入った物があってよかった。私も生地を選び、新しい刺繍枠も貰う。

「カイラン様はねえ様を大事にしているんだね」

そう思うのが自然よね。敏いテレンスもさすがに気づけないわよ。夫の父親と閨を共にしているなんてディーターの家族には言えないわ。変人のテレンスなら受け入れそうだけど。

「生地を選んでいるねえ様は幸せそうに見えたよ。よかったね」

ええ、幸せよ。想像していたよりも。

「ありがとう、テレンス」

商人が仕舞おうとして手に持っている物に目がいく。声をかけ、見せてもらう。

鷲《わし》が翼を広げている様を精巧に艶《つや》のある黒檀《こくたん》に彫ってあり、手のひらに載るほどの大きさなのに重みがある。鋭い目がハンクに似ていてもう手放せない。

「これも頂くわ」

ハロルドにお願いして持ってもらう。

「綺麗《きれい》な鷲だね、躍動感があるよ。かなり厳《いか》ついけど……どこに置くのさ」

私は微笑《ほほえ》み、寝台の隣よと答えるとテレンスは驚いていた。

「守ってくれそうでしょ?」

テレンスは首を傾《かし》げ不思議そうにしているけどわからなくていいのよ。満足な買い物ができたわ。

＊＊＊

仕事が忙しくてテレンスがキャスリンに会いに来た日は顔を出せなかった。

あの四阿で話して商人を呼んで買い物をしていたとトニーから報告があった。キャスリンは街へ買い物に行くと思ったが、珍しい。

夕食後に何を買ったのか聞いてみたら刺繍用のハンカチと刺繍枠と置物を買い、テレンスも好きなものを選び喜んでいたと話してくれた。

特に誰かとやり取りをしているようではない。嫌な方向へ思考が流れるのを止める。キャスリンが拒絶しようといつかは頷く日が来る。子を作らなければならない、彼女は断れない。

夕食後の紅茶を飲みながら、珍しくハロルドが食堂にいることに気がつく。ソーマも侍《はべ》っているのになぜだ？　いつもは食堂の中にいないキャスリンの護衛騎士までいる。嫌な感じがするな……ソーマが僕に近づき飲みかけの器を下げてしまった。向かいに座るキャスリンがそれを見て紅茶を一口飲み、話し出す。

「カイラン、嬉《うれ》しい報告があるの。ゾルダークの後継が宿ったのよ」

何を言い出す……どこに何が宿ったって？　僕は呆《ほう》けた顔をしていただろう。キャスリンは微笑み、手を下腹にあて撫《な》でている。それを見てキャスリンの腹に子がいると理解した。

「何を言っている？　誰の子だ!?　そこの騎士か！」

キャスリンは笑みを崩さずゾルダークの後継だともう一度告げる。

ゾルダークの後継だと？　言葉を発しない父上を見ると僕を睨《にら》んでいる。キャスリンの言葉になぜ父上は何も言わない？

「閣下の子なの」

下腹に触れながら嬉しそうに話すキャスリンに僕は咄嗟《とっさ》に立ち上がりかけたが、いつの間にか後ろに控えていたトニーが肩を押さえ止める。

「事実ですか？」

「ああ」

体の震えが止まらない。トニーが押さえていなければ父上に向かって行きそうだった。

「僕が閨をできなかったからですか？　それでキャスリンを……僕の代わりに孕《はら》ませたのですか？」

父上は表情を変えることなく、そうだと言う。

「キャスリン、なぜだ？　嫌だと断ればよかっただろう。僕のことは拒絶したのに！」

キャスリンは笑みを消し僕を見る。

「私が閣下に子種をくださいとお願いしたの。閣下はそれを聞いてくださったのよ」

僕の中に怒りが満ちる。キャスリンから誘った？　なんだって？　なぜそんなことを！

「僕がいるじゃないか！　君は僕の妻だろう！」

「あなたが私を拒絶したのよ、忘れた？　愛する人がいる、君と閨は共にしない、跡継ぎは親類からと私は言われたのよ。どうしたらよかったの？」

僕が初夜を逃げるために言った言葉がこんな事態を引き起こしたのか。それでも！

「それは……待ってくれたらよかった！　なぜそんなことを言ったのか説明しただろ！」

キャスリンは僕から目を離さない。感情など感じさせない瞳で見ている。

「あの日にあなたが私に話してくれたら変わっていたわね。四阿で真実を聞いたとき、私はあなたに信頼されてなかったと気づいたわ。私はあなたを軽蔑なんてしなかった、二人でどうするか悩めた」

頼むからそんなことを言わないでくれ。トニーは僕の肩を痛いくらいに強く掴《つか》む。ゾルダークの後

継として今どうするのか決めろと言うのか。

「父上、キャスリンは僕の妻です。なぜ止めなかった?!」

「これはゾルダークに嫁いだ、お前にじゃない」

何を言っている！　僕に嫁いだ！　僕の妻だ！

「そんなに僕が許せないのか？　リリアンを愛して君をないがしろにして……初夜に逃げた僕を！」

キャスリンは首を横に振る。

「あなたがリリアン様を愛していたのは学園の頃からよ。私に悟らせるあなたの愚かさには傷ついたわ。それで私があなたを諫《いさ》めたらやめられたの？　あなたが誰を想おうと好きにしたらいいわ。心は縛れない、それでもあなたは私の婚約者だったの。私はディーターとして覚悟の上でゾルダークへ嫁いだ。ゾルダークの子を産むために……あなたはその覚悟を理解していなかった……甘く見ていた。それだけは許せない」

「僕に言えよ！　何も父上を巻き込まなくてもいいだろう！」

「初夜の日から数週間待ったわ。でもあなたは何も言わなかったからリリアン様のことをそこまで愛していて一生操《みさお》を捧《ささ》げるのだと信じたのよ。それではディーターとゾルダークの子はできないでしょう？　閣下しかいなかったの。だからお願いしたのよ」

悪いことなど何もしていないと、空色の瞳が言っている。

「駄目だ！　許さない！　僕の妻だろ！　今なら君と閨ができる」

試したことはないができなくては困る。お腹《なか》の子は僕の子として育てる！　もう仕方がない。僕のせいだ。それは許す。だがもう二度と父上の子は孕ませない！

「こっちにこい」

父上はキャスリンへ手を伸ばして命じた。父上の低い声に導かれるようにキャスリンは動く。

ハロルドは椅子《いす》を持ち、父上の隣に置くとそこにキャスリンが座った。父上はキャスリンを見つめ、薄い茶の頭を撫でてから髪を指に巻きつけている。

「これは俺がもらった」

父上は何を言っている！

「僕の妻だろう！　何がもらっただ……僕のだ！」

「貴様が俺を選ばせたんだ。黙っていろ」

キャスリンは何も言わずただ父上の好きなようにさせている。頭に血が上り思い切り机を叩《たた》きつける。

「父上の妻ではない！　僕の妻だ！」

「知っている」

「頼むから返してくれ」

「俺が死んだら好きにしろ」

その言葉にキャスリンは顔を歪《ゆが》めた。それでも父上は髪を弄《もてあそ》び頬へ触れる。

「俺は先に死ぬ。覚悟をしておけ」

それは僕にじゃなくキャスリンに向けた言葉だった。僕を見つめる彼女の瞳が潤んで涙を流す。父上は自然と横からその涙を指先で拭い、泣くな、落ち着けと囁《ささや》いている。

僕は何を見せられている……これは誰だ？　本当に父上なのか？　二人は義務じゃなく想い合って閨を共にしているのか？　初めから？　まさか……信じられない。そんな雰囲気などなかった……まともに話さえしていなかったじゃないか！

「父上はキャスリンのことを愛しているのですか？」

父上は僕を睨む。怒るような質問か？

「愛などくだらん」

「閣下、私に衝撃を与えるなと言われてますでしょう！　悲しみも衝撃です」

「だが事実だろ」

「それでも口に出さないでください。閣下は死にません！」

愛などくだらんではなく、そこに怒っていたのか。僕だけ興奮していて馬鹿らしくなる。

僕は大きく息を吐き出し、頭を抱え知りたいことを尋ねる。

「キャスリンは父上を愛しているのか？」

キャスリンは僕を見つめ、考えているようだった。

「あなたを見て……愛を理解できなくなったわ。ただ、閣下といると満たされるの。幸せを感じるのよ」

それが愛だと知らないのか？

「これは俺のものだ。それは変わらん。好きな女ができたら囲っていい。見つからなければあの女に似たのを与えてやる。だが世間にはこれと夫婦でいろ。これからもこれは孕ませる」

僕にはリリアン似の女をそばに置けだと？　子が生まれてもキャスリンを抱くと言っているのか！

ふざけるな！

「リリアンに似ている女を好きなわけじゃない！」

「ならばアンダルからあの女を譲ってもらう、もういらんだろ」

何を言ってる！　もうリリアンなんてどうでもいい！

「リリアンなんていらない！」

キャスリンは父上の腕を叩き話しかける。

「閣下、カイランはもうリリアン様を想ってはいないのです」

「そうなのか？」

リリアンを与えれば僕が満足すると思っていたのか。

「腹の子は僕の子として産んでいい。でも次は僕の子を産んでもらう。僕が孕ませる」

キャスリンが僕を見つめている。夫婦なんだ、拒絶なんてもう許すものか！

僕の言葉に反応したのは父上だった。鼻に皺《しわ》を寄せ、見たこともない凶悪な顔で睨んでいる。キャスリンに触れていない手を握りしめ震わせている。

「俺の話が聞こえなかったか？　これは俺のものだ！　貴様には触れさせん！」

父上が怒声を上げるのは初めて見る。僕は恐ろしくて震えるがキャスリンはなんの反応もしていない。触れられている手を掴み握っている。

「閣下、私とカイランは夫婦です。カイランが閨を共にすると寝室に来ても口では嫌だと言えますが従うしかないの」

想像しているのか瞳を潤ませ父上を見ている。

「俺は狂うぞ。何をするかわからん」

父上がキャスリンに溺れているのか。愛してるなんてもんじゃない。すでに狂っているじゃないか。

「それでもそばにいてくださるでしょう？　離れないと約束しました」

僕が悩んでいた間この二人はどれだけ閨を共にしたんだ……どうしてこんなに想い合っている?!

父親ほど年が離れているのにどこがいいんだ。父上も女性には興味がなかったのに。

「お前の望みは叶《かな》える、だが奴に触れさせるのは耐えられん。消したら駄目か？」

戦慄《せんりつ》する。そこまでなのか……この短い間にここまで想い合えるのか？　僕を殺すのか？　実の息子だぞ。キャスリンは目を見開き驚いている。それが普通だ。

「消したら次が孕めません。閣下、落ち着いて」

本当に僕の知っているキャスリンなのか？　何を言っているんだ。キャスリンは僕に視線をむける。

「カイラン、私と閨ができるの？　不安だったと言っていたわ。今ならできるの？　きっと私は泣くわ、閣下でないと嫌と口走ってしまうかもしれない。それでも耐えられる？」

キャスリンが泣いたら？　その時になってみないとわからない。僕が答えられずにいると父上が話し出す。

「貴様はこれでないと駄目なのか、愛してはいないのだろう？」

僕はキャスリンを愛していない？　リリアンを愛した時のような気持ちではないが大切だ。触れたいと思ったのは事実だ。僕は答えられない……父上の言葉に惑わされる。父上は黙り込んだ僕に命じた。

「子が生まれるまで待て。それまでこれに触れるな」

子が生まれたら触れていいのか？　そう聞こえる。僕は頷くしかない。父上なら僕を飼い殺しにできた。それをしないのはキャスリンがいるからだ。腹の子だけじゃなくその後も孕ませるために僕の存在が必要なだけだ。父上の言葉が頭から離れない。僕はキャスリンを愛しているのか？

「終《しま》いだ。これを休ませる」

父上はそう言うとキャスリンを抱き上げ食堂を出ていく。歩けるとキャスリンが抗議しているが無視をしているようだ。僕は座ったまま動けない。

食堂には僕とトニー、ハロルドが残っている。ハロルドは監視するためだろう。僕は座ったまま頭を抱え動けない。

「いつから知っていた？　知っていて黙っていたのか？」

トニーは状況を把握していた。知っていて僕に言わなかった。裏切りじゃないか！

「カイラン様が閨をせず疑問に思われたのでしょう……過去を調べられました。セシリス様のメイドを探しだして話を聞いたそうです。それから私は閣下に問いただされました」

疑問に持たれたか。そうだよな、父上が動かないわけがなかったんだ。だからといってキャスリンを孕ませるか⁉　反省しても遅かった……もうキャスリンは父上の子を孕み続ける……死んだら好きにしろと言っても何十年先の話なんだ。

「ハロルド、お前から見た僕は後継失格か？」

もうゾルダークから解放されてもいいだろう。キャスリンは幸せそうだ。あの父上と普通に会話をしている。僕は必要ないじゃないか、まるで夫婦に見えた。

「そうですね、婚約者に恋心を悟られた時点で一歩遠ざかり、夜会で置き去りにしてまた遠ざかり、婚姻後も失態続き。閣下には遠く及ばない。閣下は女性に見向きもしなかったので、そこは有利ですが」

父上のようになれとでも言うのか、無理だろ。普通の思考を持ってない。だがキャスリンには気を遣っていた。あれは僕の知る愛だろ。いや、僕の知る愛を超えている。

「ここで消えるのであれば足元にも及ばない。カイラン様には苦痛の日々が始まります。それに耐え、キャスリン様の心を掴んだ時、閣下と並べるでしょうね。無理だと思いますが。もちろん、他に女を囲いお二人を黙認するのもよいでしょう。中継ぎとして働けます。お二人も反対はされません。愛人を持つなどそこら辺にいる貴族の夫婦には多いでしょうから気にすることもないのでは？　もう一つはゾルダークを捨て平民になる……ですが、カイラン様には平民の生活など無理でしょう。ですから私はキャスリン様を好きにさせ、自身は愛人を見つけて心を癒《いや》してもらいつつ中継ぎをして生きる、を薦めますが」

トニーよりも辛辣《しんらつ》なことを言ってくれる。

中継ぎに徹するのが楽な道か……それがあの二人の望みか。それでいいのか？　他の女を愛し中継ぎでゾルダークを名乗る。他の女などリリアンを見た後では信じられない。父上は激昂《げきこう》していたがキャスリンは僕を拒絶できないと言った。子が生まれたら触れていいのか？　とりあえずそう言って終わらせただけか？

「閣下が生きている間はキャスリン様には触れさせませんよ。閣下があそこまでキャスリン様に執着するとは我々も予想外でした、子が生まれたらどうなるかも予測不能です。先ほどああ言ったのはカイラン様には泣く女性と閨ができないと判断したのでは？　それにキャスリン様のお体を気遣っておられた。ゾルダークの後継がいますしね」

ハロルドは包み隠さず言うから傷が深まる。確かに泣かれたら勃《た》たないかもしれない……父上の名前を呼ばれたら逃げ出すな。

「閣下は泣かれても想い人の名前を閨で言われても無視して抱くでしょうね」

ハロルドの言い方に僕は笑ってしまった。

母上が陛下の名前を呼んでも強行しただろう……想像できるな。キャスリンは父上と間違えて抱きついたか、納得だな。僕は父上に似ている。

「僕は消されるか？」

ハロルドに尋ねる。

「場合によっては消します」

キャスリンに手を出し、無理やり閨を行おうとすれば消されるか。それが嫌なら出ていくか黙認するかしかない……自分の蒔《ま》いた種だ。

「……黙認する」

意外だったのか二人とも驚いている。ゾルダークなどいつでも出ていける。消される前に出ればいい。

「女は囲わない。トニー、これからは何でも報告してくれ。僕が傷つく内容でもだ。真実を知りたい」

トニーは頭を下げ、かしこまりましたと言った。

これからどうなるのかわからない。自分の気持ちさえ理解できてない。父上の言った、キャスリンを愛しているのかという問いに答えられなかった。ただキャスリンのそばにはいたい……僕の妻なんだ……リリアンとは違う……胸が苦しくなる。これは愛なのか？　これから知ればいい。

＊＊＊

小さな体を抱え自室へ入る。そのままソファに座り抱きしめる。愛《いと》しい娘はただ腕の中で体を預けている。

「怒るな」

俺が先に死ぬなどと言ったから怒っている。空色の瞳に睨まれても愛しいだけだが。

「覚悟などできません。閣下が衝撃を与えましたわ」

まだ平らな下腹を撫でて謝る。

「悪かった。痛みはないな？」

腕の中で頷いている。だが事実だ、二十も離れている。その時がくるまで離しはしない。

顎《あご》を持ち上げ口を合わせる。舌を絡め唾液を流し込み飲み込ませる。荒くなる呼吸も呑《の》み込み、胸に触れ柔らかさを堪能する。

奴はこれを孕ませるだと？　これが拒絶できなくても俺が止めればいい。方法などいくらでもある。

これはあの時から俺のものだ……返せと言われても返せんな。これも奴を選ぶんだろう。頂が固くなるのを感じるが今日はここまでだ。口を離し濡《ぬ》れた口回りを指で拭う。

「それまでそばにいる」

潤んだ瞳で頷いている。体を腕の中におさめて満足するまで抱いている。

もう、いいだろう。使用人を黙らせれば忍んで行かずともよくなる。奴がどう決断するか、それでこの先やることが決まるな。俺の邪魔をしなければそれでいい。

抱いたまま立ち上がり寝室へと運んでベルを鳴らしソーマを呼ぶ。

「これのメイドを呼べ」

なぜかと空色が聞いているから答えてやる。

「今日はこのままここにいろ」

朝まで共に眠る。これまで我慢したんだ……もう十分待った。

＊＊＊

まだ夜の始まりの時、私はハンクの寝室にいる。

ハンクは仕事をすると言って執務室へ行ってしまったから、ジュノが持ってきてくれたハンカチを刺繍する。早く終わらせてハンクのハンカチを刺したい。

カイランはどうしたかしら……怒っていたわね。彼があんなに大きな声を出したのは初めてではないかしら？

ハンクのことを愛しているのか聞かれても答えられない。アンダル様やリリアン様、カイランを見てあれを愛と呼ぶなら、愛なんて不確かで不安定なものとこの想いは比較できないもの。同じ部屋にいなくても隣にいると思うだけで満たされている。彼らの愛には当てはまらないわね。ハンクもあんなに大声を出して……カイランが怖がっていたわ。

ハンクが先に逝《い》くことくらい私だってわかっている。老公爵様は六十過ぎかしら？　まだ二十年ある。最期までそばにいればいい。ハンクも望んでいるもの。

後ろから大きな体に包まれて抱きしめられている。まぶたに朝日を感じて目を覚ますと太い腕が巻きつき、私を閉じ込めていた。

昨夜は共に湯に浸かり、ハンクが私の髪を乾かして寝台で抱き合いながら眠りについた。

カイランに報せたからといっても、使用人に知られるわけにはいかないと思っていたけどハンクは心配するなと言ってくれた。使用人の目は気にならないけど外に漏れるのはゾルダークとしてよくないのに……何か考えがあるのかもしれない。

「起きたか」

頷いて答える。巻きつく腕に触れてもう少しこのままと捕まえておく。着る服はジュノが昨夜のうちに届けてくれた。

「テラスで食べるか」

私は捕まえていた腕を離し、体の向きを変えてハンクを見つめる。

髪には寝癖がつき穏やかな顔つきのハンクが愛おしく、伸び上がり口を合わせる。はい、と返事をして広い胸に耳をつけ心音を聞く。ハンクはベルを鳴らし、体を仰向《あおむ》けにして私を乗せる。

「変わりないか」

「はい」

「眠れたか」

ハンクの胸の上で顔を上げて見つめ合う。私はただ頷く。寝室の扉が叩かれソーマとジュノが手に盥《たらい》を持ち入ってくる。固く絞られた布で顔を拭く。ここには鏡台がないから寝台に座ったままジュノが持ち込んだ櫛《くし》で髪を梳《と》かす。

「渡せ」

ハンクはジュノから櫛を取り上げて私の髪を毛先から優しく梳かしてくれる。ほつれをとり、ハンクの好きな髪にしている。本当にこの髪が好きなのね。

お互い夜着から着替え、ハンクの腕を掴んでテラスに出る。机の上には私の朝食が小さく切り分けられて皿に載っている。朝の日差しが心地いい。

「寒くないか」

「はい」

それでもハンクはソーマに命じて肩と膝に布をかけさせる。食事をしながらハンクが私に話し出す。

「奴は黙認を選んだ」

「それでは女性を囲いますの？　いい方を選んでくれると助かりますけど」

「女はいらないらしい」

なら娼館《しょうかん》に行くのかしら？　そちらの方が問題は起きなくて安心だけれど。彼の心はよく変わるからどうなるかはわからないわね。ハンクに任せておけば悪い方へはいかないわよね。

「俺は執務室で仕事をする。お前は好きなところにいていい」

ふふ、と笑ってしまう。そんなことを言われたのは初めてだわ。

「では、閣下の執務室で刺繍をしますわ」

ああ、とハンクは表情も変えず答える。相変わらずよく食べる。私も食べられるだけ食べる。これから体に変化が訪れる。少し不安だけど母親になるには必要なことだもの。

食事を終えてハンクの執務室に入ると、窓に近い場所に一人用にしては大きいソファが置かれてある。昨日まではなかったから私のために置いてくれたのだとわかる。

脇にある机の上にはすでに刺しかけのハンカチが置いてあった。私がこの部屋で過ごすと決めつけていたのね。自室に戻ると言ったらどうしていたのかしら？　私は柔らかいソファに座り刺繍を始める。

カイランに渡すものだけどもういらないと言われてもおかしくはない。昨日はかなり怒っていたから私のことなんて見たくもないでしょうね。渡さない方がいいのかしら？

私は仕事をしているハンクを盗み見る。真剣な顔で書類を眺め、印を押したり書いたり。時々ソーマやハロルドへ指示を出す。

ハンクは私を横目で見てまた仕事に集中している。邪魔ではないのかしら？　気になるのならいないほうがいいかしらね。私も刺繍に戻り出来上がりに近づくハンカチに集中する。

いつの間にか手元が暗くなりハンクが私のそばに立っていると気づいた。見上げると私を見下ろすハンクと目が合う。

部屋にはソーマもハロルドもいなくなっていた。ハンクは私からハンカチを取り上げ、床にひざまずき私の太ももに頭を乗せる。下から私を見つめ腰に腕を巻きつける。

もうお昼かしら？　日は真上にあるようだわ。私はハンクの髪を撫で指に絡める。ハンクは目をつむりそのまま動かなくなる。私は髪を撫で続けてハンクの好きなようにさせておく。大きな体を屈《かが》ませて私にすがりつく姿は可愛らしい。幸せを感じてくれているのなら嬉しいわ……私も同じ気持ちだから。

撫でているとハンクが小さな声で話し出す。

「奴はお前を諦めないかもしれない。お前を奪われるくらいなら殺す」

物騒なことを言うのね。カイランが諦めなくて私の寝室に来て触れようとしても私は泣いて嫌だと言うだけ。ハンクの名前を呼ぶわ。彼は多分触れられないと思う。ハンクの子でも強さは受け継いでない。彼は優しい人だもの。顔は似ているけど全《まった》く違うのに不安になっているのね。

「彼は優しい人です。嫌がる私に何かするような人じゃないわ。可哀想《かわいそう》だけどお義母《かあ》様のように私が泣けば止まります。カイランに閣下を愛しているか聞かれましたでしょう？　閣下は愛などくだらないと言った。私も同じ思いです。彼らを見ていて愛とは軽いものだと学びました。でも私は今、閣下を愛しく思っています。繋《つな》がりたいとも思っています。これは愛なのでしょうか？」

ハンクは私を下から見つめ答える。

「俺は愛など知らん。だがお前は愛おしい。お前が泣いても嫌がっても離さん……逃げようものなら足の腱《けん》を切る。怖いか？」

私は愛しい頬を撫でて黒い瞳を見つめ、心のままに答える。

「閣下から逃げるつもりはないですわ。でも閣下が不安なら切っても構いません。ダンスは踊れなくても歩ければいいもの。走るときは閣下が抱き上げて走ってくれるでしょう？　だから怖いなんて思いませんわ」

私は笑み濃い紺を撫でる。ここまで溺れてしまうとは……テレンスはこんな気持ちなのかしら。私も変人ね。

「キャスリン」

ハンクは口を開けて体を伸ばす。私はそれを受け入れ舌を絡ませて唾液を流し込む。もっと流せというように下から吸ってくる。

ハンクはソファに座る私のスカートに入り込み、下着を脱がせ秘所に吸いつく。服を着たまま足を広げ、私には見えないところで快感がわき上がる。

執務室の向こうは廊下なのに……誰が通るかわからないのに……ハンクを止めることはできない。手で口を押さえ嬌声《きょうせい》を耐える。

＊＊＊

服の中に入り込み濡れ始めた秘所に吸いつく。舌を根元まで突っ込み中を撫でる。

もどかしい……この中に陰茎を入れると満たされ満足するが……我慢を強《し》いられている。

トラウザーズを下げて陰茎を取り出ししごく。服の中は淫らな匂いと音が満ちて俺を滾《たぎ》らせる。陰茎を強く握り上下に動かし、秘所から湧き出る液をすする。舌を抜き、薄暗くてもわかるほど濡れ誘う秘所に見入る。

声を我慢しているだろうが止められん……これは俺のものだ……誰にも触れさせん……これの願いは叶えるが俺から離れる願いは叶えられん。

突起を口に含み皮をむいて舐めてやると暴れだす。片手で尻を抱き込み口に押しつけ逃げられなくして吸いつくと足を跳ねさせながら達している。俺も限界が近い。

服から抜け出し快感に震える口を開けさせて陰茎の先を含ませ強くしごく。

潤んだ空色の瞳が俺を見つめて小さな赤い唇が陰茎を含む様子が淫靡《いんび》で愛おしい。小さな口へ陰茎を押し込み逃げられぬように頭を押さえる。流し込む度、喉が鳴り飲み込んでいく。

胸が満たされる。何も出なくなるまで含ませたまま、愛しい顔を撫でる。

「お前は美しい」

苦しいのだろう……涙を流して俺を見ている。

「全て飲んだか?」

空色が泣きながら瞬《まばた》きをする。頬張る口からゆっくり陰茎を抜くと赤い唇が開き、全て飲んだことを証明している。

トラウザーズを上げ、水差しから直接口に含み与えてやる。頭を掴み温《ぬる》くなった水を与えていると離れた庭から奴がこちらを見ていることに気づいた。

布を閉め忘れたな……目が合うが無視をして片手を伸ばして布で窓を閉ざす。

いつから見ていたのか……快感に悶《もだ》えるこれを見たのか? 俺の陰茎を含まされているところを見

たか？　今さらだがな。

空色を見下ろすと不思議そうな顔をしている。今さら布で窓を閉ざしたんだ、そう思うよな。

屈んで口を合わせる。手触りのいい髪を指に絡ませ弄ぶ。

＊＊＊

キャスリンはゾルダークの庭が好きだ。よく歩いているのを覗《のぞ》いていたから知っている。

僕の頭は昨日の混乱からまだ覚めていない。黙認すると言ったものの……耐えられるか。

仕事も手につかず、ただキャスリンを捜して庭を歩く。

トニーからキャスリンはあのまま父上の部屋へ連れていかれたと聞いた。朝になっても戻らず共に過ごしているらしい。

父上はキャスリンのどこを気に入った？　若い体か？　性格か？　すでに所有欲を見せて僕が孕ませると言った途端、激昂した。あんなに感情を面《おもて》に出すなんて初めて見た。

キャスリンの腹に父上の子がいるなんてまだ信じられない。昨日の出来事は夢であればと何度も思った。

キャスリンのことを考えて歩いていたからか、彼女を見つけた。

父上の執務室の窓から彼女が見える。あの位置にソファを置いたのか。父上が離さないのか、もう隠しもしないのか。溺愛ぶりが凄《すご》いな。

うつむいて座っているだろう彼女はまるで一枚の絵画に見える。

僕に見られているとは気づいてはいないだろうな……様子がおかしい……キャスリンは口に手を当

ている。

て苦しんでいる？　腹が痛むのか？　近くに父上がいるだろうに！　頭を振って首を反《そ》らして固まっている。

何が起こっている？　窓の端から父上が現れて座るキャスリンの頭を掴み、腰の辺りに押しつけている……何をしている！　執務室でこんな昼間だぞ！　父上の顔がキャスリンに重なる。父上が僕に気づいたか、手を伸ばして窓に布をかけた。

自分の見た光景が信じられない。白昼夢のようだ……もうどうすることもできないのか。いくら僕の陰茎が滾ろうともキャスリンには入れられない。今……痛いくらいに硬くなっている。

彼女は僕のものだった！　父上が死ぬまで待てない。いつかキャスリンは返してもらう。今は見ているだけだが僕が夫だ。父上とは夫婦ではない。

これは長期戦になる。強い意志が必要だ。トニーまで父上の駒になった。僕には信用できる者がいないじゃないか。

……これか……陛下がキャスリンに会いに来た理由。彼女に目をつけたのは父上と閨を共にしていると知っていたからか！　なぜ陛下に話した？　こんな秘密を王家に知られないほうがいいだろうに……。

医師のライアン・アルノは父上の協力者だな……父上は仮病か……いろいろ手を回してくれる。

父上は行動が早い、敵《かな》うわけがない！　積み上げてきたものが違う！　僕には一つも武器などない。父上は毒にも耐えられる体だ……事故死も無理だ。真っ先に僕が疑われる。ハロルドの薦めに従った方が楽に生きられるな。

＊＊＊

昼前は熱心に刺繍をしていたキャスリン様が今は主の寝室へ行かれている。カイラン様に告げてから安心させるためと主は片時も離さない。もういいだろう、と隠すことさえやめてしまった。

上級使用人には固く口止めして下級使用人に漏れれば仕事を失い二度と職にはつけないと給金を上乗せし脅し黙らせた。これで堂々とキャスリン様の部屋へ通うことができ、主の部屋へも連れ込めると喜んでいるだろう。

共に迎えた朝から機嫌がいい。あの大きな手でキャスリン様の髪を梳かしている姿は幻のようだった。

昨日の食堂では、結局心配だったキャスリン様が一番落ち着いていた。主の息子に対する威嚇はまるで獣のようであの場の男達は震え上がっていたのにキャスリン様は無反応。

「窓を覆えるほどのレースを作らせろ。とりあえず糸の素材はなんでもいい。日が当たりすぎてはよくない」

ここなら庭を眺められると、キャスリン様のために置いた上質のソファは主の視界に常に入る。

「その窓から確認できる位置に四阿を作らせろ。花園の中に場所を作れ」

長い付き合いでも最近は予測不可能な主。次は何を言い出すか、仕える者も心の準備が必要になる。

キャスリン様が何度か使用している四阿はここからは見えず離れた場所にある。主の執務室から見えるところを使うように言われたらキャスリン様は迷いもなく頷くだろう。

「ディーターの方には報告なさいますか？」

「一月待て」

カイラン様との子だと疑うことはないだろう。

ディーターに報告したあとは陛下にそして傘下の貴族家に慶事を披露する。

その後は少し慌ただしくなるだろう。ゾルダークの後継への祝いの品が届き出す。生まれたら関係のない家からも届くだろう、忙しくなる。

カイラン様がおかしなことを考えていなければいい。孤立無援だと知り心細いだろうが、耐えてもらわねばならない。さすがに消すことはないだろうが今の主はキャスリン様に執着しすぎている。こんなことになるとは予想ができなかった。

カイラン様は女性を囲った方が安らげると思っていたがキャスリン様を奪われ固執しだしたか。昨日の今日だ……決めつけるのは早い。

＊＊＊

目を覚ますと見知らぬ天井が映る。

そうだわ、昼間からあんなことをしてハンクに休めと言われたんだわ。

寝台から下りて執務室へ続く扉を叩く。ハンクが扉を開け寝室へ入り閉めてしまう。

「お仕事は終わりましたの？」

答えは返らず、優しく私を抱き上げソファに座る。

「変わりないか？」

私は頷き微笑む。痛みはない……酷《ひど》いことなどされていない。過剰に心配しているわ。下腹が膨れたらどうなるのかしら。お仕事ができなくてはソーマ達が大変だわ。ハンクを見上げて頬を撫でる。

「どのくらい寝ていました？」

「一刻ほどだ」

まだ外は明るいものね。庭でも散歩しようかしら……少しは体を動かさないと。

「お仕事がありますでしょう？　私は少し庭を歩きます」

返事がないわ、気に入らないのね。でも子のために散歩を日課にしたいの。

「ちゃんとダントルをつけます。心配ですの？」

黙ったまま動かない。ここまで過保護になるなんて少し驚くわ。私は笑みながら険しい眉間の皺を撫でる。

「ハンク、あなたの近くの庭にいます。それでよろしい？」

「離れるな。ここに戻れよ」

私は頷き頬を撫でる。不安が消えてないのかしら？　私がカイランを拒絶できないと告げたからよね。でもカイランは私の夫なのよ。夜会があれば共に行くのは彼だし、お腹の子はカイランを父と呼ぶわ。

ゾルダークの外では正しい夫婦にならなくてはいけない。カイランとは良好な関係でいた方が過ごしやすいもの。彼の方が拒絶するならそれは受け入れるわ。共にいたくないと言われたら……夜会は私が参加しなければいい。

もしカイランがお義母様のことを克服して私を求めたら？　今は子がいるから拒否はできるけどその後は？　その時にはカイランが愛する人を見つけているといい。

私は目の前の服を掴み、不安を消す。大きな体の中で縮こまると不安は簡単に消えていく。

私の場所はここね。顔を上げてたくましい顎に口をつける。ダントルを呼んでほしいとお願いすると執務室の外で侍っていると言う。

私はダントルを連れて執務室から近い庭に出る。ハンクから離れないならばそんなに歩けないけれど同じ場所を歩けばいい。それでハンクが安心するなら構わない。

「お嬢、昨日の公爵様は怖かったですね」

カイランへの怒声のことだろう。

「そうね、あんなに大きな声を出してカイランが驚いていたわ」

「お嬢は怖くないですか？」

私は花を見ながら微笑み、ちっともと答える。

カイランには何度も傷つけられたけどハンクには傷つけられたことがない。

「閣下は優しい方よ」

ダントルはよくわからないという顔をする。私にはとても優しい……それが嬉しい。

「お嬢は幸せそうですね」

ええ、と答える。今日は自室へ戻れるのかしら？　ハンクの部屋に入り浸っていてもよくないわよね。今、悪い噂《うわさ》が流れるのは避けたいわ。

＊＊＊

カイラン様に報告された日からキャスリン様は日中、主の執務室で過ごす日がある。

毎日ではなく気が向いたからという風に訪れるが、私に仕事の進捗を確認されてから訪れてくれる。

やはり、キャスリン様がおられると主はいつもよりも休憩が入り集中が長くは続かない。

自身がいることで邪魔になるなら訪れないと言われるがそれは主が許さず、いつでも来ていいと告げられ私に訪れてもいい時を聞くことにしたようだ。

下腹には変化がなく落ち着いておられる。夜は食堂から主の部屋へ連れていかれる日もあれば主がキャスリン様の部屋へ向かう日もあり離れなくなってしまった。

レースをかけた窓から入る優しい日差しはキャスリン様を喜ばせていた。近頃はソファに座ったまま眠られる日もある。

執務室近くの花園は中を空け、そこへ新しく四阿を建て歩いて回れるよう歩道を作り、主が仕事をしている間は花園の中を散歩させるつもりだ。キャスリン様は何も文句は言わず主の要望に従うだろう。

カイラン様はあの日の翌日はさすがに共に夕食はとられず自室で過ごされていたが、その翌日には食堂に顔を出して紅茶まで飲まれていた。カイラン様は切り替えたのかキャスリン様に体の調子や次の往診の日程を尋ねるなど様子が変わられた。

そんなカイラン様に主は何も言わない。害がなければ会話をすることは許されているようだ。キャスリン様も今までと変わらず会話をしている。主がキャスリン様の部屋で過ごし自室に戻る朝など、廊下で顔を合わせても頭を下げるのみ、多少不気味に見える。

トニーからは特に変わった様子もなく仕事をして時には商人を呼び買い物をされていると報告があった。真実を知る前よりも落ち着いて過ごされている。

今日は懐妊の確定をもらってから一月になり、ライアン様の往診がある。念のため私はキャスリン様に侍ることになった。

＊＊＊

ソーマがライアン様を連れて私の自室へやって来た。あの日から一月、下腹の痛みもなく変わらない日々。まだ膨れてもないのにハンクはよく撫でている。

「こんにちは、キャスリン様。変わりはないですか？」

「こんにちは、ライアン様。変化はありません。日中によく眠くなるくらいで」

ライアン様は頷いている。

「妊婦さんはよく眠くなりますから気にせずに。これから悪阻《つわり》といって今まで平気だった匂いが嫌になったり、食べ物を吐いたりと体調が変わります。それは正常なのでご心配なく」

ライアン様の話を聞いている時、扉が叩かれカイランが中に入ってくる。ダントルが隙間からちらりと見えたけど止めることは不可能だから仕方がない。

「どうかして？」

「往診だと聞いたから一緒に話を聞きたくてね。駄目かい？」

夫に駄目とは言えない。邪魔をしなければ関係ないと思い私の隣に座ってもらう。

「こんにちは、ゾルダーク小公爵様。お久しぶりです」

カイランは手を振り、診察の続きをうながす。

「では続けます。固形のものを食べたくなければスープなどを召し上がってください。ここの料理番は優秀だから心得ているでしょう。血の流れを確認しても？」

以前したように手首の内側を差し出す。ライアン様は指で押さえ確認をしている。

「異常はありませんね」

「アルノ医師、外部への報告はもうしてもいいですか？」

カイランが質問する。だいぶ割りきってくれたようだわ。

「状態も安定していますし、いいですよ。不測の事態が起きなければ無事に出産まで過ごせます」

カイランは頷き、体を私に向ける。

「無理はしないようにね」

「ええ、もちろんよ。邸から出ないわ」

「父上が無体をしようとしたらちゃんと嫌だと言うんだよ」

私は固まってしまった。ライアン様のいる前でそんなことを言うなんて……確かに真実を知っている人だけれど不用心よ。私の考えていることを察したのか、カイランは微笑みライアン様を見る。

「アルノ医師は全て知っているだろう？　父上も元気だ……体の不調などないだろう。君のために病気になった。初めからアルノ医師は君のために来ていたんだね」

カイランが何を考えているのかわからない。変な刺激はしたくなくて黙って頷く。カイランはライアン様へ視線を戻し話し出す。

「アルノ医師、診察は終わりかな？　妻と話がしたいんだ」

「今日のところは。何かあれば早馬を」

ライアン様は挨拶をして退室する。ソーマはそのまま残り控えている。

「どうしたの？」

笑みを絶やさないカイランが不気味だけど、聞かないわけにはいかない。

「うん、君に感謝をね。ゾルダークを僕以上に考えてくれたからこんなに早く後継ができた。だいぶ悩んだけど全て僕が愚かだった結果だ、受け入れたよ。いくら悔やんでも過去には戻れない。やり直せない。でもここから始められる。僕らは夫婦だ、それは永遠に変わらない。君の嫌がることはしないよ。父上からも触れるなと言われている。でも夫婦として普通に過ごすことは構わないだろう？　こうして話をしたり庭を散歩したりね」

私が嫌がることはしないのね。よかったわ。私の望む普通の夫婦になってくれると思っていいのかしら。

「いつかまた僕に愛する人が現れたら君に話す」

そうなのね、カイランならすぐに見つけそうだわ。

「わかったわ。世間にはこの子の父親はあなたになる。あなたの協力が必要なの、お願いね。ああ、そうだわ。ジュノ、ハンカチを持ってきて」

仕上がったハンカチをカイランへ渡す。

「待たせてごめんなさい。上手くはできてないのよ」

カイランは頷き、ありがとうと呟《つぶや》くと私の髪に触れて撫でる。あまりにも自然で反応できなかったけどすぐに手は離された。深い意味はなさそうね。カイランはまた来ると言って退室していった。

私は部屋に残ったソーマに尋ねる。

「あれは本音かしらね」

あの日から態度が変わっていて少し怖くなる。

「私にはわかりかねますが二人きりにはならないよう気をつけてください。何かあっては遅いですから。用心するに越したことはありません」

「わかったわ」

夜が始まる時、ハンクが私の部屋に来た。

カイランが往診に付き添ったことを聞いたようで険しい顔をしている。湯も入らず来たようだわ。

ソーマがハンクの着替えを持ってきているなら、湯を共に入るつもりかしら。

ソーマはハンクの夜着を棚の上に置き寝室から出ていった。

「一緒に入ります?」

ああ、と答えてソファに座り私に手を伸ばしている。私はハンクの望み通り膝に座り体を預ける。

ハンクは私を抱きしめ頭に顎を置いている。

「素敵な四阿をありがとうございます。花園の中を歩けるように歩道も作ってくださったのね。庭師が勢揃いで作ってくれて……とても綺麗です。気に入りましたわ」

花垣に囲まれた歩道の先に作られた四阿は日差しをさえぎり休めるようになっている。

「湯は?」

「入れます。アンナリアとライナが来てくれたから助かります」

ジュノの負担が減ってよかった。でもダントルの代わりがいないのが困るのよね。休みをあげられないもの。安定期に入ったらハンクに聞いてみようかしら。

ハンクは私を抱いたまま立ち上がり浴室へ向かう。太い指で背中の留め具を外していく。

初めは苦戦していたけどこの頃は共にいることが増えて慣れたようだ。外し終わると服が落ちシュミーズ姿になる。

私は振り返りハンクのボタンを外して脱がしていく。腰ひもも外しトラウザーズも脱がしていく。見慣れた陰茎が少し兆しているのに気づき恥ずかしくなるけど、それを無視してシュミーズを脱いでハンクの手を引いて湯に浸かる。二人で入ると狭いけどハンクの膝に乗っているから気にならない。

ハンクは桶を使って肩から湯をかけて温めてくれる。髪を掴まれ引っ張るから顔が上を向く。桶の湯が私の髪を濡らしていく。この作業も上手になった。石鹸《せっけん》を泡立て私の髪を洗い始める。

「ライアンから許可が下りた」

いきなり話し出したから何の話かわからなかったけれど尻に当たる陰茎が硬くなっているとわかって中に入れる許可のことだと気づく。

「はい」

この一月はお互いを高ぶらせるだけで中には入れていない。

私が子に乳をあげたいと伝えてからは、出が良くなると言って揉《も》まれて頂の色が濃くなっている。

「子種は中には出せない」

腹の子によくないのかしら。

「いつものように口にくださいな」

ああ、とハンクは言いながら髪の泡を湯で流していく。

私もハンクの髪を洗いたかったけれど子が宿ってからは体を冷やすからと自分で洗ってしまう。ハンクは私に綺麗な湯をかけ、ベルを鳴らす。アンナリアとジュノが入り私を拭いていく。私の体が冷えないように考えてくれていることが嬉しい。ハンクは自ら拭いて夜着を着ていく。

香油を髪に塗り込み丁寧《ていねい》に乾かしていく。爽やかな香りを好むようで、最近は柑橘《かんきつ》系の香油を選び塗っている。私を抱き上げ寝台へ連れていく。二人で横になり掛け布に包まれ向かい合う。

「変わりないか」

「はい」

ハンクの腕に頭を乗せて温め合う。

「奴が近づいたら騎士をそばに置け」

「はい」

何か仕掛けようとしているとは感じなかったけどカイランに対して不安が残った。

私は感謝など欲していない、感謝を伝えたら喜ぶと思われたのかしら？　私は当たり前のことをしているだけ。彼は私のことを理解していない、

＊＊＊

空色の瞳が愛おしげに俺を見つめる。これの不安は全て取り除き安心させてやりたい。

顔を下げて口を合わせる。滾り出す陰茎を細い体に擦りつけて期待させる。今日は中に入る。

舌を絡ませながら夜着を脱がし俺も裸になる。手を伸ばし尻の方から秘所に触れるとすでに濡れて入り口は柔らかい……久しぶりだがそれまで散々可愛がってやった。

「欲しいか？」

答えなど知っているが聞いてみる。瞳を潤ませて顔を赤らめている。

「ください」

可愛がっていたが久しぶりだ。二本の指を赤い口に咥《くわ》えさせる。

「舐めろ」

懸命に俺の指を舐める姿に滾る。上顎をくすぐり舌を挟み歯列をなぞる。指を抜き、代わりに俺の舌を咥えさせる。濡れた指を秘所にあて、ゆっくりと中へ入れていく。細い体が震え悦《よろこ》び、嬌声が口の中で響く。指で中を擦ってやると自ら腰を動かし快感に浸っている。

「後ろから入れてやる」

先端でぬかるむ秘所を捉え、ゆっくりと押し進む。細い体は俺の腕に巻きつかれ動くことはできない。そのまま奥まで陰茎を入れる。

「痛みは？」

首を横に振り痛みはないと言っている。久しぶりのぬかるみは鼓動するように陰茎を刺激する。激しく奥を突いてやりたいが腹が膨れるまでは我慢だ。腰を引き、ゆっくり入れる。

「いいか？」

首を縦に振り答えている。だろうな……先程から中が震え俺を締めつけ悦んでいるからな。首の後ろに吸いつき痕を残す。強く吸うとそれにも感じているのか締めつけが強まる。

「噛んで」

噛むと痕が数日残るが欲しいらしい。血が出ない程度に肩に歯を立てる。

腰は止めずに入り口まで抜いて奥まで届く時に歯に少し力を入れると声を上げ達している。首を反らして強《こわ》ばる体を後ろから抱きしめ耐える。

「奥を突いてください」

柔らかい尻に腰を押し付け回してやると高い声を上げ悦び、体を跳ねさせる。指先で頂を潰してこねて引っ張り可愛がってやる。

この体勢は動きにくいしよく見えん。秘所から陰茎を抜き白い尻に子種をかける。勢いよく跳ね背中まで飛んでいく。白く粘る子種が下へと垂れる。指で掬《すく》い赤い口へ運ぶと吸いつくが指に噛みついた。怒っているようだ。

「怒るな」

「口にくださいと言いました」

我慢できなかったから仕方がない。少しでも長くぬかるみにいたかった。

「少しでも長く中にいたい」

怒る娘に理由を話す。一月我慢を強いられた……堪能したいだろう。指を秘所に突き入れると驚いたのか悦びの声を上げて締めつけてくる。

「お前のここはいい」

指を中で動かし教えてやる。頭を振り悦ぶ娘が願いを口にする。

「もう一度かけてください」

うつ伏せにして腰を持ち上げ後ろから陰茎をぬかるみに突き入れる。細い腰を両手で掴み陰茎が出入りする様に見入る。赤黒い陰茎を呑み込んで悦び震える秘所は卑猥《ひわい》で俺を興奮させる。俺の子種で汚れた尻の孔《あな》に指を入れ遊んでやる。

秘所の入り口ばかり擦っていると焦《じ》れ出し、自ら腰を押しつけてくる。奥に届いてしまうが激しく突かなければいい。陰茎を奥まで入れ腰を回すと頭を振り喘《あえ》ぐ。親指に子種をまとわせ尻の孔に突き入れると締めつけが強まる。陰茎を抜いては奥を突き回す。

親指を出し入れして尻の孔を広げていく。まだまだ狭い。

薄い茶の髪が振られ、きらめくのを見て欲望がわき上がる。細い体を仰向けにして跨《また》がり、限界の陰茎を顔に近づけてしごく。口にくれると思っただろうが勢いよく顔にかける。

空色の瞳は驚き、子種が出る様を目の前で見ている。白い子種は口回りと髪を汚しまとわりついている。

また髪を洗わねばならんが俺が洗うから別にいいだろう。頬にまで子種をつけて呆けているが舌で口回りを舐め飲み込んでいる。何も知らない娘がこれをするから困る。

「口までもう少しでしたのに……」

わざとお前を汚したんだ、言わないがな。

セシリスしか知らんが他の女はここまで淫靡か？　ドイル辺りに聞いてみたいがこれに興味を持たれても困る……まだ滾るぞ。

子種で濡れた髪を撫でて染み込ませる。

こんな行為に満たされる。愛しい娘は近くにある陰茎を舌で舐めて残滓《ざんし》をする。

これが無垢《むく》か？　外には出せんな。奴には感謝するぞ……これを俺にくれたからな。

子種で汚れた頭を撫で好きなようにさせる。懸命に陰茎を舐めて唇に挟んで吸っている。どこで覚える……本当に指南書を読んでいないだろうな？　ソーマにでも頼んだかと疑いたくなる。

「まだ欲しいか」

陰茎を口に含み頭を動かして陰嚢《いんのう》を触り誘っている。俺は手を伸ばして濡れている突起を撫で刺激する。可愛がりすぎた突起は赤くなり達しやすい。涙を流しながら陰茎を口から出し、欲しいと呟く。

腹を圧迫しないように足首を掴み左右に広げ硬く滾る陰茎を中に入れ動く。奥に届く手前まで激しく出し入れしてぬかるみを堪能する。広げた足をまとめて抱え込むと締まりが強まり頭まで痺《しび》れるようだ。秘所からは水音が鳴り小さな口からは嬌声が響き、子種にまみれた顔を振り薄い茶がうごめく。

もっと汚したくなる、そういうものか？

動きを止めずに快感を追い強い締めつけに堪《たま》らず、薄い腹に子種をまく。俺の子種まみれの娘を見て満足する。赤い唇からはまだ淫らな声が聞こえている。子種のついた指で頂に触れてやると体が跳ねる。

顔を覗くと空色と目が合う。口を合わせたいが子種で汚れている。寝台の脇にある水差しを持ち、掛け布に含ませて濡らして顔を拭う。水差しから直接果実水を含み娘の口に与える。うまく飲み込めなかったものが横へ流れていく。

「痛みは？　無理をさせたか？」

なかなか戻ってこない愛しい頬を撫でる。綺麗にした顔に口を落とし許しを乞う。

「閣下を中に感じるとおかしくなるの」

よすぎたか。痛みはなさそうだな。

「俺もだ」

俺もおかしくなる。これは愛なんかじゃない。そんな軽いものではない。

7

先日、私の懐妊が披露されて各所からゾルダークへ祝いの品が届き始めた。その数は多く、子供用品から花束など多岐にわたる。使用人が階級ごとに分けて品を確認し、私がお礼状を返さなければならない。書くだけなら私でもできると自ら申し出た。

朝はハンクと共に目覚めて朝食をとり、私は礼状を書くため自室に残ってハンクは執務室へ戻る。

日課の散歩はダントルを連れて花園の歩道を歩く。近頃は先回りしたメイドが四阿《あずまや》に果実水を用意して休めるようにしてくれる。

日傘を差して花を愛《め》でながら歩いているとダントルが私の前へ立った。横から顔を出すと二人の男の人が歩いて花園の奥から近寄る姿が見えた。遠くからでも目立つ全身白い騎士服を身に着けた近衛《このえ》と陛下だった。私はダントルに下がるよう命じてその場で立ち止まる。

「いらっしゃいませ、陛下。今日は普通の陛下ですね」

前回は庭師に変装していたが今日は王族が多用する金糸を使った衣装だった。

「やあ夫人、直接祝いたくてね。懐妊したって？　おめでとう」

「ありがとうございます。たくさんの方から祝いの品も届きましたわ。先触れを出さずにこちらへ？また閣下が怒りますわ」

ここはゾルダークの庭、私が気安く話しても許されるだろう。

「先触れをすると警戒するだろう？　だから突撃したんだ。ホールには近衛が数名、私は回り込んで夫人に突撃だ」

またホールでは行方不明になっていると騒ぎがおこっているかしら。でも二度目なら皆も落ち着いているかも……ハンクは怒りそうだけど。

「私にご用ですか？」

「ここは新しいね、前回はなかった。君のために作ったかな？」

「とても気に入っています。疲れたら休めるよう四阿も作ってくださいました」

「愛されているね。では四阿まで共に行こうか」

陛下は腕を曲げて私が掴むのを待っている。私は日傘をダントルに渡して陛下の腕に触れる。

「あいつは喜んでいるかな？　初孫だ。息子より可愛《かわい》がるかもしれないな」

「ええ、可愛がってもらえると嬉《うれ》しいですわね」

知らない者が後ろで聞いているから無難に答える。

四阿に着くと机には果実水が用意されてあった。近衛は四阿の入り口に控えてダントルは外へ目を向け侍《はべ》る。

「私にもくれ」

「よろしいのですか？」

器に注いでいる私に陛下が果実水をと言うけれどここには毒見がいない。

「君の近くに毒などないだろう。そんなことあいつがするとは思えない」

少し誤解を招きそうな言葉ではあるけど、飲みたいのなら望むままにするだけ。果実水を器に注ぎ陛下に渡す。一気にあおってしまった。

「冷たいな。氷を入れているのか」

私は笑んで頷《うなず》く。氷が使われている。喉ごしが良くて美味《おい》しいけれど氷は高いのよね。

陛下はおかわりを求めて私は器に注ぎ自身も飲む。

「美しい四阿だね。日が傾いても当たらないように格子にして外から中は見えにくいが風は通す……考えられている……近衛は目立つか……見つかったなぁ」

陛下は呟《つぶや》くと机の下に入り込む。荒々しい足音が私にも届いた。振り向くと格子の間から曲がりくねった歩道を真《ま》っ直《す》ぐ突っ切って、足早に四阿へ向かってくるハンクが見えた。

花達が大きな足に潰されて……なんてこと。ハンクがとうとう四阿に入り、下を見下ろす。

「何をしている」

ハンクに怒られると知っていて同じことをする陛下は何がしたいのかしら。

「閣下、こちらに隠れているのは陛下ですわ。お祝いに来てくださって共に花園を歩きましたの。見てくださいな、閣下の進んだ跡の花達は潰されましたわ」

ハンクは振り向き、惨状を眺めている。

「何とかする」

何とかするのは庭師なのに……潰された花は洗って花びらを盥《たらい》に浮かべて愛でるしかないわ。ハンクの言葉を聞き流し果実水を飲む。

「怒ったのか？」

「いいえ、怒ってなどおりません。潰れた花達の行く末を考えておりましたの」

私は微笑《ほほえ》み答える。潰れてしまったのは仕方ない。私を心配しているのだから、悪気はないのを知っている。

「閣下も飲みますか？　冷たくて美味しいですわ」

ハンクはああ、と呟いて椅子《いす》に座った。

足下にいる陛下の存在は忘れているようね。体を縮めて……狭そうだわ。

私はハンクに果実水の入った器を渡してから下を指差す。思い出したのか、一口で飲みきり音が鳴るほど器を置いた。

「何をしている」

陛下はやっと机の下から這《は》い出し、椅子に座る。

「夫人に祝いを言いに来たんだよ。初孫おめでとう」

「今度は近衛に変装か……何がしたい？」

私は陛下に侍る近衛に振り返る。

誰が近衛に？　近衛は帽子を外して顔を晒《さら》した。金髪碧眼《へきがん》の王太子が近衛をしていた。

「ゾルダーク公爵、よくわかったな。最後まで隠し通すつもりだったんだが」

「ドイルと後ろ姿が似ている。立ち方も近衛の真似にしか見えん」

私には近衛にしか見えなかったわ。

「怒るなよ、俺がゾルダークへ忍んで行くのを知られてさ。くっついてきたんだよ」

陛下が申し訳なさそうに話す。王太子がいるならば発言に気をつけなければいけない。

「公爵と夫人は随分気安いんだな」

先程のやり取りを聞いてしまうとそう思っても仕方ないわ。

「ハンクは家の中ではこんな風なんだろ」

陛下の誤魔化《ごまか》しも無理があるわ。納得しないわよね。

「なんの用だ、祝いだけではないだろう」

陛下は頭をかき、私と王太子に離れるよう頼む。

王太子は日傘をダントルから受け取り私は曲げられた腕に手を添えて四阿を出て歩道を歩く。

何を話すのかしら……陛下はご存じだから子のことを話すの？　歩道を歩きながら王太子が話し出す。

「公爵が人に気を遣うところなど見たことがなかったが、大切な跡継ぎを宿しているのだから心配もするだろうな」

「はい」

この人はよく知らない。陛下はハンクと親しいけれど王太子は違う。

「君のための花園だと聞いた、小公爵は心変わりが早いな」

なんだか含みのある言い方をするのね。

「心は己だけのものですわ。迷惑をかけず好きなように想うのは自由です」

「夫人は年下なのに悟りが早いな。羨《うらや》ましいよ。想うだけでは足りなくなる。誰かを傷つけてでも欲しくなる。そういう想いもあるだろう」

マイラ王女とは上手《うま》くいってないのかしら。他に想う人がいる言い方ね。

「立場とは時に邪魔でしかないですわね。夫も彼女の爵位が上ならば私と解消していたかもしれませんわ」

アンダル様がカイランと同じ想いを抱かず彼女の生まれが伯爵程度ならアンダル様の真似《まね》をしてハンクを説き伏せることもできたかもね。

「君は小公爵を好いてはいないのか？　仲良く見えたが」

「好く好かないの話になる前に男爵夫人が現れましたもの。どうなることかとそちらに意識が向いていましたわ」

まったくだ、と言って王太子は笑っている。顔は陛下に似ているのに年の割に大人びているのね。

「夫人は貴族の見本だな、アンダルが心底馬鹿に見える」

そうですね、なんて言えないわ。

「父上は私の子とゾルダークの子の婚約をお願いしているかもしれないな。こちらはまだ婚姻もしていないが」

王家は望むでしょうね。

「閣下に従いますわ」

「君は公爵が怖くないようだ。花を踏み潰しながら向かってくる様は悪魔のようだった」

「悪魔ですか？　絵画でしか観《み》たことがないのでわかりませんが閣下は鷲《わし》に似ていて……」

素敵なお顔だと言いそうになって口を閉ざす。

「鷲？　猛禽《もうきん》類の？　確かに似ているな……鋭い目なんかそっくりだ。上手い例えだ」

悪魔は秘密にしてくれ、と私の耳元で呟く。王太子は四阿へ顔を向け頷いている。

「密談は終《しま》いのようだ。戻ろうか」

歩いた道を戻る。私に合わせた歩調でかなりゆっくり歩いてくれたから疲れてはいない。四阿に着くと、陛下はまた来る、と言って王太子と邸の方へ向かい去っていく。

残された私は椅子に座り果実水を飲む。ハンクは離れたときのまま動いていない。

「嫌な思いはしなかったか」

王太子に何か言われたと思っているのね。

「ええ」

ハンクは立ち上がり私の隣に腰かけて下腹を撫《な》でる。

「変わりないか」

私の耳元に近づき低い声で囁《ささや》く。

「王太子がこうしていた、何を話した？」

ハンクの声は腰に響く。私が弱いことを知っていて意地悪をする。ここは外なのに信じられない。

私が答えないでいると太い指が耳を撫でくすぐり、休んでから戻れと耳元で告げて歩道を歩き邸へ戻っていく。私は体の火照《ほて》りを冷ますため果実水に口をつける。

＊＊＊

忍び用の馬車に乗り王宮へ向かっている。

出かける父上を捕まえてみれば、これからゾルダークへ忍んで行くという。

なにかと父上はゾルダークを贔屓《ひいき》にして当主に対しては心さえ許しているように見える。一国の王が酔い潰れる場に一人の臣下を侍らせるなど寵愛《ちょうあい》といえる。長い付き合いだというがあの男の何がいいのか。

「なぜ近衛の格好をさせたのです」

窓から外を眺め機嫌のよい父上に問う。

「前はさ、庭師の格好して行ったんだよ。遊びだよ」

「王宮でやられては？」

「誰を驚かせるんだよ。俺はハンクに会いに行ったんだぞ、国王だって息抜きは必要だよ」

なぜ臣下を驚かせる必要があるんだ。臣下とは会いに行かずに呼ぶものだろう。

「ジェイドにもハンクみたいな奴がいたらよかったなぁ」

あの恐ろしい顔をした男がそばにいたら？　嫌だな。

「臣下というより友だな、あいつはいつでも俺をドイルにしてくれる」

よくわからん、父上は友を作れと言っているのか。友など作れる立場ではない。媚《こ》びに謀《たばか》りが横行する貴族の中にどう見つける。弱音を言えばそれを理由に脅されるだろ。強く言えば王族と臣下になってしまう。無理な話だ。

「ハンクはさ、無欲で邪《よこしま》な要求なんて持ってない。根が欠陥人間だけど王族も金も女も興味なくて話を聞いてくれる。愚痴を言ったって、そうかって言うだけだ。弱音を吐いたって頷くだけ。それを後で弱みとして持ち出すこともない。つけこんだり諭《さと》したりする奴らが多いのに貴重だよ。王にもそんな存在が必要だと思う。顔は怖いけどあいつの前では王でなくていい。お前は愚痴れる相手がいないだろ？　カイランは無理だ、アンダル派だし感情移入しやすい」

「俺に友人は必要ないですよ。夫人は公爵を鷲に例えていましたよ。目つきが似ている」

「鷲か……魔王のようだった」

友か、そんなものがいたら何か変わるか？　俺には理解できない。欲しくはない。欲しいものは手に入らない。

＊＊＊

色とりどりの花びらを盥に浮かべて机の上に置く。

曲がりくねる歩道を無視して真っ直ぐ突き進むハンクを思い出すと笑ってしまう。

花びらを見つめていると、扉が叩《たた》かれカイランが部屋に入ってきた。

「キャスリン、調子は？　陛下が来たって？」

私はソファに座るよううながし、話し始める。

「ええ、直接お祝いを言いにいらしたのよ」

「父上の子だと陛下も知っているんだな。なぜ教えた？」

そう思うわよね。普通なら私だけではなくカイランも共に祝いの言葉を聞くべきだもの。

「知らないわ。私は教えていないもの」

「父上と陛下は仲がいいからな……でも話した理由がわからない」

それは私もわからないけど、私は陛下にハンクのことを話せるから会話が楽なのよね。

「腹は？　どう？」

「変化はないのよ。昼間眠くなるだけ。まだ膨れてもないの」

カイランは立ち上がり私の前にひざまずいて見上げる。

「触れてもいいのか？」

ダントルが一歩私に近づく。

下腹に？　私は別に構わないけどハンクの言う触れるなに入るのかしら？　でもこの人は夫なのよね、子が生まれたら父親になるから大切にしてもらいたいし。

「優しくね」

カイランは頷いて手を伸ばす。ダントルは私の真後ろに立った。

そこまで警戒する必要があるのかしら？　カイランは優しく下腹を撫でてすぐに手を離し元の場所に戻る。

「また触らせてくれるかい？」

「膨らんできたらね」

あなたがこの子を傷つけなければそれでいい。この子は私が育てる。あなたに父性など求めてないわ。

カイランは頷き、次の往診も共にいると言って部屋を出て行った。私はダントルに振り向く。

「危険かしら？」

触らせない方がよかったかしら。

「予測不能な状態なので細心の注意を命じられております」

ハンクがそう命じたのなら従うまでね。私もカイランの心情はわからない。笑みながら何を考えているのか。好みの女性を囲っていいと言っているのに今さら私を気遣う理由はなんなのかしら。


懐妊披露から一月ほど経《た》つと吐き気を催し始めた。

いつ吐き気に襲われるかわからず、夕食は共にできなくなった。私の食事は匂いの少ないスープだけ。

日中もハンクの執務室で吐いては迷惑をかけると説明すると、それなら寝室にいろとハンクが言う。そうして寝室で過ごしても仕事を中断して私の様子を確かめるハンクに離れることを決めた。

こんな状態では夜もハンクと共にできず、朝も一人で迎えている。吐いている姿なんて見て欲しくない。それでも仕事の合間に私に会いに来て腹を撫で、大きな体に包み込む。

時々真夜中に私の寝室へ入り、隣で少し横になったり頭を撫でてからすぐに出ていったりと気にかけてくれている。ライアン様はまだ悪阻《つわり》が続くと言っていたから心配させてしまう。

ジュノも私の居室で眠る日が続いている。

今日は空に月も出ていない、星明かりだけの暗闇。

悪阻が始まる前はハンクと共に眠っていたのに今は一人。寂しい思いは黒鷲を見て落ち着かせる。

この吐き気は子が腹のなかで育っている証拠。

吐き気が落ち着き眠りに入ろうと意識が落ちる時、扉が動いた気配がした。

またハンクが様子を見に来た。多い時は日に何度も顔を出す。寝台には乗らず私の横に屈《かが》んだような気配がする。大きな手が頭を撫でて髪を指に巻きつけ遊んでいる。温かい唇が額にあたり幸せを感じる。小さく名前を呼ぶと返事はなく頭を撫でて私が眠るまでそばにいてくれるようだ。

頬を撫で唇に触れ、手は離れた。もう私は眠りに落ちて意識は暗闇へ……。

＊＊＊

月が出ていない日は真の暗闇が訪れる。窓がなければ星明かりさえない。

あらかじめ開けておいた扉の握りを回す。

キャスリンは鍵がかかっていると思っているだろう、実際かかっていた。

夫婦喧嘩《げんか》の仲直りのためと言って呼んだ宝石商が細い針金で器用に開けてしまった。妻には知られたくないと金を多く渡し黙らせた。今まで気づかれなかったのは運がよかった。

十日前からキャスリンの様子が変わり、食べたものを吐いているとトニーから聞いた。

往診では悪阻が始まった、子が順調に育っているとライアン医師から説明をされても顔色悪く、明らかに痩せたキャスリン。

父上は以前のように彼女と共にいられないからか夕食時は眉間《みけん》の皺《しわ》が増え苛立《いらだ》っている雰囲気が伝わる。それでも夜に忍んでキャスリンの部屋へ訪れ顔を見ては戻っているようだ。

握りを回して開いてもその先にメイドがいるかもしれない。気づかれても今日だけは寝顔を見たい。音を出さないようにゆっくりと握りを回して扉を開けると暗闇だった。

蝋燭《ろうそく》の匂いがわずかに残る居室に人の気配がある。メイドが待っているのか……寝ているようだ。足音をたてないよう記憶の中の居室を進む。寝室の扉に行き着くと少し開いていた。寝室も暗闇だった。一度だけ入ったことのある寝室。暗闇に馴《な》れた目で寝台に近づく。

床に膝をついて彼女の匂いを吸い込む。父上がやるように頭に触れ手触りのよい髪に触れる。

眠っているようだ……額に口を落とす。本当は唇に落としたかったがよく見えない。その時小さくハンクと呼ぶ声が聞こえた。

なんて答えたらいいのか……それでもそばを離れたくなくて頬に触れ唇に触れる。

柔らかい唇だ。起きないでこのまま眠ってくれ。彼女の寝息が聞こえ始める。髪を指に巻きつけ口をつける。

悪阻が始まる前に触れた下腹は平らだった。父上の子は僕の弟か妹。年の離れた兄弟になる……腹が膨れるまで触れさせてはもらえない。もしかしたら父上が止めるかもしれない。キャスリンは僕が触れることに嫌悪は見せなかった……少しずつだ、彼女のそばにいることが当たり前のように過ごして、信頼を得なければ進むことはできない。

まだ諦める必要はない。味方はいない、僕は一人だ。

彼女は僕の妻だ……なのに触れられない。リリアンなんかに目を向けなければ、心を奪われなければ。悔やまれる……己の過去を全て悔やむ。

僕は立ち上がり寝室を出る。音をたてずに夫婦の寝室の扉の握りを回す。運が良ければまた会える。父上に知られたら二度と会えなくなるかもしれない。それでも僕はやめない。

今まで見たこともないほどの険しい顔と苛立《いらだ》ちを僕に向けないでほしい……そんな顔で睨《にら》まれたら紅茶も喉を通らないよ。

「悪阻《つわり》を止めることは無理ですって。妊婦は皆さん経験しますから。お金を積まれても僕には何もできません。待つしかないのです。つらいのはキャスリン様ですからね。これを乗りきればたくさん食べられるようになりますから。閣下がそばでお世話したくても吐いている姿を見せたくはないのでしょう。だから近寄らせてもらえないのです。女心ですよ、わかってあげてください」

蜜月がいきなり終わってしまって苛立つ気持ちもわかるけど僕を何度呼んでも悪阻は止まらない。あと十日は我慢をしてもらわなければ。

「悪阻の期間は人によります。キャスリン様が短いといいですね。え？　長い場合？　ひどい人では一月以上続く……それは稀《まれ》ですから。滅多にいない！」

面倒臭い人だな。ソーマさんもかわいそうに、毎日こんなのといなくてはならないなんて。

「閣下、ちゃんと食べてくださいよ。なんだか痩せたように見えます。キャスリン様が悲しみますよ」

痩せたのか目の下の隈《くま》が酷《ひど》いのか……両方だな。顔が凶悪さを増している。

キャスリン様は閣下を人間らしくしてしまったな。以前は生きていない雰囲気の人だったのに。

「僕を呼ぶのは痛みか下腹の張り、出血の時ですよ」

不満顔の閣下に手を振られ、やっと帰ることができた。

＊＊＊

半月前からキャスリン様の悪阻が始まり、吐いている姿を見られたくないと主のそばから離れてしまった。

ライアン様が去った後、主はキャスリン様のために用意したソファに座り外を眺めている。

何とかしろと呼びつけたライアン様も期待外れに終わり呆《ほう》けているのか私が入室しても動く様子はない。キャスリン様は痩せてしまい主まで食が細くなり夜もよく眠れないのか隈まで作ってしまってますます顔面が恐ろしくなってしまった。こんなことになろうとは誰も想像できなかったろう。

この主の姿を陛下が見たら笑い転げるのが目に浮かぶ。

「旦那様、キャスリン様が心配なさいますよ」

私の言葉など聞こえていない。これでは仕事が進まないではないか。

その時、扉が叩《たた》かれ開けるとダントルが顔を出す。その後ろにはキャスリン様が立ち、顔色は悪いが変わらぬ微笑《ほほえ》みで入ってもいいかと聞いてくる。

私はキャスリン様の耳元で旦那様を元気にしてくださいと頼んでしまった。

私はダントルと執務室の扉の外に侍《はべ》ることにする。

＊＊＊

「閣下、今よろしくて？」

空色の声に気づき顔を向けると少し痩せてしまった愛《いと》しい娘が立っている。立ち上がり近づいて抱き上げ、座っていたソファに腰を下ろす。軽くなっている。自身の体で覆うように囲い込む。小さくなっている。

「閣下まで痩せてしまっては困ります。誰が私を抱き上げて運んでくださるの？　閣下の大きくてたくましい体が好きですわ」

己の内側から声が届く。

「お前のせいだ」

小さく笑う声が聞こえる。今日は気分がいいらしい……小さな手が俺の腕を撫《な》でている。

「そうですね。閣下が孕《はら》ませてくれたおかげです」

俺のせいか。こんなことになるならもう孕まなくていい。

「閣下の子がいる証拠ですわ。我慢してくださいな」

我慢はもうした。共に眠りたいだけだ。

「お顔を見せてくださいな」

体を少し離して下を向くと空色の瞳がこちらを見ていた。俺の頬を撫で、目の下を触っている。

「こんなに険しくなってしまって。素敵なのは変わりませんが心配します」

額を合わせ、お前のせいだと呟《つぶや》く。

「夕食の後は少しつらいですが、夜は落ち着いてきました。そばにいてくださる？」

口を合わせ、小さな顔に何度も口を落とす。

「ああ、もう限界だった」

これから庭を軽く歩くと言うからベルを鳴らしてソーマを呼ぶ。

「庭を共に歩く。人払いさせろ」

もう少し待て、と腕の中に声をかけて閉じ込めておく。

少し時間がかかるだろう。抱き上げて散歩をしたら駄目だろうな。

「ソーマの疲れた顔なんて初めて見ました。困らせてはだめです」

ソーマの顔なんぞ見ていない。

「お前が離れたからだ」

「ふふ、今夜は早く眠りましょう？　隈を治さなくては皆に怖がられてしまいます。一緒に湯に浸かってください」

「ああ、そばにいろ」

＊＊＊

やっぱりハンクに抱かれて眠ると落ち着く。

ハロルドからハンクが窶《やつ》れてきたと聞いて会いに行ってから離れなくなってしまった。

私のせいだと呟くハンクの声は初めて聞くほど儚《はかな》げだった。私がこの人を弱くしてしまったかと胸が痛くなった。私がそばにいることで前より強くあってほしいのに。

「起きたか」

私の髪を指に巻きつけて遊んでいる。片手は少し膨らんだ下腹を温めるように撫でている。

私はハンクに父性を求めてはいないけど癖になっているように触れる。

「はい。今日はライアン様の診察の後にディーターの家族が来ますの」

「ああ、知っている。無理をするな」

ハンクの低い声と呼吸が耳をくすぐるから体が震える。

腹が膨れ始めてから妊婦用の服をハンクが揃《そろ》えてくれた。どんなものがあるのか選んでみたい気持ちもあったけれど、ハンクが冊子から選んだと聞いてしまうとその姿が目に浮かび微笑ましくなってしまった。

ジュノとダントルと共に四阿《あずまや》へ向かう。

邸から花園へ続く扉を開けるとカイランが待っていた。

「そろそろだろう？　僕も会うよ、途中で抜けるから」


妻の家族を夫と迎えることは当たり前のことだった。

カイランの曲げた腕に手をのせて花園を歩いて四阿へ向かう。

「庭師を増やしたそうだよ」

カイランの言葉に頷《うなず》く。この美しい花園を維持するのは大変だとわかっている。外に出ない私のためにというよりハンクは外に出さないつもりなのね。つい笑顔になってしまう。

「君は花が好きだね」

「綺麗《きれい》だもの。庭師は私のために匂いの少ない花を植えてくれたのよ」

「父上の指示だよ。君が悪阻で苦しんでいただろう？　匂いに敏感になった君のために命じた」

知らなかったわ。本当に私のことを考えてくれている。

「君のためならなんでもするだろう」

カイランの言葉に微笑み歩く。

「ライアン様がもう少しで安定期と言っていたでしょう？　マイラ王女から茶会に誘われているの。

「一月後にと返事をしたわ」

　ハンクには許可を貰《もら》った。王女から祝いの品を貰ったし未来の王妃の誘いは断りづらいわ。ハンクが日を調整すると言っていたから頼んでしまったけど、マイラ王女の予定を私に合わせるのかしら？　それはハンクも無理よね。

「体調が悪ければ断ろう」

　カイランの心配そうな顔が私を見下ろす。

「無理はしないわ」


　四阿に着くと茶器や菓子が並べられている。アンナリアとライナも侍っていた。

「ねえ様！」

　元気な声に振り向くとテレンスが曲がりくねった道を足早に進んでくる。

「いらっしゃい、テレンス。あんなに急いでは転ぶわよ」

「こんにちは、小公爵様。本日はお招きありがとうございます」

　カイランは頷きで応《こた》える。

「テレンス！　走るなよ。少しは花を愛《め》でろ」

　お兄様とお父様、お母様が四阿へ近づく。両親に会うのは久しぶりだわ。

「小公爵、妹に会いに来ましたよ。お元気でしたか？」

「ええ、変わらず」

　カイランとお兄様は倶楽部で度々会っているはず、よく話すのかしら。

「キャス、調子はどうだ、悪阻が酷かったって？　あまり痩せてないな。太ったか？」

女性に太ったかと尋ねるのは無神経だわ。

「それほど酷くはなかったわ」

「いや、あの時は痩せた。細い体がさらに細くなっていた」

カイランは私の頬を撫で、優しく肩を掴《つか》む。彼も心配していたらしい。

「キャスリン！　久しぶりね。元気そうだわ」

お母様がお父様の腕に手を添えて私に近づいてくる。懐かしい思いがわいてくる。

「お母様、お父様。久しぶりね。変わりなく？」

「ディーター侯爵、ようこそ。四阿へどうぞ、用意もしてありますから」

カイランに勧められ、皆が四阿に入り腰を下ろす。

「この前はこの場所に四阿なんてなかったね。歩道まで作られて素敵だよ」

ハンクが作ってくれたのよ、とは言えないから微笑むだけにしておく。

「キャスリン、大事にしてもらっているのね。こんなに早く身籠れるなんて……嬉《うれ》しいことよ」

貴族女性が嫁いだ家で何年も子を孕めないと石女《うまずめ》と言われ、生家に力がなければ無価値な存在に成り下がる。第二夫人が身籠ればさらに肩身は狭くなり心身を病むほど。

お母様が心配するのはしょうがないのよね、安心したはずよ。私は下腹を撫でながら、そうねと呟く。カイランの克服など待ってはいられなかったわ。

ジュノが皆に果実水を配る。

「冷たい！　氷が入っているね。美味《おい》しいな」

テレンスは喜んでいる。走っていたものね。

「ジュノ、久しぶりだな。元気にしていたか？」

お兄様が久しぶりに会うジュノに声をかける。ジュノは頭を下げ応えていた。

やはり、ジュノをゾルダークへ連れてきてよかった。厄介《やっかい》なことにお兄様はまだジュノを想ってい

る、ダントルにも聞きなさいよ。そういうところで悟られるのよ。黙っていたお父様が話し出す。

「キャスリンおめでとう。よくゾルダークの子を儲《もう》けられたな。私達も安心した」

ハンクのおかげよ、なんて言ったら卒倒するわね。空色の瞳を潤ませているわ。あら、涙が落ちそ

う。

「父上、恥ずかしいからやめてくれよ。キャス、父上はお前がいなくなって寂しがっていた。子が生

まれたらたまには顔を出せよ」

ええ、と頷く。会いたければゾルダークへ来たらいいのに……ハンクが怖いのかしら。

お父様は花園に目を向けて固まってしまった。振り向くとハンクが近づいてくる。婚姻式以来の顔

合わせね。話すことなどないだろうにどうしたのかしら。

「ゾルダーク公爵。お久しぶりですな、お邪魔しておりますよ。お元気そうで何より。キャスリンを

大事にしていただいて、ありがたいですよ」

ハンクは頷きで応える。お父様、緊張しすぎよ。声が高くなっているわ。

「公爵様！　この花園は美しいですね、四阿もいい。マルタンにも作りたいですよ」

天真爛漫《てんしんらんまん》なテレンスだから話しかけられる。物怖《ものお》じしない子だわ。ハンクは私のそばに立ち、大き

な手を私の頭に置く。

「これのためだ」

皆がなんて言っていいのか固まるのは仕方がない。嫁のために何かするような人物ではない。だけ

ど私のためと言っている。

「妹はゾルダークで大切にしてもらっているのですね、よかったな」

お兄様がなんとか場を繋《つな》いだわ。お父様は呆けているから役に立たないわね。

「ええ、大切にしてもらっています」

ハンクはカイランへ視線を向けて首を傾ける。ここから去れ、とうながしている。

「では、皆さん。ゆっくり過ごしてください」

ハンクが邸へ歩き出すとカイランもそれに続き四阿から去っていく。

「びっくりしたね、公爵はカイランもそれに続き四阿から去っていく。


「さあな、あの人は理解できん。キャス、小公爵とは仲良くしているんだな？」

「ええ」

本当のことなど言えないわ。

お兄様は果実水を飲み干してジュノにおかわりをお願いしている。お父様はまだ固まっている。

そんなに怖いのかしら？　貴族院をまとめるには恐ろしさも必要かも。固まるお父様は放っておいてお母様が話し出す。

「キャスリン、無理をしては駄目よ。仕事は果たしたわ、つらくなったらディーターに戻ってもいいのよ」

お母様はカイランの恋心を知っている。学園では気づく人もいただろう。令嬢の集まりで話が出ればその母親にも伝わり、夫人の集まりで噂《うわさ》になっていてもおかしくはない。

貴族男性は愛人などいて当たり前。カイランのこともよくある話の一つとして聞いただろうけど、気にはなっていたようね。私は微笑み安心させる。

「私はゾルダークを離れないわ。ここが居場所なの」

下腹を撫でながらお母様に告げる。

この子を立派なゾルダークにする。カイランのようにはしないわ。

「公爵は怖くないか？」

いきなり私の頭に手を置いたから驚いたのね。

「ええ、お兄様。話せば普通よ。怖いことなど言われたこともないわ」

そこは真実よ。顔のせいかハンクは怖がられるのね。あの険しい顔が素敵なのに。

それからお兄様は黙り込み、テレンスが話し始めて懐かしいディーターを思い出す。よくこうして集まってテレンスの止まらない話を聞いていた。

＊＊＊

ディーターの人達を置いて花垣で作られた歩道を歩いて邸に戻った。

父上があの場に顔を出すなんて思わなかった。ディーター侯爵が来たからか？

キャスリンの懐妊に夫人はとても喜んでいた。女性にとってそれだけ重要なことを僕はキャスリンから取り上げていた。あのまま待ってくれたらなんて言っておいて……いつなら可能だったのかと聞かれても答えられなかっただろう。挑んでみないとわからない。挑んで駄目だったら……。

トニーには娼館《しょうかん》を勧められたが行く気が起きない。そこでも勃《た》たなかったら？　娼婦に哀れな目で見られたら……キャスリンの淫らな姿には硬くなった、もう一度見たい。確かめたいが無理だろうな。

自室に戻るとトニーからアンダルの手紙を渡された。ソーマが先に読んでいると思ったが封はされたままだ。

『カイラン元気か？　あそこで別れてから手紙を出さずにすまない。兄上に伝言は頼んだが聞いているといい。リリアンの僕への不満を父上が知って彼女は男爵領から出られなくなった。未《いま》だにお前に手紙を書いて助けを求めろと言っている。消すと言われたのに理解していない。出していないと思うがリリアンから手紙がきたら読まずに燃やしてくれ。夫人の懐妊を聞いたよ、おめでとう。安心だな。僕はリリアンと子を作ってもいいのか不安だよ。彼女はあれで母親になれるのか……子ができたら落ち着くのだろうか。来年の王宮の夜会に行けるかどうかもわからない。次に会うのは随分先になるかもしれない。元気でいろよ。返事はいらない。アンダル』

アンダル、お前も一人なんだな。

「トニー、まさかと思うがスノー男爵夫人から手紙がきているか？」

トニーは執務机を指さす。

「カイラン様宛で送り主の名が無いのが一通、それではないかと。普通ならここまで届きませんがスノー男爵領の印がありましたから」

「ははっ」

彼女はなんて愚かなんだろう。あんな女を愛した過去が恥ずかしいよ。王家も消せばいいのに。

「お前にやるよ、楽しめ」

なんてことだ……いつリリアンは消えてくれる。

＊＊＊

ディーターの家族を見送り邸へ入った私はハンクに捕まってしまった。

抱き上げられてそのまま執務室へと連れていかれる。ソファに座り私を囲うのはいつものこと。

「楽しかったか？」

ええ、と腕の中から答える。

「ゾルダークで大切にされている……こんなに早く身籠ることができて安心したと言っておりました」

そうか、と上から声が聞こえる。大きな手は下腹に触れ撫でている。まだ小さい。これからもっと膨れる。

「茶会には俺と行く」

いきなりの話に言葉が出ない。茶会にはマイラ王女が招待した者だけが参加できる。もちろんハンクに招待状は来ていない。

「その日、貴族院の集まりがある。時刻も同じだ」

まさか貴族院を調整したの？　それとも茶会……どちらを合わせたのかは怖くて聞けないわ。共に馬車で王宮へ向かうのね、ハンクがいるなら安心だわ。

「共に帰れますの？」

ああ、と返事が聞こえる。ハンクが長引くなら馬車で待てばいいのよね。

「お前の護衛騎士をそばから離すな」

そんなに危険かしら……でも平民は王宮に入れないのよ……そんなことハンクは知っているはずよね。まさか……。

「ボイドを使いますの？」

ああ、と聞こえた。調べているとは思ったけど、名乗らせるとは思わなかったわ。手を尽くしてくれるのね。

「ダントルは承知の上ですのね」

ボイドを名乗りたくなどなかったろうに……ゾルダークで私を守るために……私は恵まれているわ。

「守られていろ」

それで安心するなら何も言わないわ。

「王宮にゾルダークを襲う者はいませんでしょう？」

答えは返らない。ハンクに敵はいるかもしれない。マルタンはなくてもハインスには好かれていないでしょうね。

「騎士をそばに置いて閣下を待ちますわ」

ああ、と今度は返事をくれて顎《あご》を掴まれ口を覆われる。厚い舌が私の中でうごめき好き勝手に動く。流れる唾液を飲み込み舌に吸いつくと私を持ち上げ片腕に乗せて下から見つめる。濃い紺色を撫でて黒い瞳と見つめ合う。

「お前の居場所は俺だ」

私は呆けた顔をしていただろう。先程の自分の言葉を思い出す。

ゾルダークではなくハンクと言って欲しかったのかしら……アンナリアね……全て報告するんだから。

ディーターはこの状態を知らないのに。私は頬を撫で額に口を落とす。

「私の居場所はハンクよ」

満足げな顔をして口角を上げて笑んでいる。ソーマが現れるまでハンクの顔に抱きつき離さないでいた。

マイラ王女の茶会まで私は穏やかに過ごしていた。

日中はハンクの執務室でゾルダークの家紋を刺繍《ししゅう》して目が疲れたらそのまま眠り、自然と起きたり、いつの間にかハンクの寝台で共に眠っていたり。

下腹も膨らみ階段を降りるのもジュノかダントルの腕に掴まるよう指示が出されてライアン様も度々訪れ往診をしてくれる。

安定期に入ったと聞いたときは、ほっとした。出血はなかったけど何が起こるかわからないもの。

ライアン様の話では、子の大きさはだいたいカイランの手のひらくらいと言われ、しげしげと自身の手を見つめるカイランに笑ってしまった。時々下腹に軽い衝撃を中から感じてライアン様に尋ねると、子が中で動いていると言う。愛しさがますます湧いてしまう。

カイランはそれを聞いて触れていたけど、感じないとがっかりしていた。腹の中で寝たり起きたりしていると説明され頷いていた。

ハンクは毎晩下腹に手をあてているからすでに感じている。

最初は驚き、ライアン様を呼ぶと夜中に言い出してソーマを困らせていたけど、以前ライアン様から子が動くと聞いていたから説明すると安心したようですぐに私の元に戻り、後ろから黙って下腹に手をあてていた。

私の寝台でハンクと横になる。向かい合うと少し下腹が邪魔をする。

「茶会のドレスが届く」

いつの間に作ったのかしら。妊婦だから特に着飾らなくてもいいのに。

「マダム・オブレに頼みましたの？」

「ああ」

妊婦用のドレスをマダム・オブレに頼む人なんて今までいたのかしら？　でも、王宮でゾルダークが軽んじられてはよくないわね。

貴族の中にはディーターへの妬《ねた》みが漂っている。王家もよく思っていないと解釈している家も多い。私に対してよくない感情を持つ人が茶会には少なからずいるはず。それでも社交は必要なのよね。

「ありがとうございます。楽しみですわ」

私は目の前にあるハンクの鼻に口を落とし、感謝を伝える。

「痛みは？　張りは？」

ライアン様のように聞いてくる。私は微笑み、ありませんと答えると指が下着を脱がし秘所に触れて突起を撫でる。黒い瞳は快感にもだえる私を見ている。

濡れ始めると指を中に入れてこする。私が嬌声《きょうせい》を上げても見つめ続けるから恥ずかしくなる。

「そんなに見ないでください」

指を増やして水音を聞かせるように激しく出し入れされる。

「だめか？」

「恥ずかしいです」

「美しいぞ」

口を合わせれば見えなくなるのに合わせてくれない。私はハンクの肩に掴まり首を反《そ》らして達していた。中が鼓動のようにうごめき指を締めている。

「俺を見ろ」

仰《の》け反《ぞ》る首を戻してハンクを見る。
私が震えている間に片足はハンクの腰の上に置かれて硬く熱い陰茎が秘所へ入り込む。
顔を掴まれ首を反らすこともできない。口からは喘《あえ》ぎ声しか出ない。

＊＊＊

主の執務室には私とハロルド、ライアン様が揃っていた。キャスリン様はマダム・オブレから届いた妊婦用ドレスを自室で鑑賞している。

「茶会に参加する令嬢はマイラ王女を護衛してきたレディント辺境伯の長女ノエル様とハインス公爵姉妹、コンラド侯爵の次女ローズ様、ランザイト伯爵の三女アビゲイル様そしてキャスリン様の七名で開催されます。アビゲイル様は婚姻歴がありますが、嫁ぎ先で子を流してしまいそこからなかなか子に恵まれず離縁を選んだ強い女性ですよ。ここまではキャスリン様もご存じ。ここからは僕の情報。アビゲイル様は高位貴族の愛人になりたいと悪い倶楽部で若い少年に話していたそうです、やれやれ。そんな彼女がなぜ茶会に呼ばれたのか……コンラド侯爵のローズ様はゾルダークへの嫁入りを望んでいたようですが、閣下に断られディーターが選ばれた。根に持っているのかな？　キャスリン様にアビゲイル様をけしかけるために誘ったようです。辺境伯のノエル様は披露目《ひろめ》からマイラ王女の友人として王宮に滞在しています。辺境は田舎《いなか》ですからね、学園にも通えず王都に憧れてやってきたら幸せそうな小公爵夫人としてもてはやされるキャスリン様に嫉妬《しっと》したのかな？　陛下と王太子とダンス、確固たる地位。弟まで公爵家へ入る。自身は父親の臣下と婚約中で子爵家に嫁ぐ予定です。マルタンは招待を断っています、強気だな。ハインス公爵姉妹、実はカイラン様の第二夫人を狙っていてあそ

こは嫡男いますからどこか嫁ぎ先を探しているんですけど、格下には行きたくない！　と駄々を捏《こ》ねていますがマルタンは男なし、ゾルダークしかいない。キャスリン様と婚姻したばかり……でも石女なら？　ってね、まだ十五と十六ですよ。恐ろしい」

ライアン様は一息ついて紅茶を飲み、喉を潤す。

「しかし、キャスリン様は早々に懐妊、面白《おもしろ》くない、と何かしてくるのかな？　うるさい姑《しゅうとめ》のいないカイラン様はかなりの好物件でした。しかし閣下がいるから女性側から強くは願えない。加えてリリアンへの懸想《けそう》が令嬢達を踏みとどまらせた……でもリリアンはアンダル様が持っていった。邪魔なのはキャスリン様になる。怖いのはハインスの姉妹が何を考えているかです。子が生まれるなら第二夫人なんて必要ない。キャスリン様は不動の地位です。そんなの公爵家令嬢が我慢できます？　僕があの姉妹ならキャスリン様の子を流しますよ。その方法ですが……どうやります？　ハロルドさん」

いきなり振り向いたライアン様からの問いにハロルドが答える。

「毒を使います。遅効性ならなおいい」

ライアン様は満足げに頷いている。キャスリン様は邸を出ないから誰かを雇って襲わせることもできない。

「僕もそれにしますね。でも王宮に毒を持ち込むなんて知られたら死罪ですよ。ではどう毒を盛ります？　ソーマさん」

次は私に質問を投げてきた。

「飲み物は無理でしょう。王宮の使用人は平民階級でも貴族家出の者だけ。関わったら最後……一族が処刑されます……指輪、仕込み指輪を使いますね」

私が考えついた方法にライアン様が手を叩いている。

「僕も同じ結論ですよ！　閣下、あくまでも想像ですから。そんな怖い顔しないで……誰も決行されるとは言ってないですよ。でもアビゲイル様はキャスリン様に絡みますよ。悪い倶楽部でカイラン様が狙いだと話していたそうですし。ハインス姉妹はどうか？　二人がどれだけ本気なのか……王太子に嫁ぎたいでしょうが血が近いうえに隣国の王女が相手では無理……あそこまでの利益が出る婚姻などありませんからね」

ライアン様の情報は信用できる……ゾルダークからそれに必要な費用は渡している。令嬢らの思惑は確かだろう。それを実行するのかどうか……。

「茶会、断りますか？」

ライアン様は主に聞いている。

「あれに簡潔に情報を教えろ」

キャスリン様が令嬢らの思惑を知っていれば対策がとれる。

「ではアビゲイル様の目的、ハインス姉妹への警戒でよろしいでしょうか」

私の問いに主は頷く。

「騎士を背後に置く。王には俺から言っておく」

護衛騎士をそばに置くにしても女性だけの茶会では部屋の端、庭園なら話し声が聞こえない位置に置く。背後など聞いたことがない。

「念のため僕も行きますよ。父に用事があると言えばいつものように入れますから」

「アーロンは絡んでいるのか？」

ハインス公爵か……もし関わっていたなら大事《おおごと》になる。

「ハインスの内通者からは聞いていません。ただ姉妹の話を盗み聞きしたと報告されました」

王妃の兄だ……そんな愚行を知れば止めるだろう。

「公爵家の令嬢に身体検査なんてできないですからね」

公爵家令嬢はシャルマイノス王国内に四人しかいない。疑いだけで触れられる存在ではない。

「あれの騎士には公爵家の女でも容赦するなと伝えろ。女どもには俺の命令だと言えばいい」

ダントルには警戒するよう強く言わねばならない。

「貴族の中でディーターへの妬みが酷いですよ。突出してなかったのにここにきて目立ち始めたから。貴族の令嬢って妬みと嫉《そね》みの塊。キャスリン様は稀有《けう》ですよ」

主は口を閉ざした。茶会は貴族院の間に行われる。近くにいることはできない。

ライアン様が退室した後、ハロルドにキャスリン様に伝えるよう命じる。執務室には私と主が残った。

「ハインス公爵に話しますか？」

「事が起これば手を下す」

伝えないということか。王宮でキャスリン様が害されれば主は気がふれるかもしれない。そんなことになったらゾルダークは破滅に向かう。

貴族院の会議には父親に付いて令息令嬢が王宮の開放庭園に入ることができる。茶会は私的な庭園で開催されるが、招待されなかった令嬢は腹も立つ。今ディーターは妬みの対象……若い者が動かなければいいが……愚か者はどこにでもいる。

＊＊＊

昼過ぎにマダム・オブレから茶会のドレスが届いた。トルソーに飾られた妊婦用の体を締めつけない作りのドレス。

着る機会の少ないものなのに高価な絹が使われている。

胸回りは薄い赤の絹で手首まで袖を作り、襟には黒の麻紐《あさひも》を縫い込んでめりはりをつけて太い黒の紐で胸の下を絞り、スカート部分は黒い絹を多く使いうねらせて、その上に薄い赤の絹を中心から左右に開きまとわせて黒色を覗《のぞ》かせている。あまり着たことのない配色だけれど可愛いわ。

「可愛らしいわね」

隣に立つジュノが頷く。

「お嬢、俺もゾルダークの正式な騎士服を着て行きます。この前、採寸されました」

後ろからの声に振り返る。ゾルダークの正式な騎士服は全身黒。首を守るため詰襟になっていて銀糸で胸にゾルダークの家紋、袖口に黒糸で蔦《つた》模様が入り膝下までの長い編上げ靴を履く。かなり厳《いか》めしい騎士服。

誰かから借りると思っていたけど作ってくれるのね。赤毛のダントルに黒は似合うだろう。

「きっと素敵よ、早く見たいわね。ダントル、ありがとう」

ダントルは何に対しての感謝か理解できていないのか首を傾《かし》げている。その時、扉が叩かれカイランが部屋に入ってきた。

「ドレスを見せてくれ。随分可愛いね」

トルソーの着ているドレスの前で観察するカイランは私が選んだと思っているだろう。わざわざハンクから贈られたとは言わないけれど。

婚姻してからカイランからドレスを贈られていないのよね。新婚なら夫が妻にドレスを贈るのは当たり前なのに……そんなカイランに笑ってしまう。私の笑みの理由などわからないカイラン。彼は元々が夫失格なのね。

「気に入ったようだね」

「ええ、とても」

「キャスリン様」

私を呼ぶ声に振り向けば、開けられた扉の横にハロルドが立っている。

「どうかして？」

ハロルドはカイランをちらりと見て話し出す。

「茶会の参加者について報告です」

それを聞いたカイランは、自分も聞くと私の手を掴みソファに座り込む。ハロルドは扉を閉めて話し始めた。

「参加者はキャスリン様がご存じの通りですが、その中に思惑を持つ令嬢が多数いらっしゃいます。ランザイト伯爵アビゲイル様はカイラン様の愛人を狙っており、ハインス公爵姉妹は第二夫人狙い、レディント辺境伯ノエル様は敵意、コンラド侯爵ローズ様は嫉妬。危険があるのはハインス公爵姉妹です。触れられないよう気をつけてください」

多数？　マイラ王女以外の全員の名前を言ったわよ。カイランの人気は高かったのね。リリアン様がいなければ学園時代に面倒なことになっていたかもしれないわ。

カイランは私の手を握り離さない。

「危険とはなんだ？　キャスリンを害する気か！」

カイランはハロルドに向かって声を荒らげる。

怖いのはハインスね……まだ二人とも学生のはずよ。私がこんなに早く身籠るとは予想外だったのね。カイランはリリアン様に懸想したままとでも思っていたのかしら……夫婦仲が良くないと思っていた？　子がいなければ卒業する頃には第二夫人にと父親に願える……頭が悪いのかしら？　そんなに単純に思い通りになると……他の令嬢は嫌みを言うくらいよね、そちらは問題ないわ。

「カイランは人気者ね。触れられないようにとは？」

「警戒をと閣下からの伝言です」

何を仕込んでくるか不明……何もしてこないかもしれない。警戒しておけばいいのね。

「キャスリン、参加はなしだ。行くことはない」

カイランを見つめる。それではあのドレスが着られないわ、なんて言ったら怒るかしら。

「ダントルを連れていくのよ、守ってくれるわ。それにマイラ王女がいる場で私に何かするのは悪手よ。未来の王妃の前よ……私なら茶会で事を起こさないわ」

疑惑を持たれただけで信用は落ちるわ。そこまで愚かだとは思えないけど……公爵家よ……教育されるわよね？　カイランを見ていると不安になってきたわ。

「君の護衛騎士は王宮に入れないだろ？　僕が付き添う」

夫が妻の茶会に付き添うなんて聞いたことはないわね。

私はカイランの手を叩き、落ち着いてと話し出す。

「ダントルはボイド子爵の庶子なのよ。閣下がボイドを名乗る許可を当主からいただいたわ。だから安心して、そばに置くから」

カイランはダントルを振り返る。

「知らなかった。なぜ教えてくれない？」

悪いことはしていないのに悲しそうな顔をしてくれるわね。

「私は閣下に教えていないわ。ゾルダークに入れるから調べたのね。私はダントルを平民としてそばに置いていたの、彼の望みだったからよ。けれどボイドを使うことになってしまったわね」

私は振り向き、ごめんなさいねとダントルに謝る。ダントルは軽く首を振り応える。

ハロルドに向き直り続きを聞く。

「まだあるの？」

ハロルドはダントルに視線を向ける。

「ダントルに閣下から命令です。公爵家だろうとキャスリン様に触れる者は阻止していい。キャスリン様の背後に立て、だそうです。何か言われたら閣下の名前を出してください」

それは……恥ずかしいわ。背後に真っ黒のダントルを置くの？　夫が付き添うくらい聞いたことがないわ。参加しない方がいいのかしら。でも、茶会は高位貴族の考えが伝わるのよね。

「ハロルド、レディント辺境伯のノエル様の敵意とはなんなのかしら？　彼女とは面識がないわ」

「ディーター侯爵家が力をつけることが気に入らない貴族は多いそうです。レディント辺境伯令嬢は今、王宮に滞在しておりますが夜会でキャスリン様を見て妬みが増したのでしょう。辺境伯は王都の学園にも通えない田舎貴族です。華々しく現れたキャスリン様が羨《うらや》ましいのでは？」

よくわからない思考だわ。

「わかったわ、教えてくれてありがとう。心の準備ができるわ」

カイランは納得してないようでまだ手を握って離してくれない。

「帰りを待っていてね。王宮に忍び込んでは駄目よ。彼女達の狙いはあなたなのよ。面倒事は嫌よ」

カイランが来たって彼女達が喜ぶだけよ。愛人が欲しいなら高位貴族からは選んでほしくない……

親まで絡んでくるもの。

ハロルドが退室してもカイランは離れる気配がない。

「僕は心配だよ、君は身重だ。何かあったら……」

本気で心配しているのかしら？　カイランがよくわからないわ。私はカイランの手をとり下腹にあてる。

「子が動いているわ、感じる？　さっきから起きているの」

カイランは口を閉ざして手をあてている下腹を見つめる。

「ああ、中から叩いている！　すごいな」

体を屈ませて私の下腹に耳を当てる。

そこまでしなくてもいいけど……心配は消えたようね。こう見ると親子ね、似ているわ。つい頭を撫でそうになってしまった。これが本来の夫婦なのよね、可笑《おか》しいわ。

茶会が楽しみだわ……何を言われるのかしら。レディント辺境伯令嬢がそばにいるのならマイラ王女は敵になっているのかしらね。

カイランが夜会嫌いで助かったわ……そんなに人気があるなんて……どこかで媚薬《びやく》でも盛られて令嬢を孕ましていたかもしれない。

「カイラン、媚薬には気をつけるのよ？　アビゲイル様は盛りそうだわ」

まだ下腹で子に叩かれているカイランに忠告する。愛人にするなら下位貴族か平民を薦めるわ。

カイランは嬉しそうに下腹で頷く。

「わかったよ」

そう言っても心配だわ。カイランは詰めが甘いのよ。

9

ゾルダークの馬車は王都の道を走るものでもハンクが乗るため余裕のある大きさの馬車を特別に作らせている。

ソーマが私のために緩衝材をいくつも中に敷き詰め、揺れを感じないようにしてくれた。座面も柔らかく負担がない。

贈られたドレスを着込み、髪は流れ落ちないように左右を編み込み後ろでまとめ、残りは下ろすのみにした。夜会ではないし茶会ならば着飾る必要はない。宝飾品の必要性も感じずつけてはいない。

ハンクも軽く正装している。無駄な装飾品はつけず、黒いシャツに青いベスト、その上に薄手の黒いコートを羽織っている。

ハンクの手をとり馬車へ乗り込む。カイランは心配そうに見送っていたけど私は久しぶりの外出に心浮き立つ。ハロルドが付き添うようで御者台に上がっていた。

時間に余裕をもち出発し馬車はゆっくり進む。

「似合うぞ」

「ありがとうございます。とても気に入りましたわ」

私はドレスに触れて撫《な》でる。絹は触り心地がいい。

ハンクは座面に置いてある箱を私に渡す。

箱を開けてみると中には透明なダイヤモンドで作られた小ぶりの耳飾りと揃《そろ》いで作られた首飾りが入っていた。とても上質に見える宝石は輝きからめいて目を奪われる。

まさか……今日のために作ったのではないわよね。

「ありがとうございます。美しいです」

「持っていろ」

ハンクは箱から耳飾りを摘《つま》み、揺れる馬車の中で慎重につけてくれる。

邸にいるときに渡してくれたらよかったのに……落としてしまっては大変よ。首飾りもつけてくれるようで体の向きを変えてうなじを晒《さら》す。

ハンクはうなじに吸いつき痕をつけてから留め具を嵌《は》めている。

大きい宝石ではないから華美には見えない。ハンクは私を持ち上げ膝の上に乗せる。そうするだろうとは思っていた。髪の先を指に巻きつけ遊ぶのはいつものこと。

「触れさせるな」

無害そうな令嬢でも警戒する必要があるかしらね。

「騎士が後ろに立つのでしょう？　心配しすぎです。子は守りますわ」

太い腕に力が入る。膨らんだ腹に手をあてて黙ってしまった。

そんなに危険な茶会なの？　令嬢だけよ……ダントルのほうが危険人物に見えるわ。王宮にはなんて伝えたのかしら？

厚い胸に頭を預けて目をつむる。久しぶりの外出に浮き立っていたけどここから離れたくないわね。

「迎えに行くから動かなくていい」

王宮にはたくさんの貴族が出入りする。元貴族現平民でも能力があれば採用される。

貴族に婿《むこ》入り、嫁入りできない令息令嬢は平民になるが教育は受けるため有能な者が多い。働き口を王宮にする者は生家が後ろだてになり採用が決まる。不正でも行おうものなら生家が罰せられるため真面目《まじめ》に働く者が多い。平民の中の貴族の血が多いのは昔から爵位を増やさない制度をとっているシャルマイノス王国特有のもの。

王宮で働く者は侍女から従者、使用人まで貴族か元貴族。生家のしがらみに縛られる者もいるかもしれない。それがディーターを妬《ねた》む家の者なら……心配は尽きない。そんなことを考えていたらどこにも行けないわね。

「茶会が早く終わりましたら、その場にある花を愛《め》でていますわ」

動いてほしくないのなら動かない。

ああ、と頷《うなず》き満足している。

「起きているな」

腹の子が動いてハンクの手を叩《たた》いている。ハンクはよく下腹に触れる。

カイランを見てハンクには父性がないと思っていた。私の子を大切にしてくれるなら嬉《うれ》しい。

半時の道程を下腹に負担をかけぬよう遅く走らせたために予定より少し遅れて着いたようだ。馬車の周りには馬に跨《また》がり警戒中の護衛騎士達が囲み、ダントルだけ馬を預けて直立不動で待機している。

ハンクが先に降り私へ手を伸ばす。ハンクの手を借りながら段差を降りる。すでに王宮の正門は通り、建物の入り口まで馬車で乗り入れている。

太い腕に手を添えて歩く。ハンクは茶会の会場近くまで付き添うようだ。

「貴族院の方はまだですの？」

小声で聞いてみる。王宮にいてもハンクは目立つ。

「いい」

いい……とは……？　始まっているけどいいなのか、まだだから気にするなのどちらかしら。

ここで問答しても悪目立ちするだけね。王宮では微笑《ほほえ》みは絶やせないのよ。

親と共に王宮に来ただろう令息令嬢がそこかしこにいるならば当主はすでに会議場にいるのではないかしら。陛下より王のように歩くハンクを皆が横目で見ているのが視界に入る。

茶会は開放庭園の先にある招待された者だけが入れる奥庭園に用意されている。令嬢達の集まりが見える。私が最後のようね。令嬢と話すのは久しぶりで緊張するわ。

ハンクは立ち止まり私を見下ろす。

「待っていろ」

念を押しているわね、私は微笑み頷く。

腕から手を離して一人で歩いて向かう。私を待っているだろうけど急いだりはしないわ。後ろからはダントルの騎士靴の音が聞こえる。

令嬢達は私に気づき、耳元で囁《ささや》き合う。

円卓なのね……マイラ王女の隣が空いている……ならば私の場所はそこね。

「お待たせして申し訳ありません」

どれだけ待たせたかわからないが私が最後なのは確かなのでマイラ王女に向け謝罪をしておく。

「ゾルダーク小公爵夫人、よくいらしてくださったわ。待っていたのよ」

マイラ王女は笑顔で私を迎える。

王宮の夜会以来ね、敵意は感じないわ。ダントルの引く椅子《いす》へ座る。

「お招きありがとうございます。安定期に入りましてお目にかかることができましたわ」

「懐妊おめでとうございます」

「ありがとうございます」

他の令嬢はさすが高位貴族の方達、微笑みは消していない。この中でマイラ王女の次に階級が上なのは私なのよね。私から話しかけないと始まらないわね。

「皆様もお待たせしました」

謝ることはしない。ハインス姉妹はマイラ王女の隣……これでは王女が邪魔で私に手は出せないわ。危険はないとみていいのかしら。私の隣にはアビゲイル様がいるのね。階級を考えるならコンラド侯爵令嬢のはずだけど……レディント辺境伯令嬢の口は微笑んでいるのに目は笑んでないわ。

「まだ新婚なのに懐妊とは素晴らしいですわ」

どちらが姉かわからないけど、髪色が濃いほうが姉のウィルマ様よね。

「ウィルマ様、ありがとうございます」

訂正されないのなら正解ね。隣で頷いている赤茶が妹のジャニス様ね。

「ゾルダーク小公爵様は優しそうで……夫人が羨《うらや》ましいですわ」

アビゲイル様の隣に座るコンラド侯爵令嬢のローズ様が話しかける。アビゲイル様は真っ赤な唇が艶々《つやつや》して弧を描いているわね。

「ええ、優しくしていただいております」

「公爵家ではどう過ごされていますの？」

ローズ様はそんなことに興味があるのかしら。

「婚姻して早くに身籠りましたから、大人しくしておりますわ」

「小公爵夫人、なぜ騎士がここにおりますの？　なんだか怖いわ」

誰かしらそう言うとは思っていたけど、ジャニス様にはダントルが目に入るものね、気になるわよね。

「お義父《とう》様がそばから離すな、と命じられまして。気になりますわよね、我慢してくださいな」

ハンクの命令なら我慢するでしょう。真っ黒で存在感があるけど。

「ゾルダークで大切にされていますのね、羨ましいわ」

なんて妖艶《ようえん》な声なの。カイランは誘惑に負けてしまうわ。

「ありがたいことですわ。アビゲイル様」

「小公爵様はお若いですから……おつらいですわね」

声を落として囁いていているけど皆に聞こえているわよ。

「つらい？　ですか……夫は若いですがつらそうには見えませんわ」

何を言われているのかわからない顔をして返してみる。

ハインス姉妹は意味を理解しているようね……私より年下なのに……これが耳年増《みみどしま》ね、多分。

アビゲイル様は笑い出した。面白《おもしろ》いことは言っていないわよ。

「小公爵夫人はお若いから男性のことがわからないのね。可愛《かわい》らしいわ」

「ありがとうございます」

他の令嬢まで笑い出す。私と年齢が変わらないのに男性のことを理解しているなんて……閨《ねや》教育をしっかり受けたのかしら。微笑みを崩さず話す。

「皆様は男性のことをよくご存じなのね。素晴らしいですわ。ウィルマ様もジャニス様も私よりお若いのに勉強熱心でいらっしゃるのね。ハインス公爵家の教育を教えていただきたいわ。お義父様にお願いしてみます」

笑わなくなったわね。ハンクからハインス公爵に男性のことを聞かれたら姉妹は怒られるでしょうね。

「私も男性のことはよく知らないのよ。アビゲイル様、教えてくださる？　なぜ小公爵はつらいのかしら？」

　マイラ王女の質問に答えないわけにはいかないでしょうね。

「若い男性は特に欲求がありますのよ。夫人に相手をしてもらわないとつらくなるそうですの」

「知らなかったわ……笑っていた皆さんはよくご存じね。勉強不足だわ、殿下にお聞きしなくては」

　マイラ王女は敵ではないわね。少し苛《いら》ついているし彼女達の思惑に気づいているのかしら。

「アビゲイル様はどこでお聞きに？　旦那様かしら？」

　離縁していることはまだ知らない？　でも夫人を使ってない……知っているのね。

「ノエル様はいつまで王宮に滞在しますの？」

　ローズ様が声を発した。

　王女の問いに答えさせないなんてよくないわ……マイラ王女が微笑みを消したわよ。

「私はマイラ様が望むまで滞在を許されております」

　それは気に入られたのね。

「あら、ノエル様はレディント辺境伯領に婚約者がいますよね」

　話題が変わり喜ぶ姉妹が笑顔で聞いている。

「ええ、戻るまで待ってくれています。急ぐ必要もありませんし」

「あらっ、婚約してどのくらい？　私ったら引き留めてしまったのね。ごめんなさいね」

　マイラ王女に教えていなかったなんて。

「二年ほどです。お互い若いですから時期はいつでも……」

「いいえ、若い男性には欲求がありますのよ。妻になって満たしてあげなくては。そうですよね、アビゲイル様」

ノエル様は王都に憧れているとハロルドが言っていたわ。戻りたくないのかしら？

マイラ王女の独壇場ね、アビゲイル様は頷くだけだわ。ローズ様の顔色が悪くなって……黙ってしまったわ。

「マイラ王女様、街へお出掛けになりまして？」

話題を変えてみよう。ローズ様が泣いてしまうわ。

「ええ、何度か。殿下が案内してくれましたわ」

「まぁ、どちらへ行かれましたの？」

マイラ王女は笑顔に戻り教えてくれる。

「劇の鑑賞へ行きましたのよ。歌も聴きに劇場へ連れて行ってもらいましたわ」

羨ましいわ……そういえばカイランと行っていないわね、そういうところよね。アンダル様とリリアン様とは行ってそうだわ。

「素晴らしいですわ。王太子殿下はマイラ王女様を大切にしていらっしゃるのね」

＊＊＊

会議場の中にはすでに貴族家の当主達が指定の椅子へ座り、なかなか現れない一人の公爵を待っていた。予定を過ぎた頃、重厚な扉が開き王の一段下の椅子へゾルダーク公爵が歩いて近づく。

「お前が最後だぞ。遅刻だよ、ゾルダーク公爵」

ハンクの遅れた理由を知っているが苦言を言わないわけにはいかない。ハンクは無表情のまま首を傾《かし》げて椅子に座る。

あの子とは途中で別れていれば間に合ったのに……騎士まで付けてよ。マイラでさえ背後に置いてないのに……まぁ身重だし……あんなこと書かれたらな……許可は出したけど。

「待たせたな！　始めようか」

俺が待たせたわけじゃないのにさ。しかし、見に行きたいなぁ。騎士を背後に置くなんて見たことないよ。あの子は敏《さと》いし度胸があるから心配しなくてもいいのに。

ハンクに心配なんて感情なかったろうに、人間らしくなったよ。老公爵はどういう教育したんだ？

謎だな。あの人の考えはわからん………なんの音だ……おいおい、皆が怖がっているぞ！

その太い指で机を叩くなよ。割れるだろう！　音がなかなか大きいぞ、ハンク。

あぁ皆が早口になっていく……始まって半時しか経《た》ってないのに、まだまだ報告は残っているのに。

どこかで休憩入れるか……。


「おい、ハンク！　落ち着け。いつもより顔が険しくなってる」

休憩を告げた途端立ち上がって会議場から出ていくハンクを追いかけた。

足が速い！　長いからな！

悔しい思いをしながら後をついていくと、いきなり立ち止まるから黒い背中にぶつかってしまう。

「いきなり止まるなよ！　あぶな……い……」

ハンクが窓から外を見ている。ここから見えるのか！　見たい！

遠いが見えるなぁ……赤毛の真っ黒な騎士が庭園に目立つよ。本気の背後じゃないか。笑いだしそうになるのを我慢する。

「何事もなさそうだ、よかったな」

「ああ」

俺は涙が出そうだった……ハンクが笑ったのを初めて見た……。

嘘《うそ》だろ……俺は感動するのか……凄《すご》いな、胸が熱いよ。ここまでとはな。あの子はハンクの笑顔を見ているだろうな。愛想笑いも知らない男がな。恋って人をここまで変えるのか。

「休憩終わるぞ」

「ああ、ドイル。何かあったら俺が手を下す」

え……手を下すって何かあってから……だよな。思惑だけでは手を下したら駄目だぞ。

「うん。何か起こったらな、それからな」

振り向くハンクの顔にもう笑みはない。幻かな……何も起きませんように……面倒はごめんだ。

＊＊＊

マイラ王女の意識をアビゲイル様から遠ざけることに成功し令嬢達は流行の劇や役者、歌手など楽しい話題に移っていた。私はその話題にはついていけないので微笑みながら聞き役に徹する。

「皆様、花を近くで見ません？　こちらの奥庭園にはあまり入れませんから。マイラ王女様、よろしいですか？」

座っているのに飽きたのか、この場で一番若いジャニス様に駄目よと言いづらい。

マイラ王女は微笑んで頷いている。私とマイラ王女以外は立ち上がり花の方へ向かい出す。

「キャスリン様、ごめんなさいね。まだこの国には慣れなくて細かいところは任せきりなの。レディントは駄目ね。あなたへの敵意を私に悟らせているわ」

マイラ王女は小声で私に謝罪をするけど他国から来たのだから仕方がない。

レディント辺境伯令嬢とは長い道程を共にしてきたのだからそばに置くのは当然なのだ。

「久しぶりに女性の集まりに来ましたの、楽しんでいますわ。これが令嬢達の会話ですから気になさらないで。他国からいらして信用できる者を探すのは困難なことです。マイラ王女様の心許せる相手がきっといます。ゆっくり精査されたらよろしいですわ」

私にはジュノとダントルがいた。マイラ王女には誰もいない……寂しいはずよ。

「殿下に相談して焦らずじっくり精査するわ」

私は頷き微笑む。ハンクが心配するほど危険ではなかったわね。ハロルドから聞いた時は驚いたけどおかしなことはされてないわ。

「お姉様！　蜂よ！」

高い声が辺りに響く。その声に令嬢達は服を持ち上げ走り出す。

その動きがよく見える私はマイラ王女の手を握り彼女の動きを止める。

蜂は刺激しなければ襲わない。王宮の庭園に巣などあるはずがない。

ハインス姉妹がこちらに手を伸ばして助けを求めて近づいてくる。騎士に助けを求めているように見えるだろう。

あら……指輪をしているわね。あれが危険なの？　ダントルに合図して向かってくる二人に足を引っかけ転ばせる。姉妹は重なり倒れ込んだ。

「きゃー！　痛い！　お姉様！　私に……」

下敷きになったジャニス様は顔色を悪くする。ウィルマ様はダントルに向かい声を張り上げる。

「あなた！　私達に足をかけたわね！　騎士のくせに助けるのが使命でしょう！」

ダントルは無反応を通す。私は机を叩いて音を出し意識をこちらに向けさせる。

「ウィルマ様、蜂はどこへ？」

顔を赤くしたウィルマ様はジャニス様を横目で確認してから目を泳がせる。

「どこかに行きましたわ！　夫人の騎士が私と妹に足をかけたのよ！　見ましたでしょう?!　お父様に抗議をお願いするわ！　転んだのよ！　ジャニスまで傷ついたわ！」

ジャニス様は立ち上がらずに膝を抱えて座り込んでいる。

どこか痛んでいるようには見えない。ただ震えているだけ。

「ウィルマ様、この騎士は私を守るためにいますのよ。あなたが走り込んで私に傷がつけばお義父様に叱られますの。もし腹の子に何かあったら命で償うのです。ハインス公爵様は責任を取れますの？」

事実、私は今この国で一番大切な妊婦なのよ。何かあったらどうするのかしら。

「怪我《けが》をされましたの？　ジャニス様は立ち上がれないようですわ。医師を呼びましょう」

騒ぎを聞きつけた近衛《このえ》が走ってくる。

「ハインス公爵令嬢が怪我をしているようなの、医師を呼んでくださる？」

近衛は手を上げ合図を送っている。放心していたウィルマ様が騒ぎ出す。

「医師など必要ないわ！　ジャニス！　立ちなさい！　早く！」

慌てようが怪しいわ。ここまで黙して成り行きを見ていたマイラ王女が声を出した。

「ウィルマ様、落ち着きなさい。蜂がいたのなら刺されたかもしれないでしょう？　ジャニス様の心配をしなさいな」

本当に私より年下なのかしら？　さすが王女ね。落ち着いているわ。

「お姉様……助けて」

ジャニス様は泣きだしてしまった。ウィルマ様が倒れ込んだ時にどこか痛めたのかしら。可哀想《かわいそう》に
……姉の体重を受け止めたのね。

「ウィルマ様、抗議ならいただきますとハインス公爵様に伝えてくださいな」

私は微笑みを崩さない。私には触れさせないわ。ハロルドに聞いておいてよかった。落ち着いていると周りがよく見えるものね。

「マイラ王女様！　お怪我はございませんか？　小公爵夫人！　手を離しなさいな！」

ノエル様に言われて手を離していないことに気がついた。

「申し訳ありません。驚いてつい握りしめてしまいましたわ。私も蜂は怖いですもの」

マイラ王女は首を横に振り、私の手を握る。

「私も大きな声に驚いたわ。キャスリン様の手に安心しましたのよ。ノエル様、大きな声を出さないでくださる？」

ノエル様はうつむいてしまった。マイラ王女の一言で辺境に帰されるなんて……気は抜けないわよね。

「ノエル様は心配していますのよ。マイラ王女様の身は尊いのですから」

いずれは辺境に戻るなら王都を楽しみたいはず。辺境は婚姻してしまえば出ることが難しい。

こうなったら茶会はお開きね。ローズ様もアビゲイル様も遠巻きに見ているし関わりたくないわよね。

「キャスリン様！」

聞き覚えのある声を持つ人が走ってくる。なぜここにいるのかしら？

「ライアン様、なぜ王宮に？」

「怪我はないですか？　傷でも付けたら閣下に……」

私の奥に目をやり状況を把握したようだ。

「父が近衛の副隊長なのです。たまたま父の所に顔を出せば医師が必要だと近衛が駆け込んできたので急ぎましたよ……無事ですね？」

私は微笑み答える。

「ええ、蜂に驚かれたウィルマ様とジャニス様が私の近くで転ばれたの。ジャニス様が下敷きになりました。震えていますの。診《み》てくださる？」

ライアン様は頷き姉妹に近づくがウィルマ様は止めた。

「妹は驚いただけです。蜂にも刺されていませんわ」

ウィルマ様の言葉にジャニス様はうつむきながら頷いている。

「擦り傷でも放っておくと後で悔やむことになりますよ？　僕は医師のライアン・アルノです。嫁入り前の身なのですから傷は残したくないでしょう？　私が嫌なのでしたらハインス公爵様を呼びましょう。公爵家の侍医なら見せられますよね？」

ウィルマ様は頷いている。

「ハインス公爵様がいらっしゃるまで念のため王宮の医務室へ行きましょう。転んだことに驚いて今はわからなくても、痛みは後から気づいたりしますよ。蜂に刺されていたら適切な処置も必要です」

ジャニス様は泣き出してしまった。痛みがやってきたのかもしれないわ。

「刺さったかもしれない……痛かったもの！」

ウィルマ様はジャニス様を抱きしめて慰めている。

私からはウィルマ様の後ろ姿しか見えないけど妹の背中をさすって落ち着かせている。こう見ると姉妹も可愛いわね。

「医務室へ行きましょう。歩けますか？　騎士に運んでもらいますか？」

結局ジャニス様は立てず、近衛が近づき抱き上げる。顔に手をあて泣いているわ。かわいそうに痛むのかしら？

ウィルマ様はジャニス様に付き添い王宮へ向かっていく。


いつの間にか残された令嬢は座っていた場所に戻っていた。お開きにはマイラ王女の言葉がいる。

「皆さん、刺されていませんね？　蜂は見ました？」

皆が首を横に振る。花には虫がつきやすいから見間違えたのね。

「小公爵夫人の騎士は忠実ですわね。夫人のために公爵令嬢に危害を加えるなんて」

アビゲイル様はまだ諦めないのね。

「ええ。アビゲイル様はご存じないのね……お義父様がとても怖い方なのです。ゾルダークの後継を宿している私には誰も触れさせるなと命令されていまして……あのままお二人が私に近づいて触れでもしたら騎士は叱られるだけでは済みませんわ。ハインス公爵様にはお義父様が説明されるでしょう」

私はアビゲイル様に向かい微笑む。ハンクの厳しさを知らない高位貴族はいない。

「ゾルダークで大切に守られて羨ましいです。私も小公爵様に守られたいですわ」

本気で言っているのかしら？　愛人になれる年はそろそろ終わりじゃない？　閨が得意なのかもし

れない……それは聞いてみたい。

「アビゲイル様は小公爵の近くに侍りたいとおっしゃっているの？」

マイラ王女が問う。普通そう聞こえるわよね。茶会の始まりからカイランのことばかり。

「ええ……お世話したいですわ」

なんのお世話なのか……若い二人が消えたのだから包み隠さなくていいわよね。

「アビゲイル様が夫の世話を？　夜の世話のことですか？」

アビゲイル様の顔がほんのり赤くなる。

私が王女のいる場で夜の話などしないと思っていたのかしら？

「そんなにはっきりとは……」

もどかしいわね。

「わかりましたわ、夫に聞きます。それからランザイト伯爵に尋ねますわ。それでよろしいかしら？」

ローズ様が体を震わせて小さな声で話し出した。

「小公爵夫人、アビゲイル様にひどいことは言わないでくださいな」

「ローズ様、ひどいこととは何でしょう？」

「夜のお世話など……アビゲイル様はそんなことを言っていませんわ」

「ならば、夫の世話とはなんです？　身のまわりの世話なら使用人の仕事です。教えてくださいな。お仕事をお探しですか？」

私の問いに二人は口を閉ざした。

マイラ王女が顔から笑みを消し険しい声を出して怒りを見せる。

「アビゲイル様、答えられないなら謝りなさい。それもできないのなら伯爵に抗議を入れます。新婚の、ましてや身籠っている夫人に対して夫の世話をしたいなど愛人になりたいと聞こえましたわ」

アビゲイル様はもう何も言えないわね。印象が悪くなるだけなのになぜマイラ王女のいる場で話すのかしら？

何か必死さを感じるのよね。ローズ様のことは嫉妬《しっと》とハロルドから聞いていたから注視しなかったけれどこの二人が繋《つな》がっている？　ローズ様が唆《そそのか》したの？

「申し訳ありません……私は離縁をしていますから夫人が羨ましくて……つい心にもないことを言いましたわ」

自ら選んだ離縁でしょうに……同情を向けさせて終わらせるのね。それで終わるのならもういいわ。このやり取りに飽きてきたわ。

「離縁を……そうでしたの。アビゲイル様はローズ様の強い薦めで茶会にいらしたのよね？　ノエル様」

マイラ王女に話を振られたノエル様は頷く。招待客を選別したのは彼女だろう。この茶会に年齢の合わない令嬢を招待したことが失策だった。

「ローズ様の意図はわかりましたわ。私の茶会を利用するなんて驚きだわ」

ローズ様はうつむいたまま黙り込む。

マイラ王女はかなり怒っているようね。それだけ今日を楽しみにしていたと感じるわ。

「お二人の家には私から書状が届きますからお待ちくださいね。それまでに父親に弁解でもなさって」

それは未来の王妃の不信を買いました、の書状かしら？　ローズ様は最悪婚約解消になってしまうわ。可哀想な気もするけど彼女達が選んだ行動のせいよね。

マイラ王女が他国の人間だから甘く見たのかしら？　味方のいない王宮では何もできないと思っていたの？

どのくらい経ったのかしら？　会議はいつ終わるのかしら？　少し日差しがつらくなってきたわ。

私はダントルに合図して大きめの日傘を差してもらい、喉を潤す。ぬるい紅茶がちょうどいい。

「申し訳ありません、マイラ王女様。近頃はあまり外には出ていなくて日傘を差しても構いませんか？」

怒りが消えるといい。愚かな人は痛い目を見ないと愚かとは気づかないわ。

マイラ王女にこの国を好きになってもらいたいのに……今日の茶会の人選を変えていればと悔やむわ。辺境から来たノエル様には荷が重かったわね。

「ええ、もちろん。日も傾きましたわ。アビゲイル様、ローズ様、お帰りください」

名指しで帰りを催促されるなんてもう茶会には呼ばないと言われたようなもの。

二人は使用人にうながされ庭園から離れていく。

「キャスリン様、ごめんなさいね。招待する令嬢を間違えたわ。小公爵の愛人を狙っている方が入っているとは精査を厳しくするべきだったわ」

私は首を軽く横に振る。

「慣れない国です。伯爵家の令嬢の願いなどわかりませんわ。私は夫が人気者だと教えてもらいましたわ。ただそれだけのことです」

貴族令嬢の会話などそんなもの。人の噂《うわさ》を面白おかしく盛り上げて楽しむ、深く考えては気に病むだけ。もっと遠回しに言われることもあるわ。アビゲイル様はわかりやすく教えてくれただけ扱いやすい。

「気軽に茶会をしたかっただけなのに、残念ね。当分したくないわ」

「お義父様の許可をいただければ私が参りますわ」

マイラ王女は笑顔になり私の手を握る。

「嬉しいわ。私も陛下にお願いしてみるわ」

陛下は許可をくれるはず、問題はハンクね。

＊＊＊

上階の執務室に呼ばれた私はカイラン様を見下ろし立っている。

いつかは呼ばれるだろうと待ってはいたが予想よりも遅かった。神妙な顔で発する言葉を考える姿は若い頃の主に似ている。

「茶会の令嬢の思惑をなぜ僕に教えない？　ハロルドはキャスリンに伝えに来ていた。たまたま僕がいたから聞けた。僕は夫だろ」

主からカイラン様へ告げろと命じられなかった、ただそれだけのこと。

私が答えないでいると焦《じ》れ出し、ため息をついた。

「主従関係なく答えてくれ。不敬なんて言わない怒りもしない……真実を知りたい。僕に教えてもお前が父上に怒られないものでいい」

隠すなとも言われてはいない。感情的にならないと言われるならいいだろう。

「カイラン様には女性に気をつけていただきたいと後日話すつもりでした。愛人、第二夫人狙いが多いので……耐性があるとしても大量に媚薬《びやく》を盛られてしまえばどうなるかわかりません。面倒は避けたいですから」

「キャスリンに起こることも知りたい。得た情報は誰が持ってきた？　かなり細かい内容だろ」

情報元は気になるだろう、でもそれは主のもの。カイラン様には言えない。

「旦那様の情報屋です。ゾルダークはたくさんの情報を得なければなりません、そこから裏を取れるものは少ないですが警戒はできます。キャスリン様も対応ができます」

「父上が自ら雇っているのか？　他に僕に報せていないことは？」

「過ぎたことでも知りたいと？」

今さら知ってもどうにもならないが、知っていると後で役に立つこともある。

「頼む」

「カイラン様の婚姻後、スノー男爵夫人から再三お願いの手紙が来ていました。私が旦那様の許しを得てから読みカイラン様には渡しませんでした」

「そうか」

「王宮の夜会のドレスと本日のドレスは旦那様が用意なさいました」

これには驚かれているな。普通は夫が贈るもの……カイラン様はなぜか遅い。

「あれは父上が……僕は断られたよ」

悲しげな顔をされるが、そこが間違っているのだ。

「カイラン様が申し出た時では間に合わないとキャスリン様はおっしゃっていました、急いで作らせたものが良いものとは思えません。私から見ますとカイラン様はキャスリン様を大切にしているように見えますが、婚姻してからドレスなど贈られましたか？　今キャスリン様がお召しの普段着は旦那様が用意しました。カイラン様は何をしているのです？　トニーに言われなければわかりませんか？

少し夫を勉強したほうがよいのでは？」

言い返せないだろうな……夫として余りにも未熟。

「カイラン様に話せるのはそのくらいです」

もうよろしいですか？　と退室を願い出る。久しぶりに休みをいただいたのに……。

「カイラン様には謝らねばなりません。セシリス様の行いに気づけず申し訳ありませんでした。私の能力不足です」

頭を下げる私にカイラン様は言葉を発する。

「気にするな、僕自身婚姻前まで忘れていた。子供ながらに母上は頭がおかしいと思っていた」

退室の許可を言ってくれないだろうか……。

その時、執務室の扉を叩く音が鳴る。トニーが開けるとアンナリアが私に火急の用があると伝えたようで、私は頭を下げて執務室から退室する。

「何かあったのか？」

「大旦那様から旦那様に急ぎの手紙です」

……これはよくない。旦那様が当主になられてから今まで大旦那様から急ぎの手紙など届いたことがない。内容が気になるが主が戻るまで保管しなければならない。

「届けた者は？」

急ぎならばゾルダークの者が直接早馬で届けたのだろう。

アンナリアの後ろに続き話を聞きに行く。

その者は休むために使用人棟にある空き部屋へ案内されていた。疲れているところ悪いが話がしたい。

「ご苦労だったね。いつ向こうを出た？　大旦那様の様子は？」

疲労困憊《こんぱい》している男は寝台に腰かけ答える。

「昨日の朝に大旦那様から手紙を託され、それからすぐに準備を。暗くなるまでに王都に入れず、馬も限界に。近くの宿を取り朝日と共に王都へ駆けました。大旦那様はいつもと変わらず過ごしていらっしゃいます」

「休んでくれ」

主が王宮から戻るまで一刻と半時はかかるだろう。

＊＊＊

私はマイラ王女に頼み、茶会の開かれた庭でハンクを待たせてもらっている。

ダントルが日傘を持ち花達に近づく。

外に居すぎたわね、冷たい果実水が飲みたくなる。王宮の庭園も美しいけどゾルダーク邸の花園には勝てないわ。

「お嬢」

ダントルの声に振り向くと離れた場所からハンクが近づいてきた。私は笑顔でハンクに向かう。

「変わりないか」

「はい」

いつもの険しい顔が私を見下ろす。

馬車へ向かう間、会議の終わった当主達が私達を横目で見ている。

ハンクは目立つ上に私の歩みが遅いから照れくさい。お父様が見えた気がしたけれど背を向けて遠ざかっていった。

茶会で起きたことはダントルが報告するだろう。特に危険もなかった。

入り口にはすでにゾルダークの馬車が控え、ハロルドが扉の横に立っていた。

ハンクが先に乗り込み、伸ばされた手を掴み中へ入る。扉が閉められ馬車が進み始めるとハンクは窓に布をかけてしまった。そして私を膝に乗せる。

「楽しかったか？」

「はい。久しぶりに令嬢達と話しましたわ。流行《はや》りの劇や歌など皆さんよく知っていますわ」

「そうか。誰かに触れられたか？」

私は首を横に振る。ちゃんと守られていたわ。

「果実水が飲みたいです」

ハンクは下腹に手をあて撫でる。

「寝ているな」

私は頷く。子は動いていないし痛みも張りもないけど少し疲れたみたいで体がだるい。

ハンクの鼓動を聞いていると眠くなる。私はそのまま眠りに落ちた。

＊＊＊

膝に乗せた娘は話さなくなった。頭に口を落としても反応しないなら眠ったか……久しぶりに外に出した……疲れたろう。

これの騎士に茶会で起こったことは全て聞かねばならない。迎えに行く間にライアンの配下から渡された報告に目を通したがハインスは自滅したな……手は下すが。

赤い唇に触れる。合わせたいが起きてしまう。愛《いと》しい体を抱いたまま自身も目をつむる。

馬車が邸に着いても娘は起きない。扉を開けたハロルドに人払いを命じ、眠る体を抱いたまま馬車を降りると奴が近づくが軽く手を振り下がらせる。

娘の自室へ向かう間、横を歩くソーマが深刻な顔をして指先で胸を叩く。

何かが届いたようだ。娘の部屋の扉を開けさせ寝室に向かう。抱いたまま寝台に腰かけ耳飾りと首飾りを外しソーマに渡す。髪もほぐし、指で梳《と》かす。

赤い唇を少し開ける顔は俺を誘っているように見えるな。

「どうした？」

「大旦那様から急ぎの手紙です」

「いつ来た？」

「旦那様が戻られる二刻前に」

手を振りソーマを下がらせる。小さな体を寝台に横たわらせ後ろから抱きしめ下腹に触れ温める。

離れがたいが仕方ない。

頭を撫で起き上がり、口を合わせ掛け布で包む。

居室にいるメイドに様子を見ておくように命じ、赤毛の騎士を連れて自室へ向かう。途中、待ち伏せていた奴が近づく。

「父上、何かあったのですか？」

顎《あご》を上げついてくるよう指示を出す。

コートを脱ぎソーマに渡す。ソファに座りハロルドが差し出す酒を一気にあおる。

「話せ」

俺は赤毛の騎士に向けて尋ねる。

「黒髪の女がカイラン様の愛人になりたいそうで、何度もキャスリン様に話していました。そのことに王女は怒って、黒髪の女の隣に座っているのも一緒に帰らせました。あと、双子みたいな女たちが蜂だって近寄ってきたのでキャスリン様の合図で足を引っ掛けて転ばせました。そのくらいですよ」

詳しくはないが、だいたいわかった。黒髪がランザイト、双子がハインス。ランザイトの隣の女は誰だ？　ハインスのことはライアンに後で詳しく聞くか。

「理解したか？」

奴は俺の問いに答えず騎士に向かい尋ねる。

「酷いことは言われなかったか？」

「……特には……羨ましいと言われていましたよ。黒髪がカイラン様に守られたい、世話がしたい、と」

「本当に蜂はいたのか？」

奴の問いに騎士は首を横に振る。俺は用の終わった騎士を下らせる。

「お前も下がれ」

知りたいことは知れたろう。

奴が消えた執務室にはソーマとハロルドが残った。

ソーマは懐に仕舞っていた手紙を差し出す。

静寂の中、封蝋《ふうろう》を割り手紙を読む。読み終えた手紙をソーマに渡し、読めと伝える。

「……いつ行かれますか？」

ソーマは読んだ手紙をハロルドへ渡した。

年寄りが俺を呼んでいる。俺が当主となってから呼び出されたことはない。

孫の婚姻にも興味を示さなかったが……今……呼ぶ意味はあれだろう。行かぬならなにをするかわからん……。

「ハロルド、ついて来れるか？」

珍しくソーマが動き俺に近寄る。

「馬で行かれるおつもりですか？」

「ああ」

反対だろうな……守りが薄くなる……だが……。

「行きます」

ハロルドの答えに頷く。

「明日、日の出と共に出立する。護衛騎士を三人用意しろ。あれには夜に俺から話す」

道が良ければ日暮れにはゾルダーク領に着ける……。

ハロルドは騎士と自身の旅の準備の手配に部屋から出て行った。

「ソーマ見張れ。あれを守れよ」

「旦那様に何かあればキャスリン様が悲しみます……お気をつけて」

「ああ」

「カイラン様にはいつ伝えますか？」

「明日の夕食まで気づかなければ放っておけ。気づいたら伝えていい」

10

目を覚ますと辺りはすでに薄暗く、日が落ちかけている時なのだと気づいた。寝室に侍っていたジュノが近寄る。

「お疲れでしたね、よく寝ていました」

掛け布をめくると茶会で着ていたドレスのままだった。

「旦那様がここまで運ばれて宝飾品も外してくださいました」

「どのくらい寝ていたの？」

「半時ほどです。着替えましょう」

「ええ」

ハンクも起こしてくれたらいいのに……馬車に乗ってから寝てしまったのね。

ジュノに手伝ってもらいドレスを脱いで着替える。寝てしまったから皺《しわ》がついてしまった。

膨らんだ下腹を撫でる。お腹《なか》が空いたわね。

寝室から出ると居室のソファにカイランが座って待っていた。

「起きたかい？」

「驚くじゃない……いつからいたの？」

ダントルはまだゾルダークの騎士服を着たままカイランの近くに待機していた。

騎士のことなど考えないのね。

「少し前だよ、疲れた？」

カイランはソファを叩《たた》き私に座るよううながす。

「そうね、座ってばかりだったけど疲れたみたい。久しぶりに令嬢達と話したから楽しかったわ」

ダントルから茶会のことを聞いたのかカイランの顔は険しい。

「無理してないか？」

「してないわ。カイランはとても人気があると教えてもらったわ。ダントル、お疲れ様。着替えてらっしゃいな」

ダントルは首を傾《かし》げただけで動かない。カイランは私に傷をつけるようなことはしないと思うけど。

「カイラン、気をつけてね。アビゲイル様はしつこかったわ。近づかないようにね」

アビゲイル様はしばらく表には出てはこないだろうけど、焦ってカイランに近づかれても困る。

「ランザイト伯爵令嬢は愛人失格か」

「そうね、彼女は妖艶《ようえん》な感じ……あなたは惹《ひ》かれない類《たぐ》いね」

カイランに顔を向けると黒い瞳から涙を流していた。まさか……アビゲイル様がよかったのかしら？　彼女は嫌だわ。

カイランの顔に手を伸ばして涙を払う。

「なんでもない。腹に触れていいか？」

「……ええ……」

いきなり泣いてなんだか怖いわ。

カイランは手で触れずにソファに寝転んで足を投げ出し、頭を私の膝に置いて腹に顔を向けている。

それは腹に触れていると言えないわ。ダントルが近づいたけど首を振って下がるよう伝える。

濃い青を撫《な》でると虚《うつ》ろだった瞳を閉じてまだ涙を流している……服に染み込むわ……。

何かあったのかしら？　ゾルダークの後継は荷が重いわよね……それでも私の子が育つまで頑張っ

てほしいわ。

私は何も言わずカイランが満足するまで放っておいた。

使用人が夕食を告げるまでカイランは私の膝に頭を乗せていた。重くないかと聞いてきたけど、泣いている人に重いからどいて、なんて言えない。もう二度とさせないから平気よと答えておいた。

＊＊＊

ソーマの言う通り、夫の勉強をしたほうがいい。

あの美しいドレスは父上が贈った……邸を出る時にはつけていなかった首飾りも父上が用意したんだろう。キャスリンを飾る物は手間と金をかけている。

よく考えればキャスリンがあんなに高価なドレスを頼むわけない。公爵家に嫁いでもつつましく暮らしているじゃないか。彼女の喜ぶことをするのはいつでも父上だ。

キャスリンは僕のことをなんとも思っていない。僕が愛人を作ることだって気になるのは女の階級と性格くらいだろう。僕が言った……愛する人ができたら話すと……そんなもの……このままではできないだろう。

僕はキャスリンが欲しい……腹の子の父親になりたいんだ。

＊＊＊

執務室に入るとハロルドとライアンが待っていた。俺はソファに座り、手を振って話せと合図を送る。

「ハインス姉妹はですね……王宮の医務室で父親を待つと言い張って診察を拒否しました。さすがに公爵令嬢の体に無理矢理触ることはできないので待ちましたよ。報せを聞いたハインス公爵が急いでやってきたら、妹は泣き出して姉はしどろもどろ。公爵は訳がわからず困り果て……僕が見たことを話しました。王宮の使用人は一部始終を見ていましたから呼んでおいたんです。公爵は使用人を問い詰め始めて……姉は困っていましたね。まだ指輪を外していないんですから。大きな指輪……あれに仕掛けがあったのかな？　宝石を加工して空洞を作りどこか押すと開くのかな？　蜂だ！　と妹の方が言い出したらしく騎士に駆け寄った……そして近くのキャスリン様にちくり……のところをダントルさんの足掛けで妹に刺しちゃった。何の毒かはわかりませんが遅効性でしょうね。青い顔はしていましたが発熱や発汗、呼吸困難などは発症していませんでした。さすがは公爵……使用人の話を聞いて姉の指輪に気がついて憤怒《ふんぬ》の表情の後に真っ青な顔になっていました。あれは事態を察しましたね。近衛《このえ》に頼んで妹を馬車まで運ばせて急いで帰りましたよ。もちろん口外禁止を言い渡されましたがその前に閣下に使いを送ったので時すでに遅し……なんの毒なんだろう？　妹は確かに刺さったと言いました」

「終わったか？」

「ハインス公爵が退室した後、医務室に陛下が来ましたよ。何が起こったか僕に聞いてきたので見たことを話しました。陛下も青くなって泣きそうな顔していたな……口外禁止は陛下には効きませんよね」

「毒が何か探れ」

「えー……それは……ハインス公爵は悪事が漏れないように動くだろうし……大変ですよ」

「それでも探れ」

不満顔をしてくるがハインスはライアンに任せる。俺は年寄りのほうを先に片付けなければならない。

俺が手を振ると渋い顔をするライアンは腰を上げて出ていく。

「用意は？」

「騎士三名は選びました。日の出と共に出立できます。旦那様の馬も準備は終わっております」

ハロルドの言葉に頷《うなず》く。

「出立まで休め」

俺の言葉にハロルドは頭を下げて執務室から出ていった。

指輪に毒が塗ってあったなら堕胎《だたい》の毒か……？　子を宿していない女がそれを受けたらどうなるか……無害か石女《うまずめ》か。二人共に手を下すが戻ってからでいい。引退した年寄りが何を言い出すか……手は打っておくか。

「風呂はあれの所で入る。そのまま共にいる」

俺は立ち上がり娘の部屋へ向かう。

夜が始まった時だろう……夜明けまでは長い。あれに話さねばならない。

「ソーマ、あれに何かあったら動け」

短くても三日は戻れない。そばにいると言ったのは俺だ。怒られても仕方がない。

＊＊＊

私が刺繍《ししゅう》をしている間にアンナリアとジュノが湯を運んでくれている。

あともう少しで空色のハンカチが縫い終わる。喜んでくれるといい。

アンナリアが最後の湯を貰《もら》いに行くため部屋を開けるとハンクが立っていた。私は立ち上がりハンクの元へ行く。

何かあったのかしら？　随分早い……共に湯に浸かる？

ハンクの着替えを棚に置いたソーマはメイド達をうながして部屋から出ていった。

目の前に立ったままのハンクを見上げる。

「湯に入ります？」

「ああ」

なかなか動かないハンクの手を引いて浴室へ向かう。

立ちつくすハンクの服のボタンを外して袖から腕を抜いてトラウザーズの腰紐《こしひも》を緩めて脱がしても動かない。

「閣下、外してくださいな」

私が背を向けると黙ったまま紐を緩めていく。

シュミーズは自分で脱いでハンクの手を引いて浴槽に座らせる。

いつものように膝に乗り温まる。まだ動く気配がない。私はハンクの手を掴《つか》み、子が叩く下腹にあてる。

ようやく指が動いて下腹を撫で始め、私の頭に口を落とした。

意識が戻ったようだわ。厚い体に寄りかかり上を見上げると黒い瞳が私を見つめていた。

困ったような顔をしている……やはり何かあったのかしら？

「日の出と共に邸を出る」

ハンクは唐突に話し出す。

どこへ行くの？　長く離れる？　私は見つめたまま続きを待つ。

「ゾルダーク領へ呼ばれた」

呼ばれた？　老公爵様に？　ゾルダーク領にハンクを呼べるのは一人だけよね。

「長くなりますの？」

答えが返らない。困り顔の頬へ手を伸ばす。

「外には出ませんわ、ダントルもつけます。閣下が望むなら部屋から出ません」

ハンクの唇が額にあたる。

「そばを離れる」

そばにいると言った私との約束を破るから困った顔をしているのね。

体を動かしてハンクと向かい合う。少し窮屈だけど太い首に腕を回して抱きついて頬を合わせる。

「心細いけど我慢します。必ず無事に私の元に戻りますでしょう？」

ああ、と小さく答えが返る。

ハンクが無事ならそれでいい。少し離れるくらい……想像すると悲しくなるわ。朝起きてもあの温もりはないのね。きっと寂しいわ。手のひらで頬を包み黒い瞳と見つめ合う。

「このまま日の出まで共にいてくれる？　行く前に起こして」

口を合わせる。きっと起こさず行くつもりだった。そんなの嫌よ、約束してほしい。

「四日以内に戻る」

「馬車で？」

馬車で往復してそのくらいなのに……向こうで何もできない……まさか。

「馬で行くつもり？」

答えないということはそうなのね。私のために最短で戻るつもりなの？　この人は私のことを常に考えてくれている。それだけ私のことを想ってくれている。本当は馬で行くことを止めなくてはいけないだろうけど、嬉《うれ》しさが胸に満ちる。

私は見つめ合っていた目をそらして肩に頭を乗せる。

「怒るか？」

そばを離れることを？　馬で駆けることを？　本当は馬で行ってほしくない……でも行くと決めた決意が私を満たす。目元が熱くなって涙が溢《あふ》れる。

「いいえ、無事に戻るなら怒らない」

「泣くな」

頭を置いていた肩に噛《か》みつく。歯を食い込ませて皮膚を破らないところで止めて口を離すと歯の痕がしっかりついている。それから首に吸いついて痕を残す。

離れていても想っていてほしい。

「いつもハンクを想うわ」

ハンクも私の肩に噛みついた。痛みに体が痺《しび》れて下腹が熱くなる。濃い紺色の髪をかき回す。

「ハンク……入れて」

ハンクは肩から口を離さずに陰茎を掴み秘所にあてがう。狭い浴槽の中で私たちは繋《つな》がった。上でも繋がりたくてハンクの髪を掴んで引っ張り、肩から引きはがして大きな口へ舌を入れて絡ませる。厚い舌を捕まえて私の中へ誘《いざな》う。

……ハンクの全てを私の中に……。

＊＊＊

やはり泣かれたが怒ってはいない。欲しがる陰茎を入れると触れていないのにこれの中は俺のぬかるみになっていた。秘所の入り口が鼓動し陰茎を締めて心地がいい。

髪を引かれて顔を見たが空色が潤んでいる……離れることに不安を感じているのか？

口を合わせて赤い舌を入れてくる。中は入れているだけでうごめき吸いつく。中に出してやりたい。これの中で出すと満たされる。腰が震えて激しく突きたくなる。

俺もお前をいつも想っている。お前よりも強く想っている。お前とゾルダークなど比べられん。腹の子よりお前が大切だ。子がお前を傷つけるくらいなら生まれなくてもいい……嫌われるから言わないが。

自ら尻を動かして快楽に浸っている。

この顔も美しい……。

空色の瞳から流れる涙を舐《な》めとる。腰を軽く上げると悦《よろこ》びの声を上げる。反《そ》らした白い首に強く吸いつく。

痛みがあるはずだ……それでも我慢しろ……戻るまで残しておくためだ。

痛みも悦びに変えてやる。吸いつきながら腰を回してひときわ強い締めつけに耐え、口を離すと満足するほど痕が赤くなった。腰を掴み上下に動かす。ぬかるみが陰茎を強くしごき細い腰を持ち上げて陰茎を抜き、湯の中に子種をまく。

空色が上から俺を見下ろして涙を流す。濡《ぬ》れた薄い茶の髪が細い体に巻きついて美しさを増した。

「……お前は何よりも美しい」

体を腕の中に囲い込み温める。

お前を奪われたら俺がどうなるかわかっているか？　全てを壊してやろう。それから俺も壊れる。年寄りが何を考えているか知らんが手を出すなら築いてきたものを全て破壊する。

夜明けまで少しでも長く共にありたい。これの体を拭いて夜着を被《かぶ》せ、自身を拭く。裸のまま抱き上げて寝台へ向かう。

まだ髪は湿っているが今夜は乾かす暇もない。横たえた体を冷やさぬよう布を腹にかける。

腹ばいになり細い足を肩に乗せて秘所を見つめる。舌を突き入れるとまだぬかるみのまま舌の侵入を悦び締めつけてくる。快楽で暴れる足に腕を回し、邪魔を許さない。突き込んだ舌で中の壁を撫で、溢れる液をすすり、指も入れると強く締めつけられる。達しても気にせず動かし続けて上から聞こえる悦びの悲鳴に聞き入る。指を増やし秘所の中で曲げ激しく擦ると足が強《こわ》ばり達している。鼓動を指で感じ尻の孔《あな》を舌で舐め回し濡らす。秘所から抜いた指で孔を撫でて少しずつ入れ込む。

抗議の声を上げているが今夜は我慢しろ。

突起を口に含み舌で皮をむいて強く感じる赤い塊を舌で転がす。愛《いと》しい娘はこれが気に入っている。

抑えきれない足が俺を叩くが痛くもない。

快感に孔の方は忘れている。指が根本まで入っていることなどわかっていないだろう。孔まで震えて悦んでいる。赤い塊を歯で挟み吸いつくと堪《たま》らんらしい。今までにない大きな嬌声《きょうせい》を上げ強ばっている。

指を締めつける孔はまだ狭い……無理をすれば裂けてしまうだろう。お前に傷はつけんがいつかここにも注いでやる。

秘所と孔をいじめすぎたせいか荒い呼吸と泣き声が聞こえる……だが足りない。

液で濡れた口を拭い、指は布で拭って空色の元へ行くと口からは唾液を垂らしている。

達しすぎたのか虚ろな目を天井に向けている。開いたままの唇に吸いつき意識を俺に戻す。

空色が俺を捉えて輝く。流れる涙に吸いつき舐めとる。

「意地悪ではない……愛《め》でている。恥ずかしくても今夜は我慢しろ」

わかったか、と言い聞かせる。まだ着ていた夜着を脱がせる。

前より大きくなった胸を手の中で揉《も》んでやる。頂を口に含み歯で挟んで舌で転がすとよがり、俺の頭を掴んでもっとと欲しがる。膨らんだ腹に陰茎を擦りつけながら赤みが増すまで愛でてやる。当分服が擦れても感じるだろう。

片方を指で転がし強めに潰すと俺の髪を強く掴んで震え出す。

四つん這《ば》いにさせて枕を重ね、抱いていろと愛しい娘に言えば、小さな体を丸めて白い背中を見せる。小さな背中を指でなぞるとその刺激も感じるらしく体を震えさせている。

覆い被さり尻の狭間で陰茎を擦りながら、白い肌に赤い痕をいくつも残す。

小さな尻を振り、秘所も孔も全て晒《さら》して俺を誘う。孕《はら》んだ腹が潰れないよう腰を持ち上げて孔にあてる。狭い孔に軽く押し込むが狭すぎる。

白い尻を撫でて待ち望む秘所へ陰茎を突き入れる。突っ伏した顔を上げて悦びの声を出し、頭を振っている。奥に届かぬよう激しく膣壁《ちつへき》で陰茎を擦《こす》る。中は温かくぬかるみ俺を締めつけ蠕動《せんどう》する。

ほぐした孔にも指を突き入れると中で俺を感じる。空色は顔を枕につけ声を殺しているようだ。

「声を聞かせてくれ」

こんなに俺を満たすのはお前だけだ。

「ハンクの子種ほしい」

中に欲しいか……だが子のために我慢を強《し》いられている。

「もう少し腹が膨れたら出してやる」

孔から指を抜き、細い体に腕を回し抱き起こし後ろから腹を撫でる。

だいぶ膨らんだな……傷つけてくれるなよ……。

胸を揉みながら後ろから突く。口からは愛しい声が鳴り止まない。首を反らして上げた顎を掴んで口を合わせ俺の唾液を流して飲ませる。喉を鳴らし動くのを手のひらで感じとる。

強い締めつけに満たされて陰茎を抜き寝台に子種をまく。

口を離すと空色が俺を見つめ瞳を潤ませて小さな声で俺の名を呼ぶ。


メイドがシーツを替えている間、水差しから直接含み空色の口を覆って流す。

「もっと飲むか？」

赤い唇を開けるのは欲しい合図だ。温《ぬる》くなった果実水を与えてやる。

メイドが出ていった後、新しいシーツの上に横たえて置かれた盥《たらい》の湯で体を拭いていく。

前は恥ずかしがっていたが今は抵抗もしない。体に力が入らないのも原因だが……。

下着を穿《は》かせ夜着を着せて布をかけ、自分の体を固く絞った布で拭き夜着を着こむ。

掛け布をめくり腕に小さな頭を乗せて後ろから抱き込み膨れた腹に触れて、いつものようにこれを傷つけずに生まれろと伝える。夜明けまではこのまま離れないで温めていたい。

寝たか？　話さなくなったな。頭を撫でると指が俺の腕に触れて動く。起きてはいるようだ。

「必ず起こして」

「ああ」

頭に口をつけて約束をする。強行軍になる……俺も寝なければならない。

「眠れ」

小さな頭が頷く。俺も目を閉じ薄茶の頭に頬を擦りつける。


扉を叩く音が聞こえる。目を開けるとまだ月明かりの暗さだが夜明けが近い。

「キャスリン、起きろ」

後ろから伝えると腕の中で体が反応し頭を揺らした。向きを変えて向かい合う。

「無事に戻ると約束して」

額を合わせ、ああと答える。

「俺もお前を想っている」

空色が潤む。涙を耐えようと目に力を入れている……この顔もいい。指で頬を撫でると涙が落ちた。

「外は花園だけだ……騎士は近くに置け。外部の者は邸に入れるな。年老いた使用人には気をつけろ。念のためだ」

薄茶の髪を指に巻きつけて口を落とす。口を合わせ、掛け布から出てガウンを羽織る。

扉を開けるとソーマが待っていた。ソーマを連れ居室を出て外に立つ赤毛の騎士に向けて告げる。

「警戒しろ」

騎士が頷いたのを確認してから自室へ向かう。

簡素な服に着替えマントを羽織って厩舎《きゅうしゃ》に向かう。

すでに騎士が三名とハロルドが馬に跨《また》がっていた。馬丁《ばてい》に渡された馬に乗り上げる。

空が白み始め、俺を先頭に駆け出す。天気は良い、このまま行ければ暗くなる前にはゾルダーク領に入る。

＊＊＊

行ってしまったわ……そろそろ夜明けなのね。

もう隣の温《ぬく》もりはなくなってしまった。ハンクの匂いが残っている枕を抱きしめる。

運が良ければ四日以内……年老いた使用人に気をつけろとハンクは言っていた。老公爵の手の者ということよね。

私がハンクの子を授かっていると報告されたのね。叱責？　警告？　ハンクは何を言われるの？

私は何かされるの？　腹にゾルダークの子がいるのよ……危害は加えないはず……でも産んだ後は？

私は厄介《やっかい》な存在よね……ハンクの弱みになっている。ハンクの邪魔になるのなら消されても仕方ないけど、それはハンクが許さない。老公爵は何を考えているのか……私は一度も会ったことがない。

ハンクはいつも私を想ってくれている……知っていたわ……毎日感じていた。

たぶん……腹の子より私を選ぶ……だから私は私を守らなければならない。

必ず戻るわ……カイランを盾にしても私を守る覚悟が必要ね。

腹を撫でて明るくなり始めた部屋の中で私の黒鷲《くろわし》を見つめる。

＊＊＊

王都の端にある宿で腹を満たすため休憩をとる。

出立を決めた時点で人数分を用意するよう早馬を出しておいた。

「雲の様子から雨の心配はないでしょう。何事もなければ日暮れには入れます」

ハロルドの言葉に頷き、四名に告げる。

「邸に着くまで休憩はとらん」

食事はここで最後だ。馬上で水を飲めばいい。日が暮れても松明《たいまつ》を使って進めば邸に着くだろう。

あれは起きたろうか……不安にさせることを言ったが警戒しておけば対処できるだろう。あれは敏《さと》い。

胸に入っているゾルダークの家紋入りのハンカチを親指で撫でる。

公爵が持つには余りにも質が劣る布だが……空色は間に合わなかったから仕方がない。

宿で水を補給し馬上に戻る。王都を出れば周りを気にせず馬を駆けられる。民家と同等の価値のある馬だ、最後まで持つだろう。

＊＊＊

いつものように昼過ぎにダントルを連れて花園を歩く。日傘はダントルが持ち、私は花を愛でながら四阿《あずまや》まで歩いてソーマを見つけた。先回りして待っていてくれたみたいね。

ハンクが花を踏み潰した後に曲がりくねった歩道を歩かなくても四阿に辿《たど》り着く近道を作るよう庭師に命じた。

四阿の椅子《いす》に座るとソーマが果実水を器に入れてくれる。

ソーマとここにいるのは初めてね……毒を警戒しているのかもしれない。子は狙っていないでしょうに。

「ハロルドが共に行ったの？」

ソーマでは馬で駆けることはできない。

「左様でございます」

冷たい果実水を飲み込む。

「気苦労をかけるわね」

ソーマは馬車を勧めたはずよ。

「キャスリン様、茶会では冷静に対処されたようですね」

「先に聞いていたもの。それぞれの思惑を知っていると周りがよく見えるのね。アビゲイル様は予想より執拗《しつよう》だったけど言葉だけの攻撃は効きもしないわ。ハインス姉妹が何を仕掛けるかわからなくて……でも花を見に行くと言い出したから警戒したわ。それまでは王女が間に入っていたから何もできないと安心していたの。大きな声に目を向ければ……ウィルマ様の嵌《は》めていた大きな宝石付きの指輪が回されていたのよ、手のひらの方にね」

私はソーマに手のひらを見せ、ここよと指をさす。

「よくご存じでしたね」

「弟のテレンスのおかげなの。あの子、十の年に図書室に籠ってね、何ヵ月もかけて読破したのよ。面白《おもしろ》い書物は家族に教えてくれるの。その中に暗器の世界、なんてものもあって事細かに語ったのよ。宝石を模して中は空洞で仕込み針に毒、刺すには指輪を回して蓋を開けて相手に触れる。まさか役に立つなんてね。ウィルマ様の指輪が手のひらの方に見えて、それでダントルに転ばせたの。触らせなければ危険はないもの」

転んだウィルマ様を見ながら今度テレンスに何か贈ろうと思ったのよね。

「閣下が背後にダントルを置いてくれたおかげよ。私が避《よ》ければマイラ王女に刺さっていたかもしれないわ」

ダントルが背後にいなかったらマイラ王女に刺さろうと私は避けたわ。大事なゾルダークの子を守らなくてはね。

ソーマは頷き、納得したようだ。

「旦那様が戻るまでジュノとダントルを居室に置いてください」

もちろんハンクは承知の上よね……否はないわ。居室の長椅子はダントルには小さいのに。

「寝室にジュノを寝かせてもいいかしら？」

寝室にも長椅子はあるもの。いくら長い付き合いでもね……気を使うわ。

「はい。カイラン様には旦那様がご不在のことを伝えておりません」

ハンクが教えなくていいと判断したのね。

「問われたら答えるの？」

はい、とソーマは答える。

カイランが事態を知っても何も変わらないわ。特に私からは告げなくていいのね。でも自分だけ知らなかったと気づいたら腹を立てそうね。また泣かれても困るわ。

「夕食は私の部屋に運んでくれる？　大人しくしているわ」

「承知しました」

ソーマは四阿から離れていく。

「ダントル、長椅子で眠るのよ、眠れる？」

「眠ると言っても仮眠ですから座るか床に腰かけますよ」

ダントルに休みを与えていないわ。

「閣下が戻ったら休んでね。倒れては困るわ」

ダントルは首を傾げ答えない。信頼できる者を増やしたいわね。

＊＊＊

食堂に父上とキャスリンが現れない。トニーに聞いても知らないようだ。使用人に命じてソーマを呼ぶ。

「父上とキャスリンはどうした……共にいるのか？」

まだ夜も始まらないのに二人で共にいるのか？　キャスリンに何かあったのか？

「旦那様はゾルダーク領へ呼ばれて向かいました。キャスリン様は自室で休んでいます」

「お祖父様に何かあったのか？」

父上が向かうなんて……何かあったのか？　外は静かだったのにいつ発《た》った？

「大旦那様に呼ばれて向かいました」

お祖父様に呼ばれた？　そんなこと今まで聞いたこともない。まさか……キャスリンのことが知られたか……それなら僕のことまで報告されただろうな。

「なぜ僕に報せない！」

わかっている……僕に報せたところで何も変わらないからだ。頼りにならない、そう思われている。

「キャスリンの調子は悪くないんだな？　彼女は安全なんだな？」

ソーマは黙って僕を見ている。危険なのか……お祖父様はお怒りなのか？

「お守りしています」

そうだろうな、キャスリンに何かあったら父上は激昂《げきこう》するだろう。赤毛の騎士など守れなかったら殺されるかもしれない。

父上はいつ帰ってくるのか……キャスリンは昨日茶会でひどい目にあったのに今日から父上がいないなんて不安だろう。

＊＊＊

もう太陽が沈む。半時前にはゾルダーク領に入った。もうすぐ暗闇に包まれて前に進めなくなる。

「松明を作れ」

「旦那様、道が見えません。馬を走らせるのは無謀です」

停止の合図を送る。

「走らん。歩く」

無事に戻ると約束した。数刻歩けば真夜中には着くだろう。

「ついて来れるか？」

一日馬上で揺られたんだ……疲れていることなどわかっている。ついてはいけないとは言えんだろうが、覚悟を聞きたい。

四人が同時に頷く。それぞれ松明を持ち暗闇が訪れるまで進む。

ゾルダーク公爵領の邸は川や森まである広大な敷地だ。何年も訪れてはいない。

暗闇が始まった。馬から降りて松明を掲げて歩き始める。

あれは今何をしている……守られていてくれ。


暗闇の中、松明のみを光源にして馬を引いて進む。何度も通った道は何も変わってはいない。

疲れなどとうに越え、誰も言葉を発しない。

よくついてきた……帰りも無理をさせる。王都に戻ったら褒美が必要だ。

どれほど歩いた……かなり歩いた……二刻は歩いている。夜中に近い時だ。

「止まれ。邸の囲いだ」

邸の周りを囲っている柵に行き着いた。これに沿って行けば門が現れる。

「馬に乗って進む」

足の肉刺《まめ》はとうに潰れた。靴の中は血塗《ちまみ》れだろう。囲いに沿って馬を歩かせるなら危険もないはずだ。各々馬に乗り上げるが、限界が近い。よろめく者もいる。悪いがついてこられないなら置いていく。

「行けるか？　動けぬ者はここで待て。迎えを寄越す」

俺は進む。ここなら邸に着いてから誰かを送れば済む。

体が資本な騎士は頷くがハロルドにはきついだろう。

「ハロルド、無理をするな。どうせ年寄りに会うのは朝を過ぎてからだ。お前には共に戻ってもらわねばならん」

ハロルドと騎士を一人置き、先に進む。

騎士の替えはいてもハロルドの替えはいない。あれの子はハロルドに導かせる……ここで失《な》くすわけにはいかん。

馬に乗りながら二人の騎士に告げる。

「褒美を考えておけ、王都に戻ったらやる」

返事すらできなくなっているが聞こえただろう。半時をかけて門まで辿り着く。

「ハンク・ゾルダークだ。開けろ」

常駐する門番に告げ、腕を上げてゾルダーク当主の指輪を見せる。

門番が鐘を叩いて邸に報せ門を開け、道を進む。石の上を歩く蹄《ひづめ》の音が暗闇に響き、半時経《た》たぬうちに松明で照らされた邸が見えてきた。

報せを聞き扉の前で待っていたのは昔馴染《なじ》みの老執事だった。

「門を左に出て馬で歩いて半時のところに王都から連れてきた部下が二人いる。馬車で迎えに行ってこい」

老執事の横で聞いていた使用人が動き出す。

「連れてきたのは四人だ。休める部屋を用意して五人分の風呂の準備もしろ」

老執事は笑顔で無言だ。ソーマよりも年上の執事は俺が物心つく頃から老人だった。

ついてきた二人の騎士は使用人に連れられ邸の中に入った。俺は自身の部屋へ向かい歩く。

何年も入っていない自室は清潔に保たれて、最後に見たときと変わらず目の前に現れる。

数人の使用人が急いで風呂に湯を運ぶ。頭まで覆うマントを脱ぎ、後ろについてきた老執事に渡す。

ソファに座り靴を脱ぐと靴下はやはり血塗れになっていた。使用人が湯の入った盥を足元に差し出す。足を湯に浸すと赤が漂う。供にした奴らも同じだろう。

「オットー、全員に薬を渡せ。簡単なものでいい……食べさせろ」

老執事は頷きながら布を渡す。潰れた肉刺を布で押さえて血を止める。風呂までまだかかるだろう。

「そこまで溺れておられますか」

「ああ」

王都の邸の状態は把握しているんだろう。目の前に立つ笑顔の老人の問いに答えてやる。

「昼前には用を済ませたい」

「大旦那様にも予定があるのですよ」

「そんなものは知らん。用が済んだら戻る」

呼び出したのはそっちだ。

使用人が寝室から消えた。風呂の用意は終わったようだ。埃《ほこり》と汗が染み付いた服を脱いでいく。床に脱ぎ捨てていくものをオットーが拾い上げ、ついてくる。湯を桶《おけ》ですくい、数回頭からかけると砂埃の混ざった湯が流れていく。浴槽に浸かり足を揉みこむ。

「小柄な普通の令嬢、魅力的とは聞いておりませんが」

まだ解《げ》せんか。あれのことを理解してもらうために来たのではない。

オットーの独り言《ひとりごと》は無視して石鹸《せっけん》で頭を洗う。泡を流してまぶたを閉じる。

あれは黒鷲を見ているだろうな。俺といてもよく撫でている。

「オットー。服を寄越せ」

汗臭い服の中からハンカチを出して湯で洗う。固く絞り浴槽のふちにかける。

朝食の後に用を済ませれば戻りは無理をしなくて済むか……。

捨てられた服を拾い上げた老執事のため息が聞こえる。

「遠い国の媚薬《びやく》でも盛られましたな」

早く出ていけばいいものを……小うるさい老人だ。

立ち上がり綺麗《きれい》な湯を頭からかけて浴槽から出て体を拭いて寝室へ向かう。体を拭いた布でハンカチの水分を取り椅子にかけておく。戻る頃には乾くだろう。夜着を着込み、足に軟膏《なんこう》を塗り清潔な布で巻く。それから置かれてあるパンを食べる。

「朝食は多めに出してやれ」

朝しか食べずに来ている。一晩眠れば力も戻り腹も空くだろう。

「ソーマは坊ちゃまを甘やかしすぎですな」

水差しから直接水を飲む。パンを流し込み寝台へ向かう。掛け布に潜り込み目をつむる。

久しぶりの一人寝になる。あれは寂しくて泣いているかもしれん。

体は限界だった……オットーが出ていく音にも気づけないほどだ。

＊＊＊

夕食は自室でジュノとダントルと共に食べて部屋の外には出ないよう籠ることにした。

食事もソーマとアンナリアが運び、怪しい者は近づけないよう気をつけた。

風呂も体を温めるだけにして残り湯をジュノに渡す。久しぶりに湯に浸かるのだろう、珍しく笑顔を見せるジュノが微笑《ほほえ》ましい。ジュノもお仕着せではなく夜着に着替えて眠る。寝室の扉の鍵をかけて寝台に横になる。

「閣下は今どこにいるかしら……」

黒鷲に手を伸ばして滑らかな頭を撫でる。

私は待てるわ……腹の子と待つ。ハンクが無事に戻るならいつまでも待つわ。

「お嬢様、眠りましょう。刺繍を完成させなくては」

ジュノがソファに座り私が眠るのを待っている。戻ってきたらすぐに渡したい。随分上手《うま》くなったのよ。気に入ってくれるといい。

「おやすみ、ジュノ」

「おやすみなさいませ、お嬢様」

目をつむり、枕を抱きしめながらハンクを想う。

＊＊＊

扉が叩かれる音に目を覚ます。起き上がり腕や足を揉んでほぐす。足に巻いた布を剥《は》がすと血が滲《にじ》み出す。軟膏を塗り清潔な布で巻き直す。

出されていた服に着替え寝室から出ると使用人が湯の入った盥を机に置いていた。手を振り下がるよう命じる。固く絞った布で顔を拭い、口をすすぐ。朝食を持った使用人が部屋に入り机に並べていく。端から食べ始め飲み込んで器に入った水を飲み、また食べる。出されたものを全て腹に入れ、寝室へ戻る。羽織ってきたマントは埃を払われ、壁に掛けてあった。

ハンカチはほとんど乾いている。そのまま畳み胸に入れておく。扉が叩かれ返事をするとハロルドが顔を出す。

「食べたか？」

「はい」

そういうが顔色はよくない。歩き方がおかしいな……やはり肉刺が潰れたか。

「軟膏は塗っているな？」

頷いているなら騎士にも渡っただろう。

「半時後にお会いできます」

「そうか」

予定などなかっただろうに……オットーの奴。

「騎士はどうだ？　動けない者は出たか？」

ハロルドは首を横に振る。

「褒美を考えておけ」

無言だな。騎士も無言だったが返答に困っていたのか？　戻ったらソーマに聞くか。

「王都へ戻る仕度はどうしますか？」

「しておけ」

俺に用などないんだ。戻りは休憩を入れながらになるだろう。

黙り込んだ俺に頭を下げたハロルドは部屋から出ていった。

また軽く眠りについていたようだ……扉を叩く音が大きい。入れと答えるとオットーが扉を開けて入ってくる。

「疲れているなら寝台で休んでください」

「どこだ？」

オットーはため息をつきながら答える。

「執務室でお待ちですよ」

俺はソファから立ち上がり向かう。廊下にはハロルドが侍っていた。

休んでいればいいものを……後がつらくなるぞ。

俺の後ろをオットーとハロルドが続いて歩く。年寄りのいる執務室の扉を叩き、返事を聞かずに開ける。

執務机の奥に座る自身の父親を見るのは久しぶりだ。年を取ったな……俺もああなるのか。

俺はソファに座り相対する。

「随分早いな」

「用はなんだ？　遺言か？」

普通ならばそれくらいしか俺を呼ぶ理由がない。

「死ぬのはまだ先だ。息子の嫁を孕ますのはいいが惑溺は見過ごせん。ゾルダークの男が女に金を使い……体に溺れるなど許せんな」

「だったらなんだ。娘を殺すか？」

「ゾルダークの子を宿しているのだろう？　今は殺さんよ。なぜ息子に媚薬を使わなかった？　あれではゾルダークの当主は無理だぞ、弱すぎる。気がふれようが子種を出せば解決したろう。あの息子が可愛《かわい》いのか？」

媚薬に馴《な》らされているとはいえ大量に盛られるか未知の薬を盛られれば気がふれてしまう。子は一度ではできない。何度も盛らなければならない……確実に壊れる。

「お前の息子は凡庸だ。お前並みの精神を持てないならば不要だ。種馬にすればよかったのだ」

年寄りは引き出しから小瓶を取り出し机に置いた。

「王の息子に効いたんだ……あいつにも効くだろ」

アンダルを嵌めたのは年寄りか。

「隣国に王子を売ったか」

「はっ！　馬鹿言うな……唆《そそのか》しただけだ。うまい具合に王妃の生家が動いたのを手伝った。これも渡したがな」

指で小瓶をつつく。

「王は喜んでいただろ。馬鹿な息子のおかげで国が富を得た。一度なら副作用はないが幾度か使うと気がふれる。腹の子が生まれたら息子に嫁を渡せよ。子ほど年の離れた女に溺れるなどゾルダークの恥だぞ」

「それはいらんと言ったらどうなる」

小瓶を見やり年寄りに尋ねる。

「お前には愛情など仕込まなかったがどこで覚えてきたのか謎だな。報告は正しかったか……わしの言うことは聞かんようだな。せっかく孕ませたが孫の後妻はわしが探す。もう帰れ、急いで帰れよ。最期には間に合うかもしれんからな」

手を振り退室をうながす年寄りを睨《にら》み教えてやる。

「娘に傷をつけたら種馬の孫はいなくなるぞ」

年寄りから余裕の表情が消える。あれがいなくなれば俺が元に戻ると見誤ったな。

「奴に媚薬を盛るのは面倒だったから俺が孕ませただけだ。貴様の言う通り愛情など知らん。何が愛かもわからん。そんなものと同等にしてくれるな。俺からあの娘を奪うなら全てを破壊してやる。貴様が築き上げたゾルダークも国も全てだ」

　部屋には沈黙が流れる。

　俺は息子を殺すと言ったんだ……守ろうとしても遅れをとったな。ゾルダーク領から帰さなければその計画は実現したろうがな。

「息子を殺すか。愛ではないなら執着だぞ、手放せば元に戻る」

「離さんと俺が決めた。娘が願っても離さん」

＊＊＊

　ギースはため息をついた。感情を創らなかった反動がこれなのかと。

　生まれたばかりの赤子に母親の愛を与えず、乳母にも可愛がることを禁じ、同じ年頃の子供との触れ合いを避け、厳しい教育と体の鍛練、常人より優れても褒めず、喜びを与えず、義務的な会話しかしない環境を作った。

　強い精神と人情などない性根を創れて満足していたのが四十でこの様。ディーターの娘を娶《めと》った結果、己の成果を壊された。その娘のせいではない……孫のせいでもない……頭のおかしい息子の嫁でもない……ギースは天に負けた思いがした。

　巡り合わせにまで手は届かない。

＊＊＊

腹が立ったらしい年寄りが小瓶を俺に向かって投げたが難なく受け取る。

「娘が襲われていたら孫の命は無いんだな？」

「そう言ったろ？　耄碌《もうろく》したな」

俺は出立前夜、ソーマに命じていた。

何者でも……あれを傷つける動きを見せたら執務室の棚に隠してある瓶の中身を奴に飲ませるようにと……死にはしないと。

「帰れ……用などもうない！　帰れ！　娘の亡骸《なきがら》でも抱いていろ！」

俺は立ち上がり急いで部屋から出る。後ろに続くハロルドに合図を送り戻る準備をしろと伝える。

自室へ戻りマントを羽織って扉に向かうとオットーが立ちふさがっていた。

＊＊＊

立ちふさがる私を上から睨む坊《ぼっ》ちゃまは年を重ねるにつれて険しさを増している。若い令嬢がこれを相手にするなどまだ信じられないが、坊ちゃまの肩の歯型と首の鬱血《うっけつ》痕は執着の証《あかし》にしか見えない。

まさか……坊ちゃまから願ったのか？　なんと面映《おもは》ゆいことだ。

「急がれますと怪我《けが》をします。騎士らも疲れが取れていないでしょうに……無理を言ってはいけない」

「どけ」

「坊ちゃまの娘は無事です。大旦那様の言ったことは真実ではないのです」

顔の険しさが取れないか……座って話したいのだが動けないな。

「向こうの子飼いには警告を命じただけです。安心なさい」

　ますます顔が険しくなるのはなぜだ？

「近寄ることは許さん」

　これは……溺れているなんてものではない……狂っているように見える。若い娘の体は恐ろしい……。

「娘に傷をつけていたら……このオットーがギース様を殺しましょう。ですから戻る道程は余裕を持っていただきたい」

　ふむ……目元が少し柔らかくなったな。大旦那様を殺すと聞いて落ち着かれたかな？

「娘が傷ついていたら……年寄りもお前も子飼いの奴らも……俺が直接殺す」

　これは……すごい……ゾルダークを壊滅させるか……。

「その娘に出会えてようございましたな」

　ここまでならば手を出すのは悪手だな。

「ああ」

「今は昼前です。今出ますと野営になりますよ。馬車で向かい夜は中で休まれては？　連れてきた従者は限界でしょう」

　落ち着いてきたかな？　あの従者の顔をよく見ればわかるものを……心が急《せ》いている。

「朝を迎えましたら馬車は捨ててください。そこから馬で駆ければよろしい。明日の夕には着きます」

　ここで坊ちゃまを失うことはできない。カイラン様は当主の器ではない。

「本当にカイラン様を殺す指示を？」

「ああ」

そうか……息子など比べられないほどか。坊ちゃまの弱みができてしまったな。

「娘は俺の命を握っている。あれを奪うならば全て終わると理解しろ」

「そんな怖い顔をなさると若い娘は逃げますよ」

私は坊ちゃまが生まれてから知っているが……娘のことを想うと笑うのか……これはあり得ないものを見た心地がするな。大旦那様が見たら心臓が止まってしまう。

「あれはこの顔を気に入っている」

そんな馬鹿な……娘が盲目だとは報告にない。美醜のおかしな娘なのかもしれない。

「ようございましたな」

「ああ」

この強面《こわもて》を気に入っていることが事実なら……二人の出会いは未知の采配か……。

「ならばすべての力をもって守らねばなりませんね。ゾルダークの後継も宿している」

「ああ」

なぜ坊ちゃまのような威圧がカイラン様に受け継がれなかったのか。王とも対等に渡り合える胆力はどうやって造られたか。

育てるのに愛情を与えなくても……結局唯一を見つけ愛を注いでいる。

なんとまぁ……老人に向かって殺気を放ち睨みつけるとは……恐ろしい。

「オットー、よく聞け。娘がこの先……事故にあってもゾルダークは終わる。病気になってもゾルダークは終わる。すべて年寄りを疑うぞ」

これを伝えれば大旦那様の対応が変わるだろう。子を産んでから少しずつ消そうとしても無駄か……娘を殺すより守っているほうがゾルダークは繁栄に向かうか。

「伝えておきます。早いですが昼食にしましょう。馬車の用意もしなくては」

「ああ」

落ち着かれたのかマントを脱いで壁にかけた坊ちゃまはソファに腰を下ろした。

「坊ちゃま、その娘は刺繍が得意ではないようですね」

事実を言っただけの老人を睨むとは大人げない。

「初めて刺したんだ、味があるだろ」

坊ちゃまが惚気《のろけ》ている……？　恐ろしい……若い娘は恐ろしい……。

＊＊＊

キャスリンはダントルを連れていつもの花園へ向かう。

ハンクのいるゾルダーク領の天気はいいのかしら？　王都はよく晴れている。

曲がりくねった歩道を歩いていると庭師が花を植え替えていた。

珍しい……私が散歩をするときに作業をしているなんて。

庭師もこちらに気づき近づいてくる。ダントルが間に入ったから私からは庭師を確認できない。

「若奥様、ギース様は全てを知っております。若奥様をよく思ってはおりません」

私はダントル越しに話しかける。

「その声はサムね。綺麗な花をいつもありがとう」

サムが動き出す気配はない。

「閣下が若い娘に骨抜きなのでしょう？　陛下に言われて骨抜きの意味を調べたのよ。周りからはそう見えるのね……なぜ誰も私が閣下に骨抜きだと思わないのかしら？」

「ギース様は女性を軽んじております。若奥様を亡き者にしてカイラン様に後妻を連れてくる方がゾルダークのためだと……危害を加えるかもしれません」

サムは心配してくれているのね。

私が消えれば元に戻れる……この歪《いびつ》な形を直せる。真っ当な考えね。ただもう遅いのよ……私が消えても直せないわ。ハンクの狂う様が想像できる。

ハンクと話して理解してくれるかしら？

私はダントルの横から顔を出してサムを見つめる。

「サムは私が消えた方がゾルダークのためになると思う？」

サムはきっと老公爵に雇われている。それだけ長くゾルダークに仕え見てきた人物……そんな彼が今の状態をどう思っているのか気になった。

「旦那様は色欲に狂ったようには見えません。ただ若奥様を愛しているだけです。若奥様が亡くなれば旦那様は悲しみ……ゾルダークは衰退していくと私は思うのです」

「私に危害を加えるよう老公爵様が命じたの？」

答えは返らない。沈黙が認めていると教えてくれる。

「大旦那様には諭《さと》すよう命じられました。旦那様から離れカイラン様の元へ戻れと、でなければ」

私など消す、ということね。

カイランが後妻を娶れば次は閨《ねや》が怖いなどと言わないわよね。それが正す方法ね。

ハンクにはなんて言っているのかしら？　同じようなことを言われている？　もっと酷《ひど》いことを言

われているかもしれない。

「私が消えたら閣下は狂うわ」

サムは目を見開き驚く。それほど驚くことを言った覚えはないけど狂うとは思わなかったようね。

「私と閣下は離れられないの。サム、まだ老公爵様の子飼いがいるの？　私を狙っている？」

サムは頷く。

「私はハンクのために私を守らなくてはならないの……ハンクが強くあるためには傷などつけられない。子飼い仲間に話してみて……ハンクがおかしくなるのは確実よ。教えてくれてありがとうサム。私はゾルダークの庭が大好きよ、いなくなったりしないでね」

サムはここの庭の管理者だ。私に告げて消えてしまったら困るわ。

「若奥様が嫡男を産みなさったら傲慢《ごうまん》になり、旦那様を操りゾルダークを衰退させると我々を説き伏せています」

よくある話ね。嫡男を産んだ嫁は高慢になるのは仕方ないのよ。大仕事を成して周りにも褒められるし感謝される。

「心に刻むわ。ゾルダークの後継に相応《ふさわ》しい、閣下のような子を望んでいるの。私が育てたいのよ。子の見本になるよう生きなくてはね」

サムは頭を下げ、花園の奥へ消えていった。

「お嬢、報告しますか？」

「いいえ、閣下が戻ったら私から話すわ」

皆、ゾルダークを心配しているだけよ。私が謙虚に生きていれば……子を立派に育てれば不満はないでしょう。ハンクが私に貢《みつ》ぐからねだったと思われているのかしら？　戻ったら一言言わなくては。

「まだ安心はできないわ。警戒は続けてね」

＊＊＊

錆《さび》色の扉を叩き中へと入る。大旦那様はこちらに背を向けて庭を眺めている。紺色の髪はほとんどが白くなり、体も一回り小さくなられた。

「この先、娘の身に何か起きれば全て大旦那様の指示だと決められましたよ。私もろとも殺すそうです」

大旦那様は外に向け声を発する。

「病死もか？」

「はい」

病死に見せる毒など大旦那様なら持っている。考えていた選択肢の一つが消えてしまった。

「ゾルダークの繁栄を望むならば娘には何もしないほうがよろしいでしょう」

「狂いおって」

その通り、狂ってしまわれた。若い娘と出会い感情を持たれた。

ハンカチを自ら洗う公爵家当主などいないだろうに。

「ゾルダークの財産目当てだとわからんのか」

訂正したほうがいいのだろうな。しかし、信じないかもしれない……心臓によくないかもしれないが誤解は解いたほうがいいか。

「報告では娘自身が購入したものに目のつくほど高価な物はないとありましたでしょう？　それにハ

ンク様のお顔が気に入っているとおっしゃっていましたよ」

「馬鹿を言うな。そんなことあるか」

信じなかったか……無理もない……私も疑っている。

相当な手練《てだ》れなら坊ちゃまを騙《だま》せるが普通の令嬢としか報告がきていない。

「大旦那様の目で確認してみてはいかがです？」

坊ちゃまが若い娘と話しているところなど死ぬまでに見てみたいものだ。

「断る」

ならば一人で行くかな……後悔はしたくない。見るに値するものかもしれない。

「あの世へ行く前に私は見てきます。大旦那様には私が直接報告いたします」

この年で楽しみができるとは長生きはするものだ。

＊＊＊

馬車が二台用意されていた。連れてきた騎士達は馬に乗ると言ったが体力を回復、温存し夜営地から日の出と共に出立すれば休憩を入れても明るいうちに邸に着ける。そのためには騎士達にも休息を命じ馬車に乗せた。

「ハロルド、眠れ。顔が酷いぞ」

騎士三名はもう一台の馬車に乗り、俺はハロルドと共にいる。

「本当にカイラン様を殺す指示をされたのですか？」

「ああ」

あの秘薬を飲ませることはある意味殺すことになるだろう。いくら媚薬を盛っても子が宿らんのなら奴は気がふれて死ぬだけだ。同じことだ。

「俺は狂っているように見えるか？」

ハロルドにはあれの子を導かせる。このくらいで怯《ひる》まれては他の者を用意せねばならない。

「いいえ、知らされてはいなかったので確認いたしました。大旦那様に偽りをおっしゃっていると思いましたから」

嘘《うそ》は言わん。

年寄りの子飼いは多いだろう……あれには誰が近づいたか……警告ですらあれを不安にさせてしまう。

「あれの産む子はお前が導け。無理ならば早く言え」

ハロルドの細い目が開かれる。導くには年が離れすぎているが。

「お前の後継も探せ。度胸と冷静さを持ち忠誠心の厚い者を複数の中から見定めてもいい。貴族出でなくとも孤児でも優秀な者を選別するんだ。若くても目についたら候補に入れろ。金ならいくらでも使え」

「かしこまりました。しかし旦那様、女児の可能性もあります」

男が生まれると確信がある。

王家に金髪碧眼《へきがん》が必ず出るようにゾルダークに女の誕生の記録がない。数世代は子が一人のみも多い。あの年寄りも後妻は娶らずにいた。あれには何度も孕ませたいがゾルダークの血が許さなければ叶《かな》わないだろう。

家系図を見るにゾルダークの男は子に興味が無いのか血を外に出すのを厭《いと》うたか、増やそうとしなかった。ただ記載がないだけで処理されているのならわからんが記録ではそうなっている。

俺があれに子種を注ぎ続けて歴史を変えてみるのも面白いな。

「男だろうよ」

ハロルドは解せない顔をしているが過去の記録や家系図の話はソーマから伝わればいい。

休め、と命じて自身も目を閉じる。明日にはあれの元へ戻れる。

＊＊＊

花園の散歩以外は部屋から出ないことにした。

サムと話してから特に動きもなく誰か近づくような気配はないけど気は抜けない。

カイランが部屋を訪れて共に紅茶を飲もうと誘われた。とくに断る理由もなく話したいこともあって誘いを受けた。

私は隣に座るカイランに紅茶を勧め、私は果実水を飲む。最近は紅茶より果実水が飲みたくなる。

「父上は馬車の中かな」

伝えるなとは言われていないから事実を伝えてもいいのよね？

「閣下は馬で向かわれたわ」

カイランは私に体を傾けて驚いた顔をしている。

当主が自ら馬に乗って遠出などしないものだ。なぜ止めなかったと気になるでしょうね。

「もう着いているわ」

予定外の事態になっていなければすでにゾルダークにいる。

「老公爵様はどんな方？」

カイランは考えて話し出す。

「父上よりは話すけどあまり好きにはなれない。人を見下している感じがするよ」

傲慢な方なのかしら？　ハンクは独善的だけど傲慢ではないわね。

「馬で行ったのか……そんなに離れたくないか」

カイランの独り言には答えないでおく。

子が生まれるまでに老公爵にハンクをどう育てたのか聞いてみたかったのに……聞ける感じではないわね。ハンクに聞いてもちゃんと答えてくれない気がする。

私が願わなければ歪な関係にはならなかった。厄介な孫嫁と思われて当然ね。老公爵の一声で私なんていなくなってしまうわ。もしそうなったらハンクが心配ね。何をするかわからない。

会いたい……あの大きな体に抱きしめられたい。後ろから腹を撫でてほしい……安心するのよ。

カイランが私の頬を拭う。泣いていたようだ。

「どうした？」

「……妊婦は精神的に不安定になりやすいってライアン様が言っていたわ……きっとそれよ」

ハンクに会いたくてなんて言えないわ。

私が耐えなくては……すぐにハンクは戻るわ……四日以内と言ったもの。

「ハインス姉妹は君に危害を加えなかったんだね？」

あの針に毒が塗られていたなら加えようとしていたと言えるわね。ただの脅しで刺すこともある……もし、毒が塗ってあったならジャニス様に刺さったのよね……ハインスからなにも聞こえてこないのなら遅効性か……私に与えるなら堕胎系。自業自得ね。

「ええ」

「ソーマから僕は夫の勉強をしたほうがいいと言われたよ」

「ふふふ」

私は笑ってしまった。

ゾルダークの教育が不安になるわ。カイランはもう二十なのに……。

「そうね、カイランは夫失格よね」

つい本音が出てしまった。

閨もできない、ドレスも宝石も贈らない。劇には連れていかない。令嬢達はそんな夫に耐えられるのかしら？　教えてあげたら狙われないのに……。

「笑ってごめんなさい。ソーマはあなたに間違ったことを言った？」

カイランは泣きそうな顔で頭を横に振る。

「夫の勉強なんてしなくてもできるものだと思っていたわ。案外難しいことなのかもしれないわね。カイランには向いてない、そう思えば納得だわ」

意地悪を言っているわけではないのよ。向き不向きがあるということ。

私はカイランの手を叩く。

「無理に夫にならなくていいわ。カイランの負担にはなりたくないの。あなたはゾルダークの後継として頑張っているわ。大変なことだと理解している。贈り物をくれなくてもあなたが私の夫よ……それは変わらないの。あれもこれもと考えていたら倒れてしまうわ」

理解してくれたかしらね。あなたに夫を求めるのは外に出た時なの。

あまり悩んで欲しくない。ドレスが必要なら自分で揃えるわ。宝飾品もゾルダークにはたくさんあるし観劇には一人でも行ける。でも夜会には夫婦で参加するの。その時はちゃんと笑顔で夫婦よ。子に興味が持てないならそれでいい……憎く見えてしまったら……心の中に留《とど》めてくれたらそれでいい。カイランに多くは求めないわ。

「考え込んでは駄目よ。動けなくなるわ。ソーマも忠告が遅すぎるわね。婚約時代に教えていれば変わっていたかもしれないのに」

カイランまで不安定にならないでほしいわ。

「僕は君と共に生きたい」

「夫婦は共に生きるものよ」

また閨の話なら聞きたくないけど断れないと言ってあるし寝室へ入るなら止められないわ。

カイランの手を両手で包み温める。

「こうしていると幸せだと思うんだ」

そうなのね……こうしているだけなら何の問題もないわ。

「時々こうして過ごしましょう。それがカイランなりの夫の役目の一歩よ」

頷くカイランに言わなければいけないことがある。

「扉の鍵を開けたのね？　ソーマが持っているはずよ？」

握り締めた手が震えて黒い瞳が潤み出す。ハンクに似ている顔が泣きそうだわ。

「妻と喧嘩《けんか》をしたら閉め出されたと説明した……宝石屋が開けてくれたんだ」

宝石屋はそんな技術を持っているのね。特殊な鍵穴でもないし、案外簡単なのかもしれない。

「すまない」

「開けたの？」

答えないなら開けたのね。いつ？　夜はハンクが来るから開けないわよね……昼間？

「キャスリンが悪阻《つわり》で父上と共に眠らない日があっただろ……その時に一度だけだよ。君は窶《やつ》れてしまって心配だったんだ」

昨日部屋の確認をしていたダントルが見つけたからまだよかった。ハンクなら問い質《ただ》しそうだもの。

「私は眠っていたのね？」

「そうだよ。暗くてよく見えなかったけど」

怖いわよ。

「ソーマにお願いして鍵を借りるわ」

頷いてくれてよかった。カイランは夫だから寝室に入っても私は断れない。ただハンクは嫌がる。

「また頼んでは駄目よ。寝室へ入りたいなら言ってちょうだい。断らないわ」

暗闇で立たれるよりいいもの。

「共に眠りたい」

入室を断らないと言ったのよ。でもカイランは夫なのよね。わがままを言い出して困ったわ。

「今、ジュノが寝室のソファで寝ているのよ。老公爵様を警戒しているの。居室にはダントルが待機よ。寝台で眠るだけよ？」

ハンクは怒るかしら？　カイランは嬉しそうに頷くわね。

「閣下には一緒に怒られてね」

＊＊＊

キャスリン様の使われる皿は全て銀になり警戒は怠らない。

居室の机に並べ終わるとキャスリン様からソファに座るよう求められた。何かあったのか？

「カイランに夫の勉強を勧めるのが遅いわよ」

深刻ではないようだ、笑って話されている。

「私の能力不足、申し訳ありません」

「扉の鍵が開いていたわ」

キャスリン様は夫婦の寝室へ繋がる扉を指差す。私は驚き扉を見つめてしまった。

どうやって……いつから……カイラン様が開けたのか？

「昨日からダントルがこの部屋に詰めているでしょう？　念のため握りを回したら開いてしまって、私に報告したのよ。怒らないでね、誰も責めては駄目よ。カイランが夫婦喧嘩と宝石屋に言い含めて開けさせたようなの。カイランは一度だけ開けたそうよ」

宝石屋……確かにトニーからの報告でそんな内容があった。その時からなのか……一度だけ？　いつなのか。

「私が悪阻で閣下と寝室を共にしなかった時があったでしょう？　その時に入ったのですって。よく閣下も夜中に様子を見に来ていたから私は気づかなかったわ。暗闇で私の心配をしていたそうなの、怖いわよ」

なんと大胆な。あの時は居室に誰かしらメイドが詰めていたはず……鉢合わせをしたら騒ぎになって主の耳にも入っていただろう。カイラン様は思い詰められていたのか。

「つい怖くて……寝室へ入りたいなら断らないわ、と言ってしまったのよ。そうしたら共に眠りたい、とお願いされてね」

それは……なんと思いきったことをお願いされる。

「今、寝室にはジュノが共にいるからそれならカイランと二人きりではないし、了承したのよ。閣下は怒るかしらね」

ここでカイラン様を突き放し断ってしまえばまた落ち込み、おかしなことを考えてしまわれるな。旦那様にはなんと言ったらいいのか。

「閣下には私から話すわ。鍵のことは言わなくていいわよね、秘密よ。鍵穴を塞いでしまうわ。これからは確認する……だから合鍵があるなら渡してくれる？　もう開けることはないと思うけど少し不安なの。カイランも閉められないのよ」

開けてもらったのはいいが閉められなくなったのか。

「後で持ってきますが、本当に今夜は共に眠りますか？」

「ええ。閣下が出立前に年老いた使用人に気をつけるよう言っていたわ。多分もう私には近づかないでしょうけど、警戒はしておいたほうがいいわ。彼らがカイランを襲うことはないでしょう？」

カイラン様を盾にするか……大旦那様の子飼いはカイラン様に何かするよう命じられてはいないだろう。

「もう……とは？　誰か近づきましたか」

「ええ、庭師のサムに花園で話しかけられたの。老公爵様からの警告かしらね、私が閣下から離れてカイランの元へ戻るのがお望みなの。私が断ればカイランに後妻を与えて正しい形にしたいようよ……私を消してね。老公爵様は私が閣下を操りゾルダークを好きなようにすると心配されているのね。そんな大それたこと考えたこともないわ」

大旦那様ならばそう考えるかもしれない。カイラン様も新たに娶るならば同じ過ちは起こさないだろう。

だがそれは主の溺れぶりを見ていない者の思いつきだ。この邸にいる子飼いはそれを見ているだろうに……大旦那様はどこまでお二人の想いが深いか理解していない。

きっとサムはキャスリン様の存在の重要性を理解している。だから大旦那様の意向を話したのだろう。

「閣下に私のためにお金を使わないようにと言わなくてはならないわ。ソーマから見ても私が閣下を骨抜きにしているように見えるのでしょう？」

実際そうなのだから頷くしかない。

女性のために金など使ったことのない主が真面目《まじめ》な顔で冊子を見ているのは初めてで微笑ましくて止めることはできなかった。キャスリン様がねだったように見えるか……これからは抑えていただこう……無視をされそうだが。

「サムは今までよく話す相手だったから私に忠告をしてくれたの。けど、まだ子飼いはいるそうなの。だから閣下が戻るまで私を守らなくては……もうゾルダーク領には着いているはずよね？」

キャスリン様は腹を撫でながらうつむいてしまった。自分を狙う者が邸にいるのだから無理はない、不安だろう。

「サムを怒っては駄目よ、私を心配してくれているの。いなくなっては寂しいわ」

大旦那様の子飼いは大体見当はついている。古く長くゾルダークに存在し、あえて上の立場にいかない者たち。不穏な動きをしない限り捕まえることはできない。

主は何を言われ、答えているのか……。

カイラン様には申し訳ないが、何かあれば主の指示通り私は動く。

「わかりました。私からはサムに何も問いません。夜は寝室の扉を開けてください」

カイラン様がおかしな動きをしたらジュノでは止められないだろう。ダントルなら殴ってでも止める。

「そうするわ。サムのことは私から閣下に伝える。お願いがあるの……閣下の夜着かガウンを持ってきてくれる？」

すでに洗濯が済んでいるが別にかまわないだろう。

「かしこまりました」

＊＊＊

キャスリンが共に眠ることを許してくれた。二人きりではないのがかえって安心だ。

眠る準備が終わったら枕と掛け布を持ってくるよう言われた。

トニーに話したら驚いていたが婚姻してから初めてなんだ……心は高揚している。久しぶりにこんなにいい気持ちになった。

湯を終えて夜着を着こんで夫婦の寝室の扉を叩くとキャスリンの騎士が扉を開けた。

僕の後ろからトニーが枕と掛け布を持ってついてくる。

キャスリンのメイドが夜着姿で扉を開けて中へ勧める。キャスリンはすでに寝台に乗ってハンカチに刺繍をしていた。入ってきた僕を見て寝台を叩く。

「早かったのね。まだ眠くなくて……カイランは眠い？」

僕は寝台に腰かけ持ってきた枕と掛け布を置く。

「早く来てしまっただけだよ。キャスリンが眠くなるまで待ってる」

キャスリンは頷き刺繍に戻る。空色の上質なハンカチだ……父上に渡す物か。

「鷲かな？　随分強そうな置物だね」

キャスリンは針を刺す手は止めずに答える。

「黒檀《こくたん》なのよ。今にも羽ばたきそうでしょう？　気に入ってしまって……あげないわよ……一点ものなの」

別に欲しくないけど……この部屋には似つかわしくないと思うだけだ。

もう少しで出来上がるな……上達している。懸命に針を刺す姿を見つめる。

僕はキャスリンが好きだ。

気づくのが遅すぎた……婚約してからたくさん話せばよかった……きっとすぐに惹かれただろう。

彼女が僕に対してなんの感情も持っていないことはわかっている。テレンスを相手にしているのと変わらないだろう。

だが僕は諦めない。愛人などいらない、キャスリンが欲しいんだ。彼女が許してくれるなら触れたい。

キャスリンが刺繍枠を寝台脇にある棚に置いた。

「おしまいよ、明日には出来上がるわ。枕を置いて眠りましょう」

キャスリンは枕を一つ抱きしめ横になる。腹が膨らんでからは横を向いて眠るほうが楽らしい。

僕に向かい横になり、小さな体を丸めて枕を口元まで持ってきて抱きしめている。

メイドがキャスリンに布をかけて包む。僕は座ったままその姿を見つめるだけだ。空色の瞳が僕を見つめる。

「眠くないの?」

なんて愛らしいんだ。つい手が伸びる。頭を撫で布の上から腹を撫でる。

「大きくなったね」

もう何度も後悔をした……今この瞬間も後悔している。こんなに僕の心を苦しくするのは君だけだ。そばにいさせてほしい。父上がいないときだけでも守らせてほしい。

「カイランはよく泣くのね」

頬に触れると濡れていた。君が僕を泣かせる。

日中は首に赤い痕なんてなかった……白粉《おしろい》で隠していたのか。

父上がつけた痕か……なんて執着が強いんだ。父上のガウンを着て眠るのか……そんなに心細いか。

持ってきた掛け布で顔を拭く。キャスリンに向かい横になり布をかける。

「髪が伸びたね。綺麗だよ」

キャスリンの笑みが美しい。

「手間をかけているのよ。ジュノ、蝋燭《ろうそく》を消して」

メイドが火を吹き消すと月明かりだけになる。それでも目の前のキャスリンは見える。

空色が閉じられ消えてしまった。いつまで見ていただろうか寝息が聞こえてくる。

メイドが寝たかはわからないが僕は手を伸ばして膨らんだ腹に触れる。

もっと膨らむんだ……僕の子じゃない……それでも父親は僕だ。

軽い衝撃が伝わる。子が起きている。蹴っているのか叩いているのか触れるなと伝えたいのか……。

いずれキャスリンは僕がもらう。覚悟を決めると心が落ち着くものだな。

腹から手を離して薄い茶の髪を摘んで匂いを嗅ぐ。柑橘《かんきつ》の爽やかな香りがする。

君以外の女性には触れない。

＊＊＊

暗闇が始まり田畑の広がる道の外れの雑木林で十名近くの男達が火を囲み食事をしている。

ゾルダーク領境を出て二刻は馬車を走らせただろうか……火が消えれば月明かりだけになる。これだけの男が集まれば襲う者もいないだろう。

食事を終えて靴を脱ぎ、足に巻いた布を剥がしていく。血が乾き始めた。布を湯につけ固く絞り血をゆっくりと拭いていく。邸で渡された軟膏を塗り込み新しい布を巻き直す。同行した騎士達も同じ処置をしているだろう。

最後まで共に辿り着けると過信した。そんな俺に旦那様はキャスリン様との子を導けと言ってくれた。

期待に応えなくては……カイラン様のような後継にはしない。キャスリン様がそんなこと許さないだろう。あの方は強さも厳しさも優しさも愛情も注ぐ。

大旦那様の育て方には偏りがあったはずだ……旦那様を見ていればわかる。キャスリン様に出会い愛情を注がれてもまだ足りないと欲して執着し奪われるのを恐れている。その恐れから旦那様は外敵に強くあり続けなければならない。ゾルダークにとって当主が強いのはいいことだ。人としておかしいがキャスリン様さえそばにいてくれるなら問題などない。

俺はキャスリン様と共に後継を導く。俺の後任も探さなくてはならない。無事に生まれるといい。

＊＊＊

暗闇の中、狭い馬車で座りながら眠る。騎士達は外でハロルドはもう一台の馬車で眠っている。

あれは無事なはずだ……年寄りは興奮して口走っただけだ。だが……あれの亡骸を想像してしまった……心臓をくりぬかれたのかと思うほど苦しくなった。

やはり失えない……俺にはあれが必要だ。早くこの腕の中に戻さねば不安は消えん。


焚《た》き火《び》の灯りを頼りに使用人達が食事の準備に動き出す。その気配で目が覚め、馬車から降りて固まった体を解《ほぐ》し伸ばしていく。

遠くの空が白み始める。

頭からマントを羽織ってゾルダーク領の使用人が乗ってきた馬に跨がる。

王都から乗ってきた馬達には無理があると馬丁に止められ、領邸にいた強い馬を使うことになった。

俺を先頭に駆け出す。休憩を挟んでも昼には王都に入るが日中の王都は人が多い。馬で駆けると事故に繋がる。王都に入るまで休憩はしない。俺が止まらなければ後ろの奴らも理解するだろう。

＊＊＊

頬を撫でる大きな手に目を覚ます。若く優しい面差《おもざ》しのハンクと目が合う。長い髪がカイランだと教えてくれる。

「起きたの？」

「うん、おはよう」

「おはよう」

カイランは首を伸ばして寝ぼけている私の額に口を落とした。それはすぐに離れたけど私の意識は鮮明になった。

「こういうことは相手に聞いてからするのよ」

苛立《いらだ》って睨んでしまうけどカイランには効いてない。満足そうに微笑み腹に触れ撫でている。寝ているね、と呟《つぶや》いているが無視をする。

「怒った？」

朝から苛立たせてなんなのかしら。

「今度は聞いてからするよ」

……断るけれど。なんだか開き直っているようね。

「駄目と言ったらしては駄目なのよ」

「駄目と言われたらまた聞くよ。唇にしてもいい？」

「駄目」

カイランは幸せそうに笑っている。何がしたいのかわからないわ……ジュノが困っているわよ……ダントルも覗いているし。

「朝食を共にとってもいいかい？」

私が頷くとダントルに向けてトニーに朝食を共にすると告げるよう命じている。

「まだかかる……もう少しここにいてくれ」

カイランの分を運ぶなら待たなくてはならないわね。機嫌よく私の髪を指に巻きつけ遊んでいる。

腕の中の枕からハンクの匂いが消えてしまっても手放せない。四日以内なら明日には戻ってくる……もう少しよ。

「父上なら無事だ」

私の心を読んだようにカイランが話し出す。

「ゾルダークには父上が必要なんだ……お祖父様も手は出せない。諫《いさ》めただけだよ」

それはそうね。ハンクが亡くなったらカイランが当主よ……衰退するわ。

「老公爵様はカイランに後妻を与えるそうよ」

私がハンクから離れずカイランの元へいかなければそんな未来もある。

「そうか、閨をしなければ媚薬でも盛られるかな？　そんな事態になったら僕は消えてやる。キャスリンをどうにかするなら種馬は消えるよ」

カイランにそんな大それたことができるのかしら？　ゾルダークから離れて生きていくなんて想像できないわね。

「それは面白いわね。老公爵様は泣いてしまうわ」

年老いた人を泣かせると非道なことを話しているのに笑いが込み上げる。私が嫁いだせいでゾルダークは破滅ね。

「お嬢様、顔を洗いましょう」

お湯が届いたようだわ。

「カイランは枕と掛け布を持って部屋に戻って顔を拭いてね」

カイランは頷いて起き上がり、枕を持って掛け布を引きずりながら寝室を出ていく。

なんだか大きな子供ね。よく泣くし、態度がおかしいし、扱いにくいわ。ジュノが布で顔を拭いてくれる。

「カイランは変なことしてないわよね？」

「お嬢様の髪を触っていたようですけど……私には背を向けておられたので……体は動いていませんでしたよ」

親子は行動まで似るのかしらね。

「お嬢の腹を撫でたあと毛に触っていましたよ。旦那様がよくやるやつ」

ダントルが扉の隙間から教えてくれる。

しっかり警戒してくれていたのね、ちゃんと寝たのかしら？

夜着から着替えて居室に入るとトニーを侍らせたカイランが座って待っていた。

カイランと朝食を共にするのは初めてだったかしら？　記憶にないわね。

カイランはソファを叩き、ここに座るよう求めてくる。

私の朝食をそこに置くよう命じたわね。機嫌のよいカイランの隣に腰かけ食べ始める。

「ソーマから鍵を借りたわ。もう宝石屋を困らせては駄目よ」

「わかったよ」

問題なく朝食を終えるとカイランは自室に戻り、私は渡された鍵で扉に鍵をかけてソファに座り刺繍を始める。

もう出来上がるわ。空色の生地に濃い紺色の糸でゾルダークの家紋を刺した。

これならハンクが持っていても恥ずかしくないわ。

出来上がったハンカチをジュノとダントルに見せる。ジュノは頷いてくれたけどダントルは首を傾げるだけで何も言わなかった。

褒めてほしいなんて思ってないわ……出来上がって嬉しいだけよ。

ジュノに頼んで布の皺をのばしてもらう。

「お嬢、カイラン様に渡したのとどこが違うんです？」

「あれより上手にできたのよ」

大雑把《おおざっぱ》なダントルにはわからないのよ。

体が固まってしまったわ。昼食を食べたら散歩をしようかしら。ライアン様から体力をつけたほうがいいと言われている。


昼食を食べたあとは眠くなり寝てしまった……今はもう日は傾いているけど花園を歩いている。

あと三月ほど経てばいつ生まれてもいいくらい子が育つと言われた。

一番目は男の子が生まれてくれるのがいいけど元気ならどちらでもよくなるわね。ハンクは名前を考えているのかしら？

もう少し長く歩いたほうがいいかもしれない。四阿に辿り着くと先回りしていたアンナリアが待っていた。

「アンナリア、ありがとう。喉が渇いたわ」

冷たい果実水の入った器を受け取る。

「温かい紅茶より果実水のほうが飲みたくなるのよ」

「妊婦は食べ物の好みが変わりますから」

そういうものなのね。腹を撫でると叩いてはくれない……寝ているようね。

「お嬢！」

四阿の入り口から外を見ていたダントルが声を出す。

ダントルの指差す方向を格子の間から覗くとマントを頭から被った大柄な人が花を踏み潰しながら向かってくる。

間違いなくハンクよね？　折角作った近道が意味を成さない……。

ダントルは脇にずれて道を開ける。私は驚きのあまり立てずにただ足早に近づくハンクを見ていた。目の前に現れたハンクはマントに花びらをまとわせて立ち止まる。

「今日は三日目ですわ」

私の前にひざまずき、大きな手が頬に触れる。顔が近づいて口を合わせる。ハンクの舌が私の中に入りうごめく。唾液をすすられ歯列を撫でて舌を絡ませる。頬に触れようとするとマントが邪魔をした。マントを引っ張りハンクの顔を出して濃い紺色を撫でる。口が離れて黒い瞳と見つめ合う。頬に触れるとざらざらとした感触が伝わる。

ひげが伸びてますます野性味があふれて素敵ね。

「変わりないか？」

「ええ」

本物なのね……確かめたくて顔中に触れる。ハンクも私の下腹を撫でている。

「どこも怪我をしていない？」

「ああ」

ハンクは私の膝に頭を乗せ頬擦りをしている。

「おかえりなさい」

「ああ」

ハンクの濃い紺色に私の涙が落ちていく。

どれだけ無理をしたのかしら？　ちゃんとゾルダーク領へ行ったのかしら？　途中で戻ってきたのではないの？

「ハンク」

私は器から果実水を口に含みハンクに与える。どうしてもこぼれてしまうけどハンクはもっとくれと欲しがるからまた口に含み流し込む。口を合わせたまま舌を絡め果実水の味を楽しむ。

「寂しかったか？」

「ええ、とっても。ハンクの使った枕を抱いてガウンも借りて眠ったわ。今日は私を抱きしめて眠って」

濃い紺色の髪を後ろに撫でつけ額に口を落とす。埃っぽいから手のひらで拭ってもう一度落とす。

ハンクは立ち上がり水差しから直接飲んでいる。水も飲まずに戻ってきたの？

「旦那様、マントを脱いでください。キャスリン様が汚れます」

息を切らしたソーマが四阿に顔を出した。

もう遅いと思うけど、抱き上げられるなら脱いでほしいわね。

「湯に入りますか？　私に洗わせて」

ハンクは私から離れマントを脱ぎソーマに渡した。

「俺の浴室に湯を張れ」

ソーマに命じて私に近づいていつものように持ち上げ膝に置いた。

「急いで戻ってくれたのね」

目の前にあるハンクの胸を撫でて存在を確認する。ハンクの手は私の頭を撫でている。ひげ顔のハンクを眺める。

「お髭があっても素敵です」

大きな手で自身の顔を撫でて髭に触れている。自分で剃《そ》れるのかしら？　きっとソーマが剃っているのよね。

口を開けると厚い舌を入れてくれる。口を合わせ首に腕を回す。

戻ってきたわ……よかった……この腕の中は安心する。

書籍版書き下ろし番外編　カイランとキャスリンの婚姻式

何年振り……いや俺の婚姻式以来ゾルダーク公爵邸にこれだけの客を入れた記憶がない。

「ハンク、おめでとう」

濃い赤い巻き毛を後ろに撫《な》でつけたベンジャミンが近づく。

「ああ」

「久しぶりに来たなぁ……質実剛健……って感じの邸は変わらずだねぇ」

息子の婚姻相手はずいぶん小さな娘だ。婚約の顔合わせから数年は経《た》っているが身長は変わらなかったようだ。

「ディーターかぁ……無難な家を選んだねぇ……付き合いやすそうだね」

無難か……その通りだ。野心も欲もない男の娘なら面倒は少ないと思ったことは確かだ。

「ベンジャミン、ハンク」

もう一人の公爵アーロン・ハインスがワインを片手に近づく。

「アーロン！　久しぶり……じゃないねぇ。この前倶楽部で会ったね」

「ハンク、たまには倶楽部に顔を出せ」

高位貴族の当主が集まる倶楽部に行ったことはない。無言を返事に手の中で揺れる酒をあおる。

「邸も地味だ。だが息子の嫁が女主人として多少は彩ってくれるだろう。私の気に入っている画家がいる、紹介するぞ？」

「俺は絵画に興味がない」

「そうだね、ハンクと絵画って……似合わないね。でもこれからはハインス邸みたいに池とか彫像とか壁一面の絵画とかね……ふはっ。派手好きに見えない嫁だからねぇ……あまり変わらないかもね」

「邸のことは女に任せておけばいい。ベンジャミン、ミカエラ嬢は？」

アーロンの言葉にベンジャミンは口を尖《とが》らせた。いい年の男がする仕草ではない。

「いないよ。アンダルがお忍びで来るって情報が流れたからね」

ベンジャミンに情報を流したのは俺だがな。

「私の甥《おい》が迷惑をかけたな」

「一生許さないさ。けどアーロンを憎んではいないよ」

二人のくだらない会話を聞き流しながら会場を眺める。

この日のために庭を彩っていた花は抜いて芝を敷き景観を変え、数多《あまた》のテーブルと椅子《いす》を並べ食事や酒、菓子を用意した。息子とあの娘に好きに使えと言ったらこうなった。

「ハンク、そんな顔で息子の嫁を睨《にら》んじゃだめだよ」

意味の分からんことを言うベンジャミンを見下ろすと垂れ目がにやついていた。

「僕らのなかでハンクが一番はじめにお祖父様かぁ。怖い顔のお祖父様だ」

招待客に挨拶《あいさつ》は済ませ、式も一段落した。俺はもうこの場にいなくてもいいだろう。

「うちの娘達をゾルダークに嫁がせたかったが……」

お前の娘のデビュー前にディーターの娘と婚約を済ませていたことの意味を悟れ。

「ははっアーロン、ハンクと縁戚になりたかったの？　こんな怖い男と？　僕は嫌だなぁ」

「ベンジャミン、アーロン……俺は離れる」

俺の視界の端にいるソーマの唇が来客を告げている。

「息子の婚姻式なのに？　もう消えるの？　薄情だねぇ」

近くを通った使用人に空になった器を渡し、邸へ向かう。会場から離れた位置にある執務室の前には先回りしたソーマが立っていた。

開けられた扉の先に金髪が見えた。

「招待していないがな」

「アンダルとお忍びで来ちゃった」

ソファに座る体を傾け振り返るドイルは普段よりも質素な衣装を身にまとい笑っている。

「アンダル、見られていない？　ベンジャミンはまだ怒ってたか？」

金髪を隠さず会場にいるんだ、誰かに見られてはいるだろうが客は見て見ぬふりだ。それにベンジャミンの腹の内はわからんしどうでもいい。俺はドイルの対面に腰を下ろし、首を絞めるボタンを外す。

「賠償金は相当支払った、機嫌は悪くても文句は言わんだろ」

ソファの背もたれに体を預ける。

「アンダルの価値は金髪碧眼《へきがん》だけになったなぁ。あーあ、ハンクが羨《うらや》ましい。カイランが馬鹿じゃなくて羨ましい」

「息子を止められなかった、お前の落ち度だ」

俺の言葉にドイルは頭をかいた。

「その通りでなにも言えないよ。俺は息子達に甘いよなぁ」

「もう終わったことだ。何の用だ？」

「んー、美味《おい》しい酒が飲みたくて」

王宮にも高級な酒はあるだろうと口から出そうになったが止める。

「遠くから見たよ。カイランの嫁……小さい娘だな。寂しいゾルダークも少しは明るくなる。ハンクの孫かぁ……お前に似ないといいな」

ゾルダークの血筋は面差《おもざ》しが似る。

「ねぇソーマ、どんな令嬢？　夜会じゃあ性格までわからないからさ。教えてよ」

ドイルに酒を注いでいるソーマの頬が緩んだ。

「謙虚であり性根の優しい令嬢です」

「ふーん……猫をかぶっているかもよ？」

ドイルの言葉にソーマは微笑《ほほえ》むだけで離れた。

ソーマの言う謙虚は俺も感じたことだ。同格の家ではなく位の高い家に嫁ぐ女は得てして調子に乗るものだ。だがそんな話は聞こえず、今日の様子を見ても招待客に対し横柄《おうへい》な態度は見せずに息子の隣に寄り添っていた。あれが演技であれ、面倒を起こさず後継を生んでくれればそれでいい。

「そんなことより王太子の婚約者を決めろ」

あの娘よりそっちのほうに意識を向けろ。

「だってさ、亡くなった婚約者がうんぬんって悲しげな顔をしてさ、話が進まないんだよ」

ジェイドが悲しげな顔をしたくらいなんだ。次期王妃を決めることは重要なことだろ。

「そろそろ決めるよ！　こわい顔して睨むなよ」

ドイルは時機があるんだと呟《つぶや》きながら酒を口に含む。

「もう会場に戻らないのか？」

「俺がいると場が緊張する」

「……その通りだけど……面倒くさいだけだろ」

「ああ」

＊＊＊

「ねえ様、これシャンパン？　一口飲んでいい？」

「駄目よ、テレンス。学生でしょう？　ふふ」

　一通り招待客と挨拶を交わし、今は用意された椅子に座って休んでいる。カイランの席は隣に用意してあるけれどアンダル様と話をするために人気《ひとけ》の少ない離れた場所にいる。臣下を裏切る行動をしたアンダル様を正式ではないにしろ婚姻式に招待することに許可を出したくないと思っても私は嫁ぐ身なのだからと何も言えなかった。お忍びでもリリアン様を招待しなかっただけ良しと思うことにする。

「公爵閣下は邸へ入ったね」

　夫となった人が離れているから代わりをしてくれているのか、今日から離れて暮らすことに寂しさを感じているのかテレンスが離れない。少し疲れたからありがたいことだけど、将来のためにこういう場で他家の当主に顔を売ってほしい。ディーターにはお兄様がいるからテレンスはどこかに婿《むこ》入《い》りする。この子の未来が心配だわ。

「閣下はこういう場が苦手なのよ」

　ゾルダークの社交嫌いは有名だわ。ハンク・ゾルダークは特に……カイランは学園でも人を寄せ付けないという雰囲気はなかったから閣下の代わりに社交をするかもしれない。

「そうだね。父上はマルタン公爵とハインス公爵、ゾルダーク公爵が集まっている場を見て青くなってた」

「ふふ、お父様はもう少し強気になってほしいわね」

「はは……だね……」

テレンスの手がシャンパンの入っている器に伸びる。

「駄目よ」

取られる前に器を持ち飲み込む。

「美味しい？」

私と同じ空色の瞳を向けて尋ねるテレンスに微笑む。

「ええ、さわやか」

本当はあまりお酒を飲まないから美味しいと思わないけど慣れないと駄目よね。

「カイラン様……遅いね」

「これからは簡単に会えなくなるわ」

あんな騒動を起こしたアンダル様とはあまり仲良くしてほしくないから公の場では控えてほしいわね。

「婚姻式の準備は大変だった？」

「そうね」

「カイラン様の顔……」

「キャス」

テレンスの呟きはお兄様の登場で最後まで聞くことはできなかった。

「お兄様、ユアン様は？」

ディーゼルお兄様は婚約者のユアン・エリクタルを伴い参席している。

「母上と休んでる。婚姻したら付き合いはやめると思ったけどな。紹介されたのか？」

お兄様の視線はカイランとアンダル様に向けられている。離れていても高貴な金髪は日差しを受けて輝き目立ってしまう。

「いいえ、されてないわ。男爵といえ元王子の幼馴染《おさななじみ》は無下にできないのかしらね」

問題を起こさなければいいわ。私と婚姻してから失態をおかされたら……嫌ね。

「まぁ、あの公爵がいるんだ……おかしなことをする前にどうにかするか」

私の印象では閣下はカイランに興味がないわ。婚姻式にアンダル様が来ることをカイランは伝えたはずなのに止めなかった。

「そうね」

「テレンス、父上と一緒に挨拶に行けよ」

「嫌だよ」

「嫡男がいてもお前を婿にと言う家はあるぞ」

お兄様の言う通り、ディーターはゾルダーク公爵家と繋《つな》がりを持ったのだからテレンスの人気は上がるはずね。

「兄上、僕は自由に生きるよ。昼は絵を描いて、暗くなったら夜空を見上げて星を学びたいんだ」

「お前、ディーターから離れない気か？」

「僕が愛するほどの女神に出会えたら平民だろうと婚姻したいけど、学園に女神はいないし平民の女の子と出会うこともないし……なんていうのかな……心をぎゅんって掴《つか》まれるような人に出会いたい」

テレンス……いつまでも子供のようなことを言うのね。

「なんだ？　ぎゅんってのは」

「心がね……痛いほど跳ねるんだよ」

テレンスは瞳を閉じて拳を胸にあてた。

「図書室にそんなことが書いてある恋愛の書物があったわ、ふふ」

どこの家でも末の子供はこうなのかしら？　責任のない立場が羨ましいような、寂しいような……。

「書物のように女神に出会えると思うな。お前一人くらい養えるが、ディーターにとって有益な縁談には拒否をするなよ」

「お兄様の言う通りよ、テレンス。夢を見るのはいいけれど貴族として生まれたのだから避けられないこともあると諦めることを覚えてね」

私の言葉にテレンスは空色の瞳を開き、真剣な様子で私を見つめる。

「ねえ様は何かを諦めたの？」

「私？」

私はテレンスのように何かに熱中するような性格ではないわ。何かに執着するようなことは今までなかった。

「諦めるものがないわ。ふふ、テレンスと違って変人ではないの」

「俺もキャスと同じだ」

お兄様がそう言ってくれてよかったわ。テレンスのような異常は執着心を持つならジュノを隠さなければならないと考えたことがあるのよね。

「家と家を繋ぎ繁栄させる」

テレンスの言葉に頷く。私はそのためにここにいるの。夫となる人の心がどこにあろうと関係ないわ。私は責務を果たすだけ。

「でも、もう少し子供でいさせて……兄上」

幼い子がするように両手を組んでお兄様を見上げて乞うテレンスの姿に笑ってしまう。

「父上は頼りないから俺が身上書を書いて送ってやる」

「兄上！　学園を卒業するまで放っておいてよ！」

「いい話があれば勝手に進める」

「ふふふ」

こうして過ごしたディーターの日々はここで終わってしまうと思うと笑いながら悲しくなる。

私は今日からキャスリン・ゾルダーク。住み慣れた邸から一回りも大きなこの邸が私の家になる。

シャルマイノス王国のなかで最高位の公爵家、国王陛下の右腕と言われるハンク・ゾルダークが守る堅牢《けんろう》な公爵家の一員となって私も共に守る。

あとがき

この度は、『貴方の想いなど知りません』を手に取ってくださり、本当にありがとうございます。

定番の「初夜拒否」から始まるハンクとキャスリンの物語は、様々な「初夜拒否」を読む中で《貴族として結婚したのなら義務を放棄した夫は諦めて、家の血筋を残せるなら相手は誰でもいいじゃない》と、ふ……と浮かんだことがこの物語のきっかけです。

小説はたくさん読みました。誰もが知る作家様や大きな賞を獲った作品を端から（サスペンス・ミステリー・時にはラブロマンス）探して読みふけっていた私がまさか、物語を自ら書き、誰かに読んでもらえる、感想を送ってくれる、そして一迅社様から声をかけてもらい書籍になる。そんな未来になる今の時代が私の狭かった世界を広げてくれました。

私自身、弱いヒロインを好きになれず、本作のキャスリンは年齢の割に大人びた芯の強い女性になりました。自分の定めた未来を考え、それが決して不幸にならないもの……そこを目指して奮闘する彼女と、過酷な生い立ちゆえに冷酷無慈悲にならざるを得なかった強面のハンク・ゾルダーク。彼は私の「こんなヒーローいたら最高だ」

を詰め込んだ人です。

　与えられるべき愛情、同情、人からの優しさを生まれた日から断たれたハンク・ゾルダーク。自分の息子にさえ、特別な感情を持たなかった彼の世界に現れたキャスリン。

　そして、彼らの周りを取り巻く脇役たちも私の愛するキャラクターとして物語を彩ってくれました。

　この物語を書き始めた時は無計画であったけれどラストは決めていましたが、書き続けるにつれ、キャスリンとハンクがどんどん一人の人間として形作られ、ハンクならば……キャスリンならば……こう言うだろう、こう動くだろうと作者の私を置いていくように二人は強烈に愛し合い、ラストを変えることになりました。

　二人がどれほど熱い日々を過ごしたか、この一冊では納めきれませんでしたが、こうして二人の物語が本になったこと、本当に感謝を申し上げます。

　美しいイラストを描いてくださった蜂不二子《はちふじこ》先生、担当編集者様含み制作に携わってくださった方々、ありがとうございます。

　この物語を読んでくださった読者の皆様、ありがとうございました。

大城《おおしろ》いぬこ

貴方《あなた》の想《おも》いなど知《し》りません

大城いぬこ

2024年12月5日　初版発行

著者　大城いぬこ

発行者　野内雅宏

発行所　株式会社一迅社
〒160-0022 東京都新宿区新宿3-1-13　京王新宿追分ビル5F
電話　03-5312-7432（編集）
電話　03-5312-6150（販売）
発売元：株式会社講談社（講談社・一迅社）

印刷・製本　大日本印刷株式会社

DTP　株式会社KPSプロダクツ

装丁　AFTERGLOW

ICHIJINSHA

ISBN978-4-7580-9685-0

●本書は「ムーンライトノベルズ」（https://mnlt.syosetu.com/）に掲載されていたものを改稿の上書籍化したものです。

MELISSA